아마리 종활 사진관

AMARI SHUKATSU SHASHINKAN
by You ASHIZAWA
© 2016 You ASHIZAWA
All rights reserved.
Original Japanese edition published by SHOGAKUKAN.
Korean translation rights arranged with SHOGAKUKAN
through THE SAKAI AGENCY and DANNY HONG AGENCY.

아마리 종활 사진관

아시자와 요 소설

이영미 옮김

엘리

일러두기

* 본문 중의 주석은 모두 옮긴이주이다.

차례

첫 번째 유언장

좀처럼 지상이 가까워지질 않는다.

구로코 하나는 어색함이 느껴질 정도로 꾸물꾸물 움직이는 에스컬레이터 손잡이를 힘껏 움켜잡고, 당장이라도 앞으로 넘어질 것 같은 몸을 지탱했다.

잠시 후 뺨에 차가운 공기가 와 닿자 그 날카로운 냉기에 마음이 놓인다. 남은 계단을 걸어 올라가 지상으로 발을 내디딘 하나는 하얀 김을 내뱉으며 휴대전화를 꺼냈다. 화면에 지도를 다시 불러내, 횡단보도 저편 안쪽에 있는 '스가모 지장거리 상점가'라는 아치형 간판과 번갈아가며 보았다.

빨강, 노랑, 보라, 초록의 선명한 색채들이 넘쳐나는 광경 속으로 발을 들여놓자, 분명 처음 오는 곳인데도 정겨운 느낌이 들었다. 왜 그럴까 생각하다, 동네의 상점가와 분위기가 비슷하다는 것을 뒤늦게 깨닫는다.

'시오다이후쿠'* 포렴 아래 줄지어 선 사람들을 곁눈질하며 앞으로 걸어가자, 길 반대편에 사찰 문이 나타났다. 지도에 따르면, 그곳에 '도게누키 지장'**이 있는 듯한데, 인파에 가려 지장보살의 모습은 잘 보이지 않았다.

전통 간식을 파는 가게가 있고, 숙녀복을 파는 옷 가게가 있고, 건강식품 가게, 불교용품 가게가 있다. 하나는 거리상으로는 아직 한참 남았다는 걸 알면서도 자기도 모르게 양옆을 살피며 걷다, 하마터면 중간 목표지로 정했던 담뱃가게를 놓치고 지나칠 뻔했다. 반걸음 되돌아와 모퉁이를 돌자, 그때까지 널찍했던 길과는 확연히 달라진 분위기의 한적한 주택가로 접어들었다.

모노톤의 맨션과 아파트, 오래된 단독주택 사이에서 벽돌색 외벽에 하얀 테두리를 두른 복고풍 건물이 존재감을 드러내고 서 있었다. 하나는 제자리에서 잠시 건물을 바라보다, 살며시 진열창으로 다가섰다.

거기에는 크기도 형태도 제각각인 포스터에 둘러싸인, 커다란 사진 한 장이 있었다. 격조 있는 이젤에 놓인 그것은 이 주 전쯤 돌아가신 할머니의 사진, 실제 장례식에서도 쓰인 영정사진이었다.

이젠 이 세상에 없는, 게다가 오사카 사람인 할머니의 영정사진이 도쿄의 스가모에 놓여 있다는 사실이 하나에게는 무척이나 기묘하게 느껴졌다. 돌아가신 후에도 자신의 영정사진이 불특정 다수의 눈에

---

* 塩大福. 소금 맛이 나는 팥소를 넣은 찹쌀떡.
** とげぬき地藏. 심신의 병을 낫게 해준다는 지장보살.

보이는 장소에 놓여 있어도 좋다고 할머니는 허락했을까. 그런 의문이 들었지만, 곧바로 그랬을 것 같은 생각이 들어 어깨의 힘을 뺐다. "흠, 그거 재밌겠는데"라며 평소와 다름없이 대담한 미소를 짓는 할머니의 얼굴이 눈앞에 보이는 듯했다.

하나는 진열창 여기저기에 붙은 포스터를 차례차례 바라보았다.

〈업계 최고!〉
〈소중한 사람에게 마지막으로 남겨줄 최고의 선물!〉
〈삶의 정기검진, 받아보시지 않겠습니까?〉
〈언제까지나 당신을 기억하게 해줄 '진정한 모습'이 담긴 사진!〉

홍보 문구들에서 다시 한 번 영정사진 쪽으로 시선을 돌리자 할머니와 눈이 마주쳤다. 할머니는 오사카에서부터 일부러 가지고 온 것 같은 '중中'이라고 적힌 마작 패를 보란 듯이 손에 들고, 입가로만 씨익 웃고 있었다. 빨간색 깅엄 체크무늬 셔츠에 맞춰 두른 빨간색 스카프가 지나치게 기발했지만, 그 지나친 기발함 역시 할머니다웠다.

그건 그렇고, 이런 사진을 진열창에 장식하다니, 대담하네.

바로 그때 오른편에서 딸랑, 하는 작은 종소리가 울렸다. 깜짝 놀라 시선을 돌리자, 두꺼운 나무문이 삐걱거리는 소리를 내며 묵직하게 열렸다. 하나는 재빠르게 홱 돌아 문을 등졌다. 도망치듯 길 쪽으로 향하려는데, 등 뒤에서 "어이" 하는 목소리가 날아들었다. 하나는 움찔하며 굳어졌다. 고개만 틀어 돌아보고 금세 얼굴을 되돌렸는데, 한

순간 힐끗 본 그 모습을 무심코 다시 돌아보고 말았다.

문 앞에 서 있는 사람은 지나치게 큰 요크셔테리어 같은 남자였다.

아냐, 척 보기에도 삼십 대 중반은 넘었을 남자한테 요크셔테리어는 좀 심하지, 라며 하나는 자신을 힐책했다. 그러나 역시 그렇게밖에는 표현할 수 없었다. 부리부리한 검은 눈망울, 수염에 가려진 얇은 입술, 비대칭적으로 구불거리며 귀밑까지 내려온 갈색 머리칼. 헝클어진 앞머리는 그가 무신경한 척 멋을 부린 게 아니라, 겉모습에 정말로 무신경하다는 것을 슬며시 드러내고 있었다.

개 과냐 고양이 과냐 하는 문제를 군이 내지 않더라도 그의 얼굴을 보는 순간 그가 '개과'임을 알 수 있었다. 다만 180센티미터는 족히 넘음직한 키가 그 작은 동물의 느낌과는 어울리지 않았다.

이목구비가 조목조목 잘생긴 것도 아닌데 묘하게 서양 모델을 떠올리게 하는 분위기가 풍겼다. 낡은 청바지와 심플한 검은색 셔츠까지 브랜드 의상처럼 보였다. 그런데 발밑에 보이는 꾀죄죄한 비치 샌들이 '성인 남성의 야성미'로도 해석될 수 있는 조화를 망치고 있었다.

이 추운 날씨에 웬 맨발?

"어서 오세요."

머뭇거리고 있는 하나에게 남자가 무표정한 얼굴로 말을 건넸다.

아니, 라는 갈라진 목소리가 하나의 목에서 흘러나왔다.

"저기, 전 손님이 아니……"

하나의 말이 채 끝나기도 전에 남자가 몸을 홱 돌렸다. 그는 어안이 벙벙해진 하나를 남겨두고, 긴 팔로 문을 끌어당기더니 가게 안으로 미끄러지듯 사라졌다.

"뭐야, 저건."

하나는 무심코 중얼거렸고, 자기 목소리가 귀에 와 닿았을 때에야 비로소 상황을 알아차렸다.

어, 나 지금 무시당한 건가?

어서 오세요, 라고 말을 건넨 걸 보면, 이 사진관의 직원이란 뜻이 잖아? 그런데 손님을 어이 하고 불러 세울 수 있나? 아니, 정확히 말하면 그의 태도는 변한 게 아니었다. 그는 처음부터 줄곧 안 좋은 느낌이었다. 그래, 저렇게 느낌이 안 좋은 사람이 직원일 리 없어.

하나는 확인하듯, 여기저기 글씨가 닳아 눈에 잘 띄지 않는 간판을 올려다보았다.

〈영정사진 전문 아마리 사진관〉

역시 그냥 돌아가는 게 좋겠어.

다운재킷 소매를 힘껏 잡아당기며 하나는 스스로를 타일렀다. 이런 데 와봤자, 알아낼 수 있는 건 없었다. 누나, 관둬, 괜히 집안 망신만 시키지 말고. 남동생이 했던 말까지 뇌리에 되살아나 가슴속이 뜨끔했다.

그런데도 그 자리를 뜰 수 없었던 것은 전단지 한 장이 눈에 들어왔기 때문이다.

당신의 '종활終活'을 책임지고 도와드립니다!

저희 사진관에서는 촬영 전 반드시 상담 시간을 마련합니다.

'진정한 자신의 모습'을 최대한 이끌어내는 사진이 될 수 있도록,

촬영 복장과 포즈, 배경 등에 관해 상세히 의논하기 위해서입니다.

좋아하는 책을 가져오셔도 좋고, 골프, 장기, 액세서리 등등 취미와 연관된

소품, 특별한 애정이 담긴 물건을 가져오시는 것도 추천합니다.

(사전에 말씀해주시면, 저희가 준비해드릴 수도 있습니다.)

저희 사진관에서는 영정사진 촬영 상담뿐 아니라 장례식이나 유언,

묘지 상담 또한 '무료'로 해드리고 있습니다.

인생의 끝을 어떻게 맞이할 것인가,

그러기 위해 어떤 준비를 해야 하는가.

불안한 점, 염려스러운 점, 뭐든 말씀해주세요.

당신의 '인생 마지막 장'을 멋지게 그리는 데,

저희가 힘을 보태드리겠습니다!

주요 고객층이 노인이라 그럴 테지. 한 글자 한 글자 크고 또렷한 글씨로 쓰여 있었다. 상담, 유언. 떠오르듯 두드러져 보이는 단어들에 침을 꿀꺽 삼키고, 하나는 남자가 사라진 나무문을 바라보았다.

그때 시선이 머물러 있던 문이 갑자기 스르륵 열렸다. 조금 전과 달리 무게감이 전혀 느껴지지 않는 기세에 하나는 반사적으로 뒷걸음질

을 쳤다.

"손님!"

문에서 튀어나온 사람은 회색 바지정장 차림의 여자였다. 언뜻 사십 대 중반쯤으로 보이는 여자는 화장기 없는 얼굴에 심플한 디자인의 은테 안경을 쓰고 있었다. 말끔하게 닦인 펌프스에서는 청결감이 감돌았다. 재킷 허리를 여미지 않아서 그런지 어딘가 촌스러운 인상을 풍겼지만, 그것은 감각이 떨어져서라기보다는 상대의 경계심을 품어주기 위해 일부러 취한 전략처럼 보였다. 정말로 감각이 없는 사람이라면 술탄 오드퍼퓸을 그렇듯 은은하게 쓰진 못했을 것이었다.

여자는 민첩하게 하나 앞으로 다가오더니 허리를 깊이 숙였다.

"저희 직원이 무례를 범한 것 같아 대단히 죄송합니다."

그녀는 단정한 표준어로 단숨에 말하고, 요령 있게 눈썹을 찡그려 보였다.

"지금 바로 그 사람한테도 사과드리라고 할게요."

"아뇨, 굳이 그럴 것까진, 괜찮아요."

하나는 양팔을 앞으로 쑥 내밀며 고개를 살짝 흔들었다. 여자가 하나를 향해 한 발짝 더 다가섰다.

"실력 있는 카메라맨인데, 붙임성이 없는 게 옥에 티거든요."

"아니, 저는 손님이 아니고……"

"물론, 간단한 설명을 먼저 들어보시고, 나중에 판단하셔도 됩니다."

여자는 원래 갸름한 눈을 망설임 없이 더욱 가늘게 뜨며 말했다.

"영정사진─생전사진에 관심이 있으시다니, 젊은 분치고는 생각이 깊으시네요."

"저어……"

"걱정하실 거 없어요. 간판은 영정사진이라고 내걸었지만, 그렇게 거창한 건 아니에요. 증명사진이나 기념사진, 맞선사진 대용으로 쓰시는 분도 계시고, 사진을 어떻게 쓰느냐는 손님 자유니까요."

여자는 막힘없이 말을 늘어놓으며 안내하듯 천천히 한 걸음 한 걸음 문 쪽으로 발을 옮겼다. 혼자 그 자리에 버티고 있기도 뭣해서 하나는 앞으로 살짝 발을 내디뎠다. 여자는 하나가 앞으로 내디딘 만큼 문 쪽으로 뒷걸음질을 쳤다.

"영정사진이라고 하면 아무래도 좀 불길한 생각이 들긴 하죠…… 하지만, 이렇게 말씀드리면 좀 실례겠지만, 젊은 분들도 언제 세상을 떠나게 될지 알 순 없잖아요? 아니, 젊은 분들이야말로 사진관에서 제대로 찍은 사진이 없는 경우가 많아요. 스냅사진은 많지만, 대부분은 크게 확대하면 흐릿해져버려서, 결국 선명하게 나온 사진을 고르다 만족스럽지 못한 선택을 하게 돼요. 심하면, 엄연한 성인인데도 영정사진은 고등학교 졸업식 때 찍은 단체사진밖에 없는 경우까지 있을 정도예요. 인생의 마지막에 많은 사람들에게 보이는 모습인데, 납득이 안 되는 사진이면 슬프잖아요. 그래서 전문 헤어 디자이너와 카메라맨이 고객들의 매력을 최대한 끌어내는 거예요. 지금이야 '종활'이라는 말이 시민권을 얻었지만, 얼마 전까지만 해도 생전사진을 전문으로 찍는 사진관은 드물었어요. 저희 사진관은 사십여 년 전부터 영정사진을 전문으로 찍어서 다른 사진관들과는 역사와 경험의 차원이

다르죠. 카메라맨은 2대째 대물림하고 있는데, 실은 그 2대째가 여러 대회에서 입상한 바 있는 실력가고…… 우리끼리 얘기지만, 업계에서도 알아주는 사람이랍니다."

어느새 문 앞까지 다다른 여자가 손잡이에 손을 얹으며 목소리를 낮췄다. 하나는 '우리끼리 얘기'와 '업계에서도 알아주는 사람'이라는, 에둘렀지만 모순된 표현에 살짝 주눅이 들면서도 일단은 그런 상황에서 해야 할 것 같은 말을 입 밖에 냈다.

"대단하시네요."

"네, 그런데 가격도 이천 엔부터라 합리적이에요. 사죄 차원이라고 말씀드리긴 뭣하지만, 잠시 서비스라도 해드리고 싶네요. 여긴 추우니, 괜찮으시면 따뜻한 차라도 마시면서 간단한 설명이라도 들어보시겠어요?"

여자는 손잡이를 잡은 채로 가냘픈 몸을 뒤로 기대며 체중을 실어 문을 열었다. 말릴 새도 없이 안쪽으로 스르륵 미끄러져 들어간 그녀가 하나를 돌아보았다.

"들어오세요, 팸플릿이라도 받아 가세요."

여자는 웃는 얼굴로 진입 장벽을 낮추며, 바르르 떨리는 팔로 문을 지탱했다. 문이 어지간히 무거울 테지. 여자를 그 자세로 놔두기가 미안했다.

"죄송해요, 그게 아니에요."

하나가 그제야 말문을 열었다.

"오늘은 정말 손님으로 온 게 아니에요. 실은…… 물어보고 싶은 게 있어서."

"물어보고 싶은 거요?"

여자가 눈을 깜박거렸다. 그대로 고개를 살짝 갸웃거리자, 미세한 정도였지만 인상이 조금 젊어졌다. 하나가 살며시 고개를 끄덕였다.

"저는 '구로코 하나'입니다."

"구로코 씨."

여자가 기억에 새기려는 듯이 이름을 따라 말했다. 하나는 그녀의 표정을 응시하며 말문을 열었다.

"저희 엄마의 결혼 전 성姓은 도후쿠지예요."

"도후쿠지 씨……"

여자가 입 속에서 말을 굴리듯 중얼거리더니, "아!" 하며 가게 진열창 쪽으로 얼굴을 돌렸다. 하나는 턱을 짧게 내려 당겼다.

"여기서 신세를 지신 도후쿠지 기요 할머니에 관해 묻고 싶은 게 있어요."

하나가 안내받은 곳은 사진관 스튜디오라기보다는 개인저택의 거실 분위기가 풍기는 방이었다. 황백색 패브릭 소파에 얕게 걸터앉자마자, "저는 종활 코디네이터를 맡고 있는 나가사카입니다"라며 여자가 명함을 건네는 바람에 하나도 허둥지둥 일어섰다.

"구로코 하나입니다."

엉겁결에 자기 명함을 건네고 나니, '아차, 이게 아닌데' 싶어 숨을 삼켰다. 상대의 손에 들린 명함의 '코코아 오모테산도 본점, 스타일리스트 구로코 하나'라는 글자를 보니 갑자기 간이 오그라들었다.

"아아, 헤어 디자이너시군요."

여자가 재빨리 명함으로 시선을 떨어뜨리며 말했다. 이제 와서 아니라고 부정할 수도 없는 노릇이라 하나는 애매하게 고개를 숙였다. 하나의 동요를 눈치 채지 못했는지, 여자의 목소리가 살짝 높아졌다.

"혹시 아는 헤어 디자이너 중에 시간 있는 분 없을까요?"

"네?"

"실은 저희 사진관에서 헤어 디자이너를 모집중인데, 좀처럼 좋은 분이 나타나질 않네요."

여자가 안경다리를 들어올렸다. 하나가 "죄송합니다"라고만 대답하자, "아뇨, 저야말로 갑작스럽게 결례를 했어요"라며 명함을 든 손을 내렸다.

여자가 소파에 앉자, 뒤이어 하나가 메마른 입술을 살며시 열었다. "저어, 죄송해요. 그 명함은 저도 모르게 그만 버릇처럼 드렸을 뿐이고 그 미용실은 지난달에 그만뒀어요……"라고 말하려다 다시 입을 다물었다.

이제 와서 그런 말을 해봤자, 저 사람도 당혹스러울 뿐이야.

스스로를 타이르듯 생각하면서 하나는 건네받은 명함을 내려다보았다. 크림색 바탕에 여자의 얼굴 사진과 네잎 클로버 일러스트와 이름이 나란히 있었다.

'종활 코디네이터 나가사카 유메코.'

유메코夢子라는 귀여운 이름에, 하나가 그녀를 힐끔 올려다봤다. 유메코는 하나의 명함을 노란 명함집 위에 내려놓고 꼼꼼하게 모퉁이 각을 맞췄다.

"괜찮으시면 드세요."

유메코는 티 나지 않게 한쪽 손으로 찻잔을 가리키고는 "오늘도 상당히 추운 날씨네요"라고 덧붙였다. 하나는 "고맙습니다"라고 대답하고 찻잔을 손에 들었다. 손끝에 따뜻한 온기가 전해져서 그것만으로도 안도의 숨이 흘러나왔다. 입에 대고 호로록 소리를 내며 차를 마시자, 몸 한가운데로 뜨거운 액체가 흘러들었다. 잔에 담긴 차는 홍차 같았다. 부드러운 달콤함과 연한 자극이 혀 위로 번져갔다.

"맛있다."

하나가 무심코 중얼거렸다. 유메코는 입술 끝을 살짝 올리고 "꿀에 잰 생강을 넣었어요"라며 자기도 찻잔을 들어올렸다.

"뼛속까지 따뜻하게 해주죠."

그녀가 찻잔을 입술에 대자, 차에서 피어오른 수증기에 안경이 순식간에 부예졌다. 왠지 봐선 안 될 걸 봐버린 기분이 들어, 하나는 한쪽 귀퉁이에 놓인 관엽식물 화분으로 시선을 돌렸다.

"스튜디오가 멋지네요."

"고맙습니다. 이 소파에서 사진을 찍어드릴 때도 있어요."

유메코에게 다시 얼굴을 돌리자, 안경은 원래대로 돌아와 있었다. 하나는 숄더백 끈을 꼭 쥐었다. 무슨 얘기부터 꺼내야 할까. 그러자 하나의 속마음을 꿰뚫어본 듯이 유메코가 먼저 말문을 열었다.

"도후쿠지 씨는 오사카 분이잖아요. 혹시 구로코 씨가 저희 사진관을 할머님에게 소개해주셨나요?"

"아뇨, 할머니가 직접 알아보신 것 같아요. 저는 나중에야 할머니가 스가모까지 영정사진을 찍으러 오셨다는 말을 전해 듣고 놀랐고요…… 수첩을 들척여보니 두 달 전 그날은 할머니가 제가 일하는 곳 근처에 오셔서 같이 식사도 했는데, 그때도 할머니는 이쪽 사진관 얘기는 안 하셨거든요."

유메코가 "행동력이 대단하신 분이네요"라는 무난한 코멘트를 단 후, 이야기의 흐름을 바꿨다.

"도후쿠지 씨의 사진은 반응이 굉장히 좋아요. 자기다운 사진이 좋다고 말씀드려도 좀처럼 이미지를 떠올리지 못하시는 분들이 많은데, 도후쿠지 씨의 사진을 보여드리면 다들 이렇게 자유롭게 찍어도 되냐며 놀라시거든요."

하나는 공범 같은 미소를 짓는 유메코를 보며 쓸쓸하게 웃었다.

"분명 임팩트는 있죠."

"도후쿠지 씨처럼 나이 들고 싶다고 저희끼리도 얘기했어요."

"노는 걸 좋아하셨다고 할까……"

"멋지잖아요."

유메코가 부드럽게 말하며 실눈을 떴다.

"그건 그렇고, 건강하신가요?"

유메코의 태평한 표정에 하나는 잠시 머뭇거리다 대답했다.

"할머니는 지난달에 돌아가셨어요."

유메코는 한순간 말문이 막힌 듯했지만, 목소리 톤을 낮추며 고개를 숙였다.

"저런…… 삼가 조의를 표합니다."

그 빈틈없는 몸짓에서 어색함은 찾아볼 수 없었다.

삼가 조의를 표한다는 말을 저렇게 자연스럽게 할 수 있는 건 나이 덕분일까, 아니면 직업 때문일까. 하나는 정중하게 고개 숙여 인사하는 그녀를 보며 생각했다. 나로 말하자면, 대화를 하다 상대의 가족이 돌아가신 지 얼마 안 됐다는 소리를 들으면 곧바로 그런 인사를 건넬 수 없다. '삼가 조의를 표합니다' '상심이 매우 크시겠습니다' 같은 말이 떠오르긴 하지만, 어느 쪽이든 막상 입에 담기는 어색한 기분이 들고 만다.

"고맙습니다."

하나는 유메코와 같은 정도로 고개를 숙이며 인사를 받았다. 유메코는 찻잔을 잡았고, 그러면서도 입에 대지는 않은 채로 말을 이었다.

"도후쿠지 씨는…… 굉장히 유쾌한 분이셨어요."

하나는 숨을 후 하고 내쉬었다. 분명 말 그대로의 의미는 아니겠지. 할머니는 만만찮은 괴짜다.

"유별나셨죠."

"아니에요."

뜻밖에도 유메코가 강하게 부정했다.

"정말로 너무 멋진 분이셨어요. 저희 사진관을 찾으시는 분들 중엔 자기 인생을 어떻게 마무리 지을지에 관해 나름의 생각을 갖고 계신 분이 많은데, 도후쿠지 씨의 경우는 특히 재미있었거든요."

유메코가 찻잔을 받침접시에 내려놓았다. 딸깍거리는 소리가 조용한 실내에 울려 퍼졌다.

"마지막에 가족에게 퀴즈를 내고 싶다고 하셨어요. '죽는 건 두렵다. 하지만 죽으면, 할머니에게 퀴즈 정답을 들을 수 있다.' 그런 기대감을 가족들에게 안긴다면, 죽음이 조금은 즐거워질 거라고."

유메코가 침울한 표정을 지었다. 그것이 프로의 연기인지 아닌지 하나는 알 길이 없었다. 그렇지만 가슴이 조금 뭉클해지는 기분이 들었다.

'마지막에 가족에게 퀴즈를 내고 싶다.'

할머니가 그런 말을 했단 말인가.

갑작스럽게 돌아가시지만 않았다면, 할머니는 정말로 퀴즈를 내주셨을까. 좀더 나이가 들어 자연스럽게 숨을 거두셨다면.

하나는 솟구쳐 오르는 감정을 억누르기 위해 눈을 감았다. 눈꺼풀 너머로, 혼자 사는 자신의 아파트 천장이 떠올랐다.

그것은 엄마에게 할머니가 돌아가셨다는 소식을 들었을 때의 광경이었다.

*

고향집에서 하나의 휴대전화로 전화가 걸려온 것은 크리스마스이브였다.

너무 많이 잤는지 나른한 두통이 계속됐고, 원인이 지나친 잠 때문이라면 그만 일어나야겠다고 생각하면서도 좀처럼 베개에서 머리를 들 수가 없었다. 어깨 밑에서 둔탁한 진동이 이어지는 휴대전화를 끄집어내, '집'이라고 표시된 화면을 보고선 숨을 삼켰다. 하나는 화면 쪽으로 손을 뻗다가 막 닿기 직전 동작을 멈췄다. 왜 전화했지? 하는 생각이 가슴속을 거슬거슬 훑고 지나갔다. 신호음을 세 번 더 들은 후에야, '아아, 크리스마스이브구나' 했다.

오늘만큼은 전화를 받지 않아도 크리스마스이브니까 일하는 중이거나 데이트하는 중일 거라고 짐작해주리라는 기대와, 지금 받지 않으면 나중에 그 어느 쪽도 아니었음이 밝혀졌을 때 더 성가셔지리라는 생각이 맞서 싸웠다. 차라리 오늘 말해버려야 할까. 일을 그만뒀다는 얘기와 결혼은 없던 일이 됐다는 얘기. 하지만 어디서부터 어떻게 얘기를 꺼내야 할지 막막했다.

그러면서도 결국 전화를 받은 이유는 그것이 구로코 가족의 상례이기 때문이었다. 가족 누군가의 생일에는 "생일 축하해", 설날에는 "새해 복 많이 받아", 크리스마스에는 "메리 크리스마스". 구로코 가족은 어디에 살든 누구와 있든, 반드시 서로 연락을 하고 정해진 인사말을 주고받았다. 어릴 때부터 상례가 된 그런 인사는 이미 너무나 당연지사가 되어버려 빠뜨리면 오히려 마음이 불안했다.

"여보세요?"

"어 그래, 하나야. 지금 통화 가능하니?"

응, 이라고 대답한 후, 왠지 모르게 어색해서 "아 참, 메리 크리스마스"라고 말을 이었다. 그러자 엄마가 "지금 그런 소리나 할 때가 아니야"라며 강한 억양으로 받아쳤다. 하나는 움찔 놀라 뺨이 굳었다.

누구한테 들은 거지?

순간적으로 그런 생각이 들었지만, 아직 아무한테도 말하지 않았다는 사실을 떠올렸다. '그럼 뭐지?'라고 의아해하는데, 엄마가 숨을 깊게 들이마시는 소리가 들렸다.

"히가시오사카* 할머니가 돌아가셨어."

순간 현기증처럼 기시감이 느껴졌다. 돌아가셨어―엄마에게 전해 들은 가족의 죽음. 머릿속으로 히가시오사카 할머니라고 되뇌다 퍼뜩 정신이 들었다.

"히가시오사카 할머니가?"

하나가 엉겁결에 되물은 까닭은 히가시오사카 할머니와 죽음이라는 단어가 좀체 연결되지 않아서였다.

외할머니인 히가시오사카 할머니는 하나와 사촌들이 놀러가도 손자는 나 몰라라 하고 아빠나 엄마를 붙들고 마작 판을 벌이는 분이었다. 하나가 "나, 심심해"라고 투덜거리면, "할머니도 심심혀"라며 무서운 미소를 흘렸다.

그렇지만 하나가 초등학교에 입학할 무렵부터는 설에 놀러 가면 해마다 할머니표 특제 퀴즈가 준비되어 있었다. 퀴즈 종류는 아이들 연령에 맞춘 수수께끼거나 뒷산을 무대로 한 오리엔티어링**, 결말 부분

---

* 오사카 시의 동쪽에 위치한 도시.
** 혼자 지도와 나침반을 들고 산속의 여러 지점을 통과하여 최종 목적지까지 정해진 시간 내에 찾아가는 놀이.

을 찢어낸 추리소설의 범인 알아맞히기 등등 다양했지만, 난이도는 상당해서 모두 다 금세 풀어낼 수는 없었다.

예를 들자면, 하나는 어느 해인가 벽장에 갇혔다. 훈육을 위해서가 아니라 퀴즈를 풀기 위해서였다. 작은 백열등 불빛에 의지해 벽장 안을 살펴보니, 잡동사니를 넣어두는 상자 뒤에 암호와 비행기 그림이 그려진 종이가 붙어 있었고, 표시된 숫자대로 여행가방의 다이얼 자물쇠를 돌리자 그 속에서 또 다른 암호가 나왔다. 그것을 다시 풀고 또 풀고를 반복하자, 마침내 '세뱃돈'이라고 적힌 봉투가 나왔다. 봉투 속에 돈은 없었다. 대신, 새해에 문 앞에 세우는 장식 소나무와 팽이가 그려져 있고, '~에 당첨'이라고 적힌 종이가 들어 있었다. '당첨'이라는 글자를 보자 너무 기뻐서 잽싸게 부엌에 있는 할머니에게 달려갔는데, 할머니는 빙그레 웃더니 "옜다, 노력상이다"라며 천 엔을 주었다.

액수가 적은 것보다 가까스로 풀었는데 칭찬을 못 받은 게 억울했던 하나는 한참 동안 세뱃돈 봉투를 노려보았다. 얼마나 시간이 흘렀을까. 하나는 거실로 돌아가다 불현듯 자기 실수를 알아차렸다.

'세뱃돈'이라고 적힌 봉투에 든 종이에는 그림이 그려져 있는 게 아니라, '가도마쓰' '고마' '니아타리'라는 글자가 쓰여 있었던 것이었다. 그 글자들에서 '마'와 '타'를 빼면, '가도쓰코니 아리' 즉, '모퉁이에 있음'이라는 말이 됐다. 허겁지겁 벽장으로 돌아가 네 모퉁이를 살피자, 서랍장 틈새에 '세뱃돈 교환권'이라고 적힌 작은 봉투가 끼워져 있었다.

하나는 벽장에서 뛰쳐나와 할머니에게 그 봉투를 건넸다. 할머니는 "우리 하나, 제법이네"라며 실눈을 뜨고 기쁘게 웃었다.

"이번에는 정답이야, 할머니?"

"음, 그렇긴 헌디, 승부는 한 번뿐이어. 세뱃돈은 아까 걸로 끝!"

할머니의 퀴즈는 풀리는 해도 있었고, 못 푸는 해도 있었다. 풀지 못하면 얄짤없이 세뱃돈을 받지 못했다. 남동생은 "말도 안 돼"라며 울상을 지었지만, 하나는 설날이 되면 세뱃돈보다도 퀴즈가 더 기대됐다. 하나가 "이러니까 의욕이 더 불타오르는 거야"라고 남동생에게 말하자, 할머니는 예의 그 힛힛힛 소리를 내며 웃고는, "우리 하나는 엄마를 빼닮았구나. 도미코도 형제들 중에서 퀴즈를 젤로 좋아했지"라고 말했다.

하나는 할머니에게 "오봉*에도 퀴즈를 내주세요"라고 부탁했다. 그렇지만 할머니는 "일 년에 딱 한 번이라 좋은 거여"라며 들어주지 않았다. 처음에는 불만이었지만, 머지않아 하나도 그 뜻을 이해하게 됐다. 할머니의 퀴즈에는 공이 많이 들어갔다. 게다가 손주들 한 명 한 명에게 각기 다른 문제를 준비했다. 일 년에 두 번은 할머니에겐 너무 벅찬 일이었다.

그래서 하나는 새해가 되면, 친가가 있는 고베가 아니라 히가시오사카에 먼저 가고 싶었다. 고등학생이 되어서도 전문대학에 진학해서도 미용사로 일하기 시작한 후에도 새해에는 꼭 고향집으로 내려가

---

* 일본의 추석 명절.

부모님과 함께 할머니 댁에 인사를 갔다.

할머니는 하나가 사회인이 된 후에도 세뱃돈을 끊지 않았다. "네가 손녀인 건 변함 없으니께"라고 퉁명스럽게 말하며, 계속해서 퀴즈를 내주셨다.

"여보세요? 하나야? 듣고 있니? 히가시오사카 할머니가 돌아가셨 다고."

"듣고 있어."

하나는 엄마가 되풀이하는 말을 어안이 벙벙한 채로 가로막았다. 현실감이 없었다. 눈물은커녕 슬픔조차 솟구치지 않았다. 할머니가 장난치는 게 아닐까 하는 생각이 대신 떠올랐고, 묘하게 그쪽이 더 납 득이 갔다. 할머니는 건강상의 문제가 전혀 없었던 것이다.

"돌아가셨다니, 왜?"

"그게, 아무래도 오토바이 사고였던 모양이야."

"오토바이? 그럼, 치였다는 거야?"

아니, 라며 잠시 머뭇거렸지만 엄마는 하나가 재촉하기도 전에 뒷 말을 이었다.

"할머니가 탔나 봐."

"뭐?"

하나의 목에서 맥 빠진 소리가 흘러나왔다. 오토바이 사고는 드물 지 않다. 그러나 분명, 거의 다 젊은이들 사고일 것이다. 봐준다 해도 중장년.

히가시오사카 할머니는 일흔세 살, 게다가 애당초 오토바이를 타본 적도 없지 않은가.

"엄마도 무리라고 했어. 너무 위험해서 안 된다고. 타시지 말라고. 그런데도 덜컥 오토바이를 사버릴 줄 누가 알았겠니. 정말 믿기질 않아. 일흔 넘은 할머니한테 오토바이를 파는 가게가 있을 거라는 상상도 못했고."

엄마의 침통한 목소리가 귓속에서 이리저리 난반사했다. 하나는 마음속으로 히가시오사카 할머니가 죽었다는 말을 되뇌었다. 눈물이 나지 않았다.

이유는 알 수 없었다.

*

"너무 갑작스러운 일이라 장례식 때는 혼란스러웠어요. 다들 어쩌다 이런 일이 생겼냐며 울어야 할지 한탄해야 할지, 할머니답다고 웃으며 그리워해야 할지 혼란스러웠을 거예요."

하나는 허벅지 위에 올린 양손의 손등을 내려다보며 말했다.

"그런데도 웃는 사람이 있었던 건 여기서 찍어주신 영정사진 때문이라고 생각해요. 덕분에 심하게 우울해지지 않았어요. 할머니도 너무 우울한 장례식은 원치 않으셨을 테니까."

유메코가 대답을 망설이는 듯 뜸을 들이더니, "네에"라며 고개를 끄덕였다. 하나는 힘없이 주먹을 쥐었다.

"하지만 저희 엄마만은 예외였어요. 화장을 마치고, 추도 기간이 시작된 후에도 눈물을 멈추지 못했어요."

엄마가 우는 모습을 본 건 삼 년 전 아빠가 돌아가시고 처음이었다.

"오토바이 타는 걸 끝까지 반대하지 못했기 때문만은 아닐 거예요. 실은 장례식을 치를 때 변호사님이 할머니 유언장을 들고 오셨어요. 외삼촌이 애들은 저쪽에 가 있으라면서 손주들을 옆방으로 쫓았죠. 그래서 그때는 엄마랑 외삼촌이랑 이모 그렇게 엄마 쪽 형제들과 그 배우자들만 유언장을 열어봤는데……"

"시로사키 씨가요?"

유메코는 그 부분이 걸렸던 모양이었다. 살짝 두둑한 그녀의 눈썹이 치켜 올라갔다. 하나가 "아하" 하고 소리를 높였다.

"그러고 보니 그 변호사님은 이쪽에서 소개해준 분이었죠?"

"세상에나, 시로사키 씨도 그렇지, 하필 장례 치르는 도중에 유언장을 들고 갈 건 뭐람."

"아뇨, 할머니가 그렇게 하도록 조치한 것 같으니, 변호사님…… 시로사키 씨의 잘못은 아닐 거예요. 문제는 유언장 내용이었어요."

하나는 숄더백을 열고 안에서 봉투 하나를 꺼냈다. 테이블 위에 내려놓고 유메코 쪽으로 미끄러뜨리자, 유메코가 하나를 쳐다봤다.

"제가 봐도 되나요?"

하나는 "부탁드립니다"라고 대답하며 고개를 끄덕였다. 유메코는 봉투 안을 들여다본 후, 전통종이로 만든 편지지를 꺼내 신중한 손놀림으로 펼쳐 들었다.

유언자 도후쿠지 기요는 다음과 같이 유언한다.

유언자는 유언자의 유산 분할 협의와 관련하여, 다음과 같이 분할하도록 분할 방법을 지정한다.

제1조　　　　이하의 토지 및 건물은 장남인 도후쿠지 다이치(1960년 7월 15일생)가 취득한다.

1. 토지

주소	오사카 부 히가시오사카 시 이마고메 산초메
번지	8번지
지목地目	택지
지적地積	124.22제곱미터

2. 건물

소재번지	오사카 부 히가시오사카 시 이마고메 산초메 8번지
가옥번호	2983번
종류	거주 주택
구조	목조 기와지붕 2층 건물
면적	1층 101.53제곱미터
	2층 97.88제곱미터

제2조　　　　예금 및 적금 전액은 차녀인 이다 사치코(1965년 9월 3일생)가 취득한다.

2013년 11월 16일

오사카 부 히가시오사카 시 이마고메 산초메 8번지

도후쿠지 기요

"저희 엄마는 장녀고, 이름은 구로코 도미코예요."

하나가 감정을 절제한 목소리로 말했다. 유메코는 몇 초간 유언장을 뚫어져라 바라본 후, 얼굴을 들었다.

"그렇다면……"

하나가 고개를 살짝 끄덕였다.

"할머니는 엄마한테만 유산을 남기지 않았어요."

잠시 침묵이 흘렀다.

하나는 붓펜으로 단정하게 쓴 할머니의 글씨를 바라보았다. 할머니는 왜 엄마의 이름만 쓰지 않았을까. 아니, 정확히 말하면 한 군데도 안 쓴 건 아니었다. 하나는 유메코가 테이블에 내려놓은 봉투를 집어 들었다. 봉투 겉면에 유언장이 든 봉투치고는 지나치게 화려한 빨간 우표가 붙어 있고, 할머니의 글씨가 달필로 늘어서 있었다.

구로코 도미코 님

받는 사람이 엄마 이름이었다.

할머니는 엄마를 잊어버린 게 아니다. 그러나 그것이 오히려 엄마에게는 더 잔혹한 사실을 들이민 셈이다.

할머니가 일부러 엄마만 제외시켰다는 사실.

"뭐야, 이게?"

장례식장에서 처음 고함을 지른 사람은 외삼촌이었다. 하나와 사촌들은 그 심상치 않은 목소리에 놀라 부랴부랴 옆방으로 달려갔다. 아이들이 뛰어 들어온 걸 알아챈 외삼촌은 더 큰 소리로 고함을 쳤다.

"저쪽에 있으랬지!"

그러나 하나는 외삼촌의 말을 듣지 않았다. 엄마가 주저앉아 울고 있었기 때문이다.

"엄마!"

하나가 엄마에게 달려가자, 엄마가 하나에게 매달렸다. 팔뚝에 손톱이 파고들 정도로 부여잡는 힘을 느끼고 하나는 가슴이 메었다. 하나가 엄마의 등을 어루만지자, 엄마의 울음소리와 떨림은 더더욱 커져갔다. 외삼촌은 난처한 얼굴로 입을 다물었다. 대신 입을 연 사람이 시로사키 변호사였다.

"단, 음…… 법정유류분이라는 게 있으니 이 유언장대로 진행되진 않습니다. 도미코 씨는 유류분 권리자 중 한 분이니 일정 비율의 유산을 상속받을 권리가 있습니다. 음…… 유류분 반환 청구소송을 하시면, 이 유언장은 부분적으로 실효성을 잃게 되고…… 그러니까 다시 말해, 수속을 밟으면 도미코 씨도 유산을 받을 수 있습니다."

예를 갖춰 차려 입은 초로의 남자는 잠깐잠깐 말문이 막히면서도 대사를 읽듯 말했다. 변호사라기보다 먼 친척뻘 아저씨처럼 보이는 시로사키 씨가 어려운 법률 용어를 쓰는 모습은 외국에는 가본 적도 없는 엄마가 외국인 관광객에게 더듬거리는 영어로 말을 건넬 때처럼 간지러운 느낌이었다.

외숙모가 숨을 후 하고 내쉬었다.

"그래요, 도미짱만 못 받다니, 그건 말도 안 돼, 너무 박정해……"

"그런 문제가 아니야!"

비명을 내지른 사람은 엄마였다. 엄마는 어린애처럼 울부짖으며 온통 찡그린 얼굴로 바닥을 내리쳤다.

"돈 따윈 아무래도 상관없어. 돈을 원하는 게 아냐!"

외숙모는 할 말을 잃었고, 방에는 울부짖는 엄마의 목소리만 울려 퍼졌다.

하나는 유메코를 가만히 응시했다.

"엄마는 지금도 침울한 상태예요. 울고불고 하진 않지만, 이따금은 문득 생각이 나는지 또다시 울어요. 사실은 저도 할머니가 왜 엄마만 제외시켰는지 모르겠어요. 모르니까 위로해줄 수도 없고요."

하나는 다시 한 번 숄더백을 열어, 스냅사진 크기의 영정사진을 꺼냈다.

"시로사키 씨는 할머니가 무슨 생각으로 이 유언장을 썼는지에 대해선 들은 바가 전혀 없다고 했어요. 그래도 조금이라도 아는 게 없냐고 물었더니 이 사진관을 알려주셨죠."

하나는 테이블 위에 할머니의 사진을 내려놓고는 유메코 쪽으로 얼굴을 돌리며 말했다.

"할머니가 여기서 상담을 받았을 거라고."

유메코는 잠시 할머니의 사진을 내려다봤다. 그러더니 짧은 숨을 내쉬고 정중하게 사진을 집어 들고는 하나 쪽으로 내밀며 말했다.

"죄송합니다. 구로코 씨. 저는 도움이 안 될 것 같습니다."

지극히 고요한 목소리였다. 하나는 사진으로는 손을 뻗지 않은 채 몸만 앞으로 내밀며 말했다.

"무엇이든 상관없어요. 엔딩플랜이라는 것에 관해 대화를 나눴으면, 유언장 얘기도 조금은 나오지 않았을까요?"

"구로코 씨."

유메코가 한참을 망설이다 "죄송합니다"라며 고개를 숙였다.

"제가 처음부터 확실하게 말씀드렸어야 했어요. 상담 내용은 가족에게도 말씀드리지 않게 되어 있고……"

"부탁이에요. 할머니는 이미 돌아가셨고, 할머니가 유언장에 관해 말했을 가능성이 있는 사람이 더는 없어요."

유메코가 "실은"이라고 말문을 여는 목소리가 하나의 머리 위쪽에서 들려왔다. 하나가 얼굴을 번쩍 들었다. 시선이 마주친 순간, 유메코가 안경 속의 속눈썹을 내리깔았다.

"저는 도후쿠지 씨의 상담 자리에는 동석하지 않았어요. 처음에 엔딩노트를 쓰시라고 제안했지만, 그런 건 됐다, 유언장만 만들면 되니 그쪽 전문가나 소개해달라 그러셔서…… 제가 한 일이라곤 시로사키 변호사를 소개시켜드린 것뿐이에요."

하나의 온몸으로 실망감이 번졌다. 시로사키 씨와는 이미 얘기를 나눴다. 그렇다면 이제 더 이상 아무것도 알아낼 수 없는 것일까. 유메코가 "도움이 되지 못해 정말 죄송합니다"라며 다시 한 번 고개를 숙였다. 정수리에 설핏 보이는 그녀의 흰머리를 보며 하나는 몸이 무거워지는 것을 느꼈다.

"알겠습니다."

하나가 나지막이 중얼거리자, 유메코의 어깨가 쑥 내려갔다. 그 순간, 하나는 깨달았다. 그녀는 이걸로 짐을 내려놓았다는 것을. 더 이상 이 문제로 골치 아플 필요가 없는 것이다.

엄마는 앞으로도 평생 동안 괴로움에 시달릴 텐데.

그때, 진열창에 붙어 있던 포스터의 축소판이 눈에 들어왔다. 유리 테이블 가장자리에 음식점 메뉴판처럼 세워져 있었던 것이다.

〈소중한 사람에게 마지막으로 남겨줄 최고의 선물!〉
〈언제까지나 당신을 기억하게 해줄 '진정한 모습'이 담긴 사진!〉

그 문장을 본 순간이었다. 하나는 감정을 주체하지 못하고 목소리를 떨었다.

"여기서 찍어주신 할머니의 영정사진은 분명 멋졌어요. 우리는 언제까지나 할머니다운 모습을 볼 수 있고, 할머니를 떠올릴 수 있겠죠."

하나는 말을 끊고, 유메코를 바라보았다.

"그렇지만 저희 엄마는 이제 할머니를 떠올릴 때마다 슬픔에 잠길 거예요. 할머니를 가깝게 느끼면 느낄수록 자신의 감정을 감당할 수 없게 될 거예요."

더 이상 말하면, 상대에게 상처가 된다는 것을 하나도 알고 있었다. 엉뚱한 사람에게 화풀이를 하고 있음을, 아무 잘못도 없는 사람에게. 하지만 생각과 달리 하나는 말을 멈출 수 없었다.

"할머니가 영정사진 같은 걸 찍는 게 아니었어. 여기서 변호사 따윌 소개받은 게 문제야. 영정사진도 유언장도 없었으면, 최소한 엄마가 할머니를 떠올릴 때마다 감당할 수 없는 슬픔에 잠기진 않았을 텐데."

유메코의 갸름한 눈이 휘둥그레졌다. 그녀의 눈빛에서 그때껏 없었던 동요를 감지한 하나는 얼굴을 돌렸다. 그리고 테이블 위에 흩어져 있던 유언장과 봉투와 사진을 주워 모아 숄더백 안에 넣었다. 하나는 다운재킷을 움켜쥐고 일어나 말없이 유메코에게 고개를 숙였다.

"실례되는 말을 해서 죄송해요. 고마웠습니다."

하나는 빠르게 말을 마치고 발길을 돌렸다. 그리고 파티션을 휘돌아 출입구 쪽으로 향했다. 몸속에서 후회가 소용돌이쳤다. 남동생 말대로 차라리 오지 말걸. 와봐야 변하는 게 없으리라는 것쯤 충분히 상상할 수 있었는데.

하나는 나무문에 힘껏 손바닥을 얹었다. 문의 무게에 손목이 묵직하게 아파왔다. 다리를 벋디디며 미는 손에 힘을 넣자, 틈새로 밀려든 차가운 공기가 붉게 달아오른 뺨과 셔츠 한 장만 걸친 하나의 팔을 냉랭하게 휘감았다. 하나는 문 밖으로 한 발을 내딛었다. 그때였다. "구로코 씨!" 하고 부르는 유메코의 목소리가 뒤에서 들려온 것은.

하나는 걸음을 멈추고, 몸통만 돌려 뒤를 돌아보았다. 문은 눈 깜짝할 사이에 원래 위치로 돌아왔다.

"힘들게 저희 사진관까지 찾아주셨는데, 도움이 되어드리지 못해 죄송합니다."

대체 몇 번째 사과야. 하나는 고개를 숙인 채 어금니를 앙다물었다.

"저야말로 죄송합니다."

자기감정을 이기지 못하고 그녀에게 퍼부어버린 말들이 뇌리에 되살아났다. 왜 그런 심한 말을 해버렸을까. 오늘은 후회투성이다.

"저어, 도움이 될지 어떨지는 잘 모르겠지만……"

유메코가 머뭇머뭇 입을 열었다. 지금까지와 전혀 다르게 모호한 말투였다. 하나는 유메코의 얼굴을 가만히 응시했다. 말하기가 난처한지, 그녀는 목소리를 쥐어짜내며 간신히 말을 이었다.

"도후쿠지 씨의 상담을 담당했던 사람이라면, 저보다는 나은 답변을 해드릴 수 있을지 모르겠어요."

"그분이 가르쳐주실까요?"

"아뇨, 궁금해하시는 점을 그 사람이 들었을 가능성은 크지 않을 거예요."

유메코가 다짐을 해두듯 말했다. 하나는 살며시 고개를 흔들었다.

"상관없어요."

바깥공기를 맞아 차가워진 뺨과 팔에 다시 온기가 도는 기분이었다. 유메코의 얼굴에는 여전히 긴장이 서려 있었다.

"한데 상담을 담당했던 직원이 외근으로 잠시 자리를 비웠습니다.

이십 분쯤 있으면 들어올 것 같은데…… 기다리시겠어요?"

"기다려도 될까요?"

유메코는 긍정의 뜻인 듯 방 안쪽을 가리켰다.

"아까 계셨던 곳으로 가시죠."

"고맙습니다."

하나는 허리를 깊이 숙이며 감사를 표하고 그녀를 따라갔다. 방금 전까지 앉아 있던 소파 앞에 서자, 뒤늦게 어색한 감정이 찾아들었다. 테이블에는 두 사람이 마시던 찻잔이 그대로 있었다. 유메코가 어디선가 쟁반을 들고 오더니 테이블 옆에 무릎을 꿇고 앉았다. 쟁반에 찻잔을 살며시 올리며 그녀가 입을 열었다.

"실은 도후쿠지 씨의 상담을 담당했던 직원이 한 명 더 있는데, 공교롭게도 좀 전에 보셨던 남자 분이라…… 원치 않으시면 그 사람은 동석시키지 않을 수도 있어요."

하나는 난처해하는 그녀를 보며 조금 전 남자의 모습을 떠올렸다. "어이"라고 부르던 나지막한 목소리, 영락없이 화난 사람처럼 보이던 무표정한 얼굴, 하나가 말하는 도중에 홱 돌려버린 차가운 등. 그렇지만 하나는 "아뇨"라고 말을 받았다.

"두 분 다 부탁드릴 수 있을까요?"

유메코는 뭔가 하고 싶은 말이 있는 듯 입을 열었지만, 결국 "알겠습니다"라고만 대답했다. 그리고 쟁반을 들고 일어나 고개를 숙였다.

"그럼, 여기서 잠시만 기다려주세요."

유메코는 카페 직원 같은 말투로 그렇게 말하고 방에서 나갔다. 잠시 후 어느 방으로 들어갔는지, 딸깍 하고 문 닫히는 소리가 저쪽에서 들려왔다.

혼자 남은 하나는 천장을 올려다보며 가늘고 길게 숨을 내쉬었다. 그대로 소파 등받이에 몸을 기대자, 허리가 앞으로 줄줄 미끄러졌다. 거의 드러눕다시피 한 자세가 되어버려서 하나는 허둥지둥 몸을 일으켰다. 그러곤 허벅지 옆에 둥글게 만 다운재킷을 내려놓고, 테이블 가장자리에 세워둔 플라스틱 판을 집어 들었다.

별생각 없이 돌려보니, 〈요금 안내〉라는 글자가 나타났다.

촬영(3컷)	2000엔
촬영 + 헤어메이크업 or 의상	8000엔
촬영 + 헤어메이크업 and 의상	10000엔

기타 요금	
사진 가공 및 보정	500엔~
3컷 (스탠딩액자 포함)	1500엔
5컷 (스탠딩액자 포함)	2000엔
6컷 대지 1장(액자 포함)	5000엔
4컷 대지 1장(액자 포함)	7000엔
전체 데이터 시디	10000엔

하나는 가격표에 늘어선 숫자를 보며 유메코의 말을 떠올렸다.

"가격도 이천 엔부터라 합리적이에요."

분명 그 말대로. 촬영만 하면 이천 엔이면 되는 모양이다. 그렇지만 데이터와 사진을 받지 못하면 의미가 없다. 촬영만 하면 이천 엔이라는 가격 설정은 의외로 싸다는 인상을 심어주기 위한 전략이겠지. 그런 생각이 들긴 했어도 딱히 불쾌하진 않았다. 미용실 요금표도 사정이 비슷했다.

미용실에서 커트만 할 수도 있다. 하지만 하나가 근무했던 코코아 오모테산도 본점의 경우는 다른 시술로도 매출을 올려주지 않으면 이익이 거의 없었다. 트리트먼트, 염색, 펌, 스트레이트, 오리지널 굿즈 판매까지. 강요하는 인상을 풍기지 않는 선에서 능숙하게 이런 것들을 추천했던 예전 동료의 모습이 떠올랐다. 하나는 그 기억을 쫓아내기 위해 눈을 감았다.

그러자 그 틈을 타고 솟아오르듯, 유메코의 말이 다시 한 번 뇌리에서 울려 퍼졌다.

"증명사진이나 기념사진. 맞선사진 대용으로 쓰시는 분도 계세요."

맞선사진이라는 말에, 비유가 아니라 정말로 가슴이 아팠다.

하마터면 허공을 향해 "할머니" 하고 부를 뻔했다. 하나는 황급히 입술을 깨물었다.

*

하나가 난생처음 프러포즈를 받은 것은 지금부터 석 달 전인 10월

8일, 하나가 혼자 사는 아파트에서였다.

스물다섯 살 때부터 사 년간 사귄 다카이 노부오가 "아, 역시 좋아. 난 이제 하나랑 꼭 결혼할 거야"라며 하나를 힘껏 끌어안았다. 그리고 그다음 주, 야경이 아름다운 호텔 레스토랑에서 "순서는 바뀌었지만"이라며 그가 수줍게 반지를 건넸다.

반지에는 싸구려라는 걸 한눈에 알아볼 수 있을 만큼 큰 이미테이션 다이아몬드가 박혀 있었다. 친구가 "그 사람 서른넷이라며, 이건 아니지"라며 비웃었지만, 하나는 신경 쓰지 않았다. 그런 것보다는 부모님에게 인사시킬 적절한 시기와 직장에 최대한 피해를 안 끼칠 수 있는 인수인계 절차를 고민하는 데 정신이 쏠려 있었다.

미용전문학교를 나온 직후부터 구 년 동안 다닌 미용실을 그만두는 데 망설임이 전혀 없었던 것은 아니다. 그러나 마케팅 회사에서 영업 업무를 맡고 있는 노부오가 연말이면 고베 본사로 돌아가기로 결정이 난 상태였고, 처음 사귈 때부터 "난 정말로 내 아내는 일을 안 했으면 좋겠어"라는 말을 들어온 터였다.

하나는 미용실 사수에게 결혼 때문에 일을 그만둬야겠다는 의사를 전달했다. 그리고 동시에 노부오의 일이 바빠지기 시작했다. 본래도 바빴지만, 인수인계와 송별회까지 더해져서 하나와 만나는 시간이 눈에 띄게 줄었다. 그렇지만 하나는, 외로운 기분이 들긴 했어도, 두 달 후면 함께 살 건데 뭐 하며, 특별히 신경 쓰지 않았다. 하나 자신도 인수인계와 송별회로 정신없이 바빠진 이유도 있었다.

그런데도 노부오는 몇 번인가 회식이 끝난 후에 둘이 만날 시간을 내주었고, 하나가 부모님에게는 언제 인사하러 가는 게 좋겠냐고 물으면, "흠, 글쎄"라며 넥타이를 풀면서 휴대전화 일정표를 열어보기도 했다. 하나는 문득, 노부오가 자기를 만나지 않을 때는 뭘 할까 궁금해졌다. 그러나 일정 애플리케이션이 뜨면 거의 반사적으로 시선을 돌렸다. 남의 휴대전화를 엿보는 건 반칙이라고 생각했다.

"11월에 있는 사흘 연휴는?"

"음, 아, 미안. 그날은 새 집을 보러 가야 해."

"같이 가도 돼?"

"그건 좀 그러네. 직원 기숙사라서."

아, 직원 기숙사구나, 라고 생각할 뿐, 하나는 그 이상 자기주장을 하지 않았다. 약혼자라고 해도 아직 아내도 아닌데, 괜히 따라가서 상사나 동료들 가족에게 이상하게 보이면 큰일이라고 생각했기 때문이다.

"그렇구나, 역시 연초에 새해인사 겸 해서 찾아뵈는 게 좋겠지?"

하나가 그렇게 중얼거리자, 노부오가 하나의 머리를 헝클어뜨리며 "앞으로의 일정은 아직 잘 모르니까, 그때쯤 얘기할까?"라며 웃었다. 의문형으로 끝내긴 했어도 얘기를 마무리 지으려는 의도가 확실하게 전해져서, 하나는 "그게 좋겠네"라며 고개를 끄덕였다.

결국 11월의 연휴에는 하나 혼자 고향집에 갔다. 하나는 결혼하고 싶은 사람이 있다는 얘기를 꺼냈다. 엄마는 기쁜 듯이 활짝 웃으며 불단의 아빠를 돌아보았다. "잘됐죠? 당신도 이젠 마음이 놓이겠네."

하나는 결혼과 함께 일을 그만둔다는 얘기를 동료는 물론이고 단골손님에게도 했고, 친구들에게도 알렸다. 노부오에게는 따로 말하지 않았다. '굳이 말하지 않아도 당연히 알고 있을 것'이 진짜 이유는 아니었다. 노부오가 변심할지 모른다는 두려움이 하나에게는 있었다. "결혼하려면 내가 일을 그만두는 게 좋겠지?"라고 묻는 건 상대에게 선택을 재차 강요한다는 의미였다. 굳이 멈춰 세워 정말 이래도 좋은가 고민하게 만들고 싶진 않았다.

사실은 하나도 노부오와의 사이에 감도는 불길한 기미를 감지하고 있었는지도 모른다. 그러나 하나는 모른 척했다. 노부오를 위해 일을 그만두면 노부오는 물러설 수 없게 된다. 하나에게 그런 타산이 없었다고 당당하게 말할 수는 없다.

그러나 그것은 어디까지나 '메리지 블루marriage blue'에 대한 염려에서였다. 새로운 곳에서 새 일을 시작하는데, 새로운 가족까지 생긴다는 건 남자에게도 큰 부담일 게 틀림없었다. 아내를 전업주부로 들어앉힌다는 것은 아내를 부양해야 한다는 의미이기도 하니까.

하나는 젊은 직원들이 주축이 되어 마련한, 송별회 겸 '하나의 행복을 기원하는 사람들'이라는 명칭을 붙인 결혼축하 모임을 마치고, 품 안에 넘쳐 얼굴까지 뒤덮는 커다란 꽃다발을 안고 노부오에게 전화를 걸었다.

"저기, 지금 만날 수 있어?"

"지금? 음, 미안, 내일 일찍 나가야 해."

"그치만 오늘 꼭 하고 싶은 얘기가 있는데."

하나의 말에 노부오가 입을 다물었다. 전화기 너머로도 전해지는 냉랭한 공기에 하나의 입가에 살짝 쓸쓸한 미소가 어렸다.

"무서운 얘기 아니거든? 걱정 마, 임신한 건 아니니까."

일부러 장난스러운 말투로 받아치자, 노부오가 노골적으로 안도의 한숨을 내쉬었다.

"뭐야, 사람 놀라게."

실제로 임신하진 않았으니 딱히 신경 쓸 건 없었지만 왠지 조금 상처가 됐다. 노부오는 나의 임신을 원치 않는 걸까. 아니면 결혼 전이라 싫은 것일까. 그런 생각이 머릿속에서 뱅글뱅글 맴돌았고, 다음 순간 하나는 이미 입을 열고 있었다.

"나 지금, 일 그만두고 왔어."

말을 내뱉고 나서야, 직접 만나서 얘기하면 좋았을 것을, 하는 후회가 밀려들었다. 하나는 노부오의 눈을 보고 얘기하고 싶었고, 노부오의 표정을 확인하고 싶었다. 그러나 이젠 어쩔 수 없었다. 하나는 귀를 기울였다. 노부오가 뭐라고 할까, 그 말을 놓치지 않기 위해.

"……왜."

잠시 후 들려온 노부오의 목소리는 조금 쉬어 있었다. 하나의 뺨이 굳어졌다.

"왜라니, 당연한 거 아냐? 결혼하고 자기 따라가려면 도쿄에서 일할 순 없잖아."

하나는 잠시 노부오의 대답을 기다리다, 전화가 끊겼나 싶어 전화기를 귀에서 떼 화면을 확인했다. '통화중.' 피지로 번들거리는 화면을 닦고 그 세 글자를 확인한 후, 하나는 다시 전화기를 갖다 댔다.

"여보세요?"

그런데도 노부오의 목소리는 들리지 않았다. 하나가 다시 한 번 "여보세요?" 하자, 그제야 노부오가 감정을 꾹 억누른 듯한 목소리로 말했다.

"말 안 했나? 나, 결혼했는데."

하나는 어안이 벙벙해져 한동안 그 말뜻을 이해할 수 없었다. 그저 멍하니 노부오의 말을 되풀이할 뿐이었다.

"결혼했다고?"

"……어어."

"무슨 소리야? 결혼했으면 이젠 결혼 못하잖아."

웃어넘기려고 한 소리였지만, 하나의 귀에도 절박하게 들리는 목소리였다. 거짓말이라고 해주길 바랐다. 농담이라고. 그러면 "너무해"라며 화를 내고, "아 진짜, 이런 심한 농담을 들었었다는 말, 내가 할머니 돼서도 할 테니까 각오해"라며 뺨을 불룩 내밀고…… 아, 그러고 나선 어떻게 한담? 더 이상 생각이 나지 않았다.

하나가 할 말을 잃자, 노부오는 오히려 뻔뻔하게 나올 작정을 했는지, 주눅 든 기색도 없는 말투로 말했다.

"뭐, 그렇게 됐네."

그러고 보니 작년 크리스마스에도 노부오의 생일에도 당일에는 고작 몇 시간밖에 만날 수 없었다. 노부오는 '반드시'라는 뉘앙스를 풍기며 다시 일하러 가야 한다며 돌아갔다. 결혼하고 싶다는 말은 했어도 신혼집이나 부모님 얘기를 자기 입으로 꺼낸 적도 없었다. 그리고 마치 장난감 같았던 그 결혼반지.

노부오가 입에 담은 '결혼'은 그야말로 단순한 소꿉놀이 같은 것이지 않았을까. 노부오가 뿜어낸 거짓의 냄새는 너무나 진해, 정면에서 제대로 맡았으면 금방 알아챘을 게 틀림없었다.

그런데도 알아채지 못한 것은, 알아채고 싶지 않아서였다.

노부오는 원래 하나가 일하는 미용실 손님이었다. 사귀고 나서는 하나 아파트의 욕실에서 머리를 잘라줬지만, 그런데도 매달 하나를 지명해주었다. 얘기를 재밌게 하는 사람이라, 손님과의 대화에 지쳐 있던 하나도 그를 상대하면 일이라는 걸 잊곤 했다.

노부오가 미용실을 네 번째 찾았을 때, 그러니까 알게 된 지 넉 달이 지났을 무렵, 노부오가 하나에게 "이젠 이 미용실에 못 오게 될지도 모르겠다"고 말했다. "왜요?"라고 묻는 하나의 목소리가 가식 없이, 정말로 떨렸다. 노부오는 쓸쓸한 미소를 머금은 채, 거울 너머로 하나를 올려다봤다.

"나, 사실은 고베 사람이야. 도쿄는 출장으로 온 거고, 여기도 처음에는 다른 사람 따라서 왔을 뿐인데…… 첫눈에 반해버렸어. 그렇지만 부끄러워서 숨겼지. 바보 같지? 매번 신칸센 교통비를 삼만 엔씩이나 들여가며 머리하러 오다니 말이야."

그날 그가 돌아갈 때, 미용실 밖까지 배웅하러 나간 하나에게 노부오가 말했다. "전화번호 좀 가르쳐줄래?"

사귀고 얼마 지나서 노부오가 "하나, 나 이제 도쿄에서 근무하게 됐어"라고 알려준 후에도 하나는 부모님과 친구들에게 노부오에 관해 얘기할 때면, "신칸센까지 타고 우리 미용실에 와준다니까"라며 자랑을 했다.

그렇지만 이제 인정하지 않을 수 없었다. 그 역시 노부오의 거짓말이었을 거라고.

크리스마스를 코앞에 두고 하나가 잃어버린 것은 결혼 상대만은 아니었다.

동료, 친구, 가족. 결혼 소식을 알리고 싶을 만큼 가까웠던 모든 사람에게 연락하기가 힘들어졌다.

물론 속았다며 큰소리로 호소해 동정을 사는 방법이 있긴 했다. 사정을 설명했다면, 하나의 결혼 소식에 같이 기뻐해준 만큼 같이 한탄하며 분노했을 것이다. 다시 미용실에 복귀할 수 있었을지도 모른다.

그러나 하나는 그렇게 하지 않았다.

'연애에 정신이 팔려 유부남이라는 정체조차 파악하지 못하고, 결혼하겠다고 마냥 들떠 일까지 그만둬버린 어리석은 여자'라는 사실이 알려지는 게 부끄러웠기 때문만은 아니다. 그저 그럴 만한 기력이 도저히 생겨나질 않았다.

하나는 그저 멍하게 지냈다.

노부오에게 연락할 마음도 없었고, 노부오에게서 연락이 오지도 않았다. 그렇게 12월도 중반으로 접어들었고, 온통 크리스마스 분위기로 물든 거리로부터 자기를 격리시키듯, 하나는 혼자 사는 아파트에 틀어박혀 하염없이 잠만 잤다. 잠을 자도 잠이 깨도 계속 졸렸다. 꿈속에서조차 이불을 휘감고 자려 했고, 그러다 눈을 떠도 잠에서 깼다는 실감이 없었다.

엄마에게 히가시오사카 할머니가 돌아가셨다는 소식을 들은 것은 그렇게 무력하게 지내고 있을 때였다.

"장례는 내일부터 치르기로 했는데, 너 오늘 올 수 있니?"

엄마의 목소리는 기력이 다 빠져버려 가련하기 이를 데 없었다.

"어?"

"너무 갑작스러워서 당장 오긴 힘들지? 게다가 크리스마스이브고. 그 뭐냐, 결혼한다는 사람이랑 만나기로 했지?"

엄마는 하나가 대답할 틈도 주지 않고 말을 이어갔다.

"혹시 괜찮으면 그 사람도 같이 와도 되는데. 곧 결혼할 사람이니까 손자나 마찬가지잖아. 그래, 그게 좋겠다."

"엄마, 잠깐만."

"안 되니?"

"음, 그게……"

하나는 입을 열었다. 지금 말해야 해, 그게 아니라고 설명해야 해. 하지만 정작 다음 말을 이어간 쪽은 엄마였다.

"그나저나 이런 상황에 말하긴 좀 뭣하지만, 그래도 네 결혼이 결정 나서 얼마나 다행인지 모르겠다."

하나는 목 안쪽에 힘을 주었다. 그런데도 목소리는 나오지 않았다.

"엄마에겐 그게 유일한 희망일지도 몰라."

힘없이 웃는 엄마의 목소리가 전화기 너머에서 들려오자 하나는 메마른 입술을 소리 없이 다물었다.

*

    유메코가 홍차를 다시 내오고 아무런 소리도 없이 고요하던 응접실 파티션에 노크 소리가 울린 것은 이십오 분 후였다.

    "오래 기다리시게 해서 죄송합니다."

    유메코가 먼저 들어와 인사를 했고, 그 뒤로 검은색 손뜨개 모자를 쓴 금발의 남자가 모습을 드러냈다. 아까 본 남자가 아니었다.

    자리에서 일어선 하나의 눈에 제일 먼저 들어온 것은 검은색 기다란 티셔츠에 핑크색 라인스톤으로 장식한 개 그림이었다. 허리에는 굵은 실버 체인이 늘어져 있었고, 검은 스키니 진은 가는 다리를 지나치게 강조하고 있었다. 이십 대 중반쯤으로 보이는 그 남자가 천진하달 만큼 호감 가는 미소를 지으며 말했다.

    "안녕하세유, 카메라맨 견습생 도톤보리여유."

    하나의 뺨이 움찔 하며 굳어졌다. 도톤보리는 반응 없는 하나를 아랑곳 않고 말을 이어갔다.

    "코코아 스타일리스트라고? 진짜 대단허네. 거기서 일허려면 엄청 어려운 시험을 치러야 한다던디. 삼 년 동안은 어시스턴트로 일해야 한다매? 내 직책도 말하자면 어시스트, 어시스트라고 허기엔 미묘헌 점이 있어서 견습생이라고 소개……"

    "도톤보리, 그만해."

    기세 좋게 얘기를 풀어놓기 시작한 도톤보리를 유메코가 단호하게 제지시켰다. 첫 대면에 지나치게 허물없이 굴면 불쾌해할 거라고 짐작했겠지. 그러나 정작 하나의 마음에 걸린 점은 그게 아니었다.

뭐여, 이놈은?

하나는 자기도 모르게 오사카 사투리로 생각을 하고 있었다. 아주 오랜만의 일이었다. 미용사가 된 후로 하나는 오사카 사투리를 거의 쓰지 않았다. 일터의 방침이었기 때문이다. 개중에는 표준어 사용 방침에 저항감을 드러내는 동료도 있었지만, 하나는 자기가 오사카 사람치고는 오사카 사투리에 크게 연연하지 않는 편이라고 생각했다.

그런데도 하나는 굳어버린 입술을 움직이며 도톤보리에게 물었다.

"저어…… 실례지만, 어디 출신이세요?"

"어, 나? 나는 우라와여."

도톤보리의 대답에선 주눅이라곤 털끝만큼도 찾아볼 수 없었다. 하나는 순간적으로 우라와라는 곳이 간사이 어디에 있었더라 하고 생각했다. 그러나 도톤보리의 말투는 애당초 간사이 억양이 아니었다.

"그럼, 간사이에 살았던 적이라도?"

"그런 적은 없쥬. 그렇지만 내 성姓이 도톤보리*잖아유. 그러니께 당연히 오사카 사투리를 써줘야지."

그러니까 제 딴에는 지금 오사카 사투리를 쓰고 있는 거란 말이지?

"구로코 씨?"

유메코가 이상하다는 듯 고개를 갸웃거렸다. 하나는 가까스로 "아무것도 아녜요"라고만 중얼거렸다. 유메코가 미소를 지으며 고개를

---

* 오사카의 유명한 번화가 중 하나.

끄덕인 후, 파티션 안쪽을 바라보았다.

"그리고 이쪽이…… 어머나, 아마리?"

유메코가 말끝을 올린 순간, 커다란 그림자가 왼쪽에서 오른쪽으로 가로지르는 모습이 보였다.

"잠깐! 대체 어딜 가는 거야?"

"휴식."

"지금 손님 와 계시잖아."

"저 사람, 손님 아니잖아."

아무래도 상관없다는 듯이 말하며 얼굴을 내민 사람은 조금 전 마주친 그 무례한 남자였다. 그는 인사는커녕 고개도 까딱하지 않고 무표정인 채로 하나를 내려다봤다.

유메코가 아마리에게 무슨 말인가를 하려다, 결국 아무 말도 않고 하나 쪽으로 돌아서 고개를 숙였다.

"죄송합니다. 이쪽이 카메라맨 아마리입니다."

안녕하세요, 하나가 고개를 끄덕한 순간, 아마리가 입을 열었다.

"당신, 몇 살이야?"

"무슨 소릴 하는 거야, 아마리! 실례잖아."

"아니, 가늠이 잘 안 되잖아."

그는 얼굴빛이 달라진 유메코를 아랑곳 않고, 머리끝에서 발끝까지 하나를 훑어봤다. 하나는 굳어지는 뺨을 애써 풀었다.

"괜찮아요, 자주 듣는 소리라."

간격이 조금 멀다 싶은 살짝 처진 작은 두 눈, 이마가 널찍한 둥근 얼굴, 150센티미터가 안 되는 작은 키. 어려 보이는 요건을 완벽하게 갖춘 특징은 분명 하나 자신이 미용실의 손님으로 맞는다 해도 나이를 예상하기 힘든 수준이었다. 앞머리를 기르고, 가슴 아래까지 내려오는 머리도 파마는 했지만, 화장을 해도 대학생, 안 하면 고등학생으로 착각하는 사람이 있을 정도였다.

"스물아홉 살이에요."

아마리가 도통 시선을 거둘 기미가 보이지 않아, 하나는 마지못해 대답했다.

"흐음."

그는 자기가 먼저 물어놓고는 아무래도 상관없다는 듯이 어정쩡한 소리를 흘리더니, 귀찮다는 듯이 긴 다리를 움직여 소파 앞까지 걸어와 등부터 소파에 털썩 내려앉았다. 그러곤 몸을 뒤로 젖힌 채 목에 건 카메라를 만지작거리기 시작했다.

"구로코 씨, 정말 죄송합니다…… 저어, 지금이라도 자리를 비켜달라고 해도 되니, 편하게 말씀해주세요. 곤란하시면, 고개만 끄덕이셔도 돼요."

유메코는 하나가 고개를 끄덕여주길 기대하는 말투로 다그치듯 말했다. 하나는 고개를 끄덕일 뻔한 반사적인 충동을 간신히 억눌렀다.

"아뇨, 얘기를 들려주세요."

하나는 일부러 아마리의 정면 자리에 앉았다. 유메코는 한숨을 삼키는 표정으로 턱을 당기고, 하나의 대각선 맞은편 자리에 앉아 이야기를 이끌었다.

"주제넘은 짓인 줄은 알지만, 두 사람에게는 제가 간단히 경위를 설명했어요."

말투는 시원시원했지만 그녀의 시선은 왼쪽 옆에 앉은 도톤보리 쪽으로만 향해 있었다.

"도후쿠지 씨와의 상담에 관해서 뭔가 기억나는 게 좀 있어?"

도톤보리가 촌스러운 반지를 낀 손가락을 손뜨개 모자 속에 쑤셔넣고 벅벅 긁으며 말했다.

"그게 그러니께, 두 달도 더 지난 일이라."

"사소한 거라도 괜찮대. 인상에 남은 게 없었어?"

"무슨 말인지는 알것는디, 그게 그러니께 상담이라기보다는 그냥 세상 사는 얘기를 헌 거라."

하나의 얼굴이 또다시 굳어졌다.

진정혀, 진정해야 혀. 일일이 곤두서서 어쩌겠다는 거여. 오늘은 내가 얘기를 들으러 왔으니 따지고 들 입장도 아니잖어…… 아이 참, 내가 왜 이러지, 표준어로 생각하자.

"뭐든 상관없어요. 할머니가 무슨 얘기를 했죠?"

하나가 테이블 위에 두 손을 짚으며 묻자, 도톤보리가 "참말로 뭐든 괜찮은 거여?" 하고 멍청한 목소리로 물었다.

"네, 부탁드립니다."

"흠, 그렇다면."

도톤보리가 기억을 더듬듯이 허공을 올려다보더니, "아 참, 그렇지"라며 고개를 되돌렸다.

"마작 얘기가 나왔어. 마작 패를 들고 사진을 찍고 싶다 허시길래, 마작을 좋아하시냐고 물었지."

"역시."

하나가 맞장구를 치며 몸을 내밀었다.

"그랬더니 할머니가 뭐라고 하셨죠?"

"아 근디, 말투가 어째 그리 이상하냐며 화를 내시더라고."

"아아―"

하나의 입에서 엉겁결에 한숨이 흘러나왔다. 그러나 도톤보리는 아직도 할머니가 화를 낸 이유가 이해가 안 된다는 듯, "대체 뭐가 이상하다는 거여?"라고 혼잣말을 중얼거렸다.

"뭐, 여하튼 그 얘기로는 흥이 안 오르겠다 싶어서 이번에는 접수증에 있는 취미 칸을 보고, '퀴즈를 좋아하시나 봐요' 해봤지."

도톤보리가 맥 빠진 듯 느릿한 말투로 얘기를 이어갔다.

"그랬더니 활짝 웃으면서 신춘 퀴즈대회 얘기를 허시더라고."

"신춘 퀴즈대회?"

유메코가 되묻자, 하나가 도후쿠지 가문의 연례행사인 신춘 퀴즈대회에 관해 설명해주었다. 유메코는 "어머나"라며 감탄사를 흘렸다.

"퀴즈를 좋아하신다는 얘기는 들었지만, 그렇게 재미있는 이벤트가 있었군요."

순간 무슨 영문인지 도톤보리가 가슴을 활짝 펴며 말했다.

"그치? 엄청 재밌지? 나한테도 퀴즈를 내달라고 부탁했는디, 도후쿠지 가문 전용이라 안 된다고 하더라고…… 좋겠어, 그쪽은. 나도 그

집 손자로 태어날걸."

　아주 조금 도드라져 보이는 덧니를 훤히 드러내며 도톤보리가 빙그
레 웃었다.

　"도후쿠지 가문 전용이면 날 할머니 손자 삼으라고도 혀봤지만, 요
상한 말투부터 고치고 다시 오라며 쓸쓸하게 웃어넘겨버리고는 끝."

　"끝?"

　"그렇다니께. 때마침 촬영도 끝나버렸고."

　도톤보리가 미안해하듯 말했다. 하나는 소파 등받이에 체중을 싣고
한숨을 삼켰다. 아무래도 유언장 관련 얘기는 아니었던 모양이다. 여
기 온 건 역시 잘못 짚은 것일까. 하나의 낙담을 알아챘는지, 도톤보
리가 아마리에게 물었다.

　"아마리 씨는 무슨 다른 얘긴 나눈 거 없어?"

　"없는데."

　아마리는 단칼에 얘기를 끝내버렸다. 하나는 배에 힘을 꾹 주고, 몸
을 앞쪽으로 내밀었다.

　"어떤 것이든 상관없어요. 할머니를 보면서 떠오른 생각 같은 건 없
었나요?"

　"떠오른 생각?"

　아마리가 중얼거리는 목소리로 되뇐 후, 하나를 똑바로 바라보며
대답했다.

　"이상한 노인네던데?"

　"아마리, 무슨 말을 그렇게 해!"

유메코가 황급히 나무라자, 아마리는 초연한 표정으로 "재밌는 노인이었지"라고 고쳐 말했다. 손바닥으로 이마를 짓누른 유메코가 "죄송합니다"라며 신음을 흘렸다. 하나는 의식적으로 숨을 몰아쉬었다.

"아, 아뇨…… 괜찮아요."

화내지 말자. 화내지 말자. 무례한 인간이란 걸 알면서도 듣기를 청한 사람은 나니까.

"그건 그렇고, 할머니 유언장이 대관절 뭐가 어떻다는 거여?"

도톤보리가 분위기를 바꾸듯이 목소리 톤을 높였다.

"구로코 씨, 번거롭겠지만 유언장을 다시 한 번 보여주시겠어요?"

유메코가 통역하듯 표현을 바꿔 말했다. 하나는 고개를 끄덕이고, 숄더백을 열었다. 테이블 위에 유언장과 유언장 봉투와 스냅사진 크기의 영정사진이 놓였다. 도톤보리가 유언장을 손에 들고 눈을 가늘게 뜨더니, "에이, 뭐여"라며 코웃음을 쳤다.

"평범허네."

"그야 그렇지, 시로사키 씨가 거들어 작성했으니까."

"어이구, 시로사키 아저씨도 제법이네 그려."

"어때요? 떠오르는 게 좀 있나요?"

하나가 다시 한 번 묻자, 도톤보리가 "글쎄"라며 이번에는 모자 위로 머리를 긁적였다.

"이상허긴 허네. 자식 하나만 제외시킬 정도로 박정한 사람 같진 않던디."

유메코가 "그런 단순한 감상 말고"라며 힘없이 숨을 내쉬었다.

"달리 떠오르는 건 없어?"

"없어유."

도톤보리가 시원스럽게 단언했다.

"있었으면 말했지."

"하긴."

유메코도 떨떠름하게 고개를 끄덕이고 입을 다물었다. 하나는 유메코와 도톤보리를 번갈아 쳐다보았다.

"그럼, 감상만이라도 좋아요. 이 유언장을 어떻게 생각하는지 말씀해주시겠어요?"

그러자 유메코가 크게 뜸을 들이지 않고 입을 열었다.

"그렇게 말씀하신다면, 저는 이 유언장에서 걸리는 점이 몇 가지 있어요."

"걸리는 점?"

"네. 일반적인 유언장에는 '그 밖의 재산 일체를 누구누구에게 상속한다'는 식의 문장을 넣는 경우가 많아요. 그런데 이 유언장에는 그런 내용이 없어요. 예금, 적금 전액이라는 표현은 있지만, 그것만으로는 부족하잖아요. 예를 들어 친구한테 빌려줬던 돈이 돌아온 경우에는 대응 방법이 없는 거죠."

유메코가 미간을 좁혔다.

"그것 말고도, 애당초 시로사키 씨가 함께 작성했는데, 왜 공정증서 유언이 아니라 자필증서 유언을 했는지도 의문이에요. 시로사키 씨가 작성했다고 보기에는 솔직히 좀 허술한 구석이 있다고 할까……"

"공정증서? 뭐여, 그건?"

유메코가 하나를 바라보고, "실례했습니다"라며 고개를 숙였다.

"공정증서 유언이란 두 사람 이상의 증인과 함께 전문 공증기관에 가서 구두로 유언을 남기고 작성하는 겁니다. 작성된 유언장의 원본은 공증인이 보관하니까, 분실되거나 위조당할 염려가 없어요. 유언자에게는 등본, 그리고 원본과 동일한 효력을 지니는 정본을 교부하고, 분실 시에도 재교부를 받을 수 있게 하죠. 공증인이 작성하니까 무효가 되지도 않아요. 한마디로, 가장 확실한 유언인 셈이죠. 반면에 자필증서 유언은 전문을 자필로 써야 하고, 예를 들어 날짜만 깜박해도 무효가 돼버려요. 사후에 필적 감정이 필요해지는 경우도 생기니까 시로사키 씨가 추천했을 리 없어요."

"아, 맞다. 내가 생각해봤는디."

도톤보리가 수업을 받는 어린애처럼 손을 들고 말했다.

"혹시 할머니한테 빚이 있었던 거 아녀? 그 왜, 유산 상속은 빚도 따라오잖여. 장남이 집을 받은 건 지금 살고 있으니 어차피 물려받아야 할 테고, 차녀가 받는 재산은 사실은 빚으로 소멸돼버릴 거라 결국 받아도 아무 의미가 없다거나."

유메코가 천천히 고개를 저었다.

"그렇다면 유언장에 빚과 관련된 기재 내용이 없는 게 이상하지."

"저도 그건 아닐 거라고 생각해요."

하나도 고개를 끄덕였다.

"할머니가 돈 때문에 곤란을 겪었다는 얘기는 들어본 적이 없어요.

몇 년 전에는 할아버지랑 중국 여행도 다녀왔고, 게다가 그 할아버지의 보험금으로 제법 큰 액수의 돈이 들어왔을 게 틀림없으니까."

"에이 뭐여, 이번엔 제대로 짚었다 했는디."

가설을 부정당한 도톤보리가 신음을 흘렸다. 그러다 갑자기 얼굴을 홱 쳐들었다.

"아, 그럼 살아 있을 때 받은 거 아녀? 뭐라더라. 그 왜, 생전 어쩌고저쩌고 하든디."

"생전증여?"

"맞어, 그거여! 하나짱 엄마한테는 미리 줬으니께 이번에는 안 넣은 거 아니냐고!"

도톤보리는 대수롭지 않게 하나를 편하게 부르며 천장을 향해 주먹을 치켜들었다. 유메코가 가슴 앞으로 팔짱을 끼며 부정했다.

"네 딴에는 꽤 많이 생각해서 한 말이겠지만, 그것도 아니야. 그렇다면 유언장에 반드시 부언附言을 달았겠지."

"부언?"

"응, '누구누구에게는 언제 얼마를 주었으니 이번에는 넣지 않는다' 같은 말을 덧붙일 수 있거든. 그러면 대부분의 사람은 납득하니까 문제가 생길 여지가 거의 없겠지? 생전증여 사실이 있었다면, 시로사키 씨도 당연히 부언을 달자고 제안했을 테고."

하나도 말을 거들었다.

"미리 받았으면 엄마도 납득했을 거고, 지금처럼 침울해하진 않았을 거예요."

도톤보리가 "으윽" 하고 신음을 흘리며 손뜨개 모자를 쓴 머리를 움켜잡았다. 유메코는 찻잔을 들고 차를 한 모금 마셨다. 그러더니 받침접시에 찻잔을 내려놓으며, "또 생각해볼 수 있는 가능성은……" 하고 혼잣말을 했다. 그러곤 몇 초 후, 하나 쪽으로 몸을 돌렸다.

　"구로코 씨, 도후쿠지 씨가 이 유언장을 작성했을 무렵 어머님과의 사이에 무슨 일이 있었을 거라는 가정은 해볼 수 없을까요?"

　"다퉈서 분풀이를 하느라 일부러 제외시키기라도 했다는 소리여?"

　도톤보리의 노골적인 표현에 유메코가 말을 머뭇거리며 표현을 바꿨다.

　"꼭 다툼이라고 한정할 순 없지만, 무슨 오해가 있었다거나……"

　하나가 주먹을 입술에 대고 기억을 더듬었다. 엄마랑 할머니가 다툼을? 그래서 할머니가 엄마만 제외시켰다? 그래서 엄마가 그토록 침울하다? 그런 건가?

　입을 다문 하나를 위로하듯 유메코가 말을 이었다.

　"물론 일시적인 해프닝이었을지도 모르죠. 사소한 오해가 생겼고, 오해 자체는 금방 풀렸는데, 충동적으로 작성해버린 유언장만 남아버렸다, 그렇게 된 거 아닐까요?"

　"유언장만 다시 작성할 수 없었다는 거죠?"

　"네, 시간을 놓친 것일지도 몰라요. 곧 다시 작성할 요량이었는데, 일상에 쫓겨 미루다 보니…… 그럴 가능성도 있지 않을까요?"

　"그러던 중에 사고를 당해서 세상을 떴단 말이여?"

　"그렇지."

도톤보리의 말에 유메코가 눈길만 슬쩍 돌리고 고개를 끄덕였다.

과연, 그럴지도 모른다. 그러나 그렇게 생각해도, 완벽하게 납득이 안 되는 기분이 들었다.

만약 정말로 그런 거라면, 설령 한순간일지언정, 할머니가 엄마를 제외시켰다는 것이 기정사실이 되어버린다.

하나는 어금니를 꽉 깨물었다.

"뭐, 물론 다른 가능성도 있겠지만."

유메코가 하나를 격려하듯 목소리 톤을 살짝 올렸다. 그러곤 유언장을 집어 들더니, "아" 하는 소리를 내며 하나를 쳐다보았다.

"구로코 씨, 그 반대는 어떨까요?"

"반대요?"

하나가 양쪽 눈썹을 힘껏 모으며 되물었다. 유메코가 "네에"라며 고개를 끄덕였다.

"어머님이랑 다퉈서 제외시킨 게 아니라, 다른 두 사람이 특별히 보상받을 만한 행동을 했을 가능성은 없나요?"

"보상받을 만한 행동이라고요?"

"네, 예를 들면 간병을 도맡아서 했다거나."

하나가 허공으로 시선을 던졌다.

"할머니는 간병이 필요하진 않았지만, 외삼촌이랑 같이 살았으니 분명 많이 보살펴드렸겠죠. 토지와 집을 상속해주는 건 당연하다고 생각해요. 그런데 이모는 오카야마로 시집을 갔기 때문에, 할머니는 오사카에 계속 산 엄마랑 더 많이 만났을 거예요."

"그렇지만 구로코 씨만 모를 뿐, 뭔가 있었을지도 모르죠."

"그야 그렇지만……"

유메코의 말을 부정한 사람은 도톤보리였다.

"허지만 그게 하나짱 엄마만 제외시킬 이유가 되었어? 죽은 후에도 퀴즈를 내 모두를 즐겁게 해주고 싶다던 사람인데? 설마 그런 사람이 그렇게 심술궂은 짓을 했겠냐고!"

순간, 하나가 숨을 삼켰다.

퀴즈.

"어쩌면 퀴즈의 경품일지도 몰라요!"

하나가 얼굴을 들고 큰 소리로 말했다.

"할머니는 해마다 설이 되면 퀴즈를 냈고, 그걸 풀면 세뱃돈을 줬어요. 그거랑 똑같이 할머니가 자식들에게 어떤 퀴즈를 냈는데, 외삼촌이랑 이모는 그걸 풀었고, 엄마는 그걸 못 풀어서라면 납득은 갈 것 같아요."

"너무 혹독한 거 아닌가요? 세뱃돈과는 차원이 다른 액수잖아요."

"할머니에겐 금액이 상관없었을지도 몰라요."

하나는 말을 하는 동안, 자신의 뺨이 붉게 물드는 것을 느꼈다.

"전화 좀 해도 될까요?"

하나는 숄더백에서 휴대전화를 꺼내, 고향집 번호를 찾아 통화 버튼을 눌렀다.

전화를 끊은 하나가 "죄송합니다"라며 머리를 숙였다.

"제가 너무 성급했나 봐요. 엄마 말로는 할머니가 퀴즈 같은 걸 낸 적은 없대요."

"그렇군요."

유메코가 나지막이 말을 받으며, 당장이라도 일어서려고 들었던 엉덩이를 다시 내렸다. 하나도 자리에 앉았고, 좌중은 한동안 침묵에 휩싸였다. 유메코가 홍차를 마시자 하나도 찻잔을 들었다. 도톤보리는 유언장을 꼼꼼히 살피듯 햇빛 쪽으로 들었다. 아마리가 바구니에 수북이 담긴 사탕을 마구잡이로 움켜쥐었다. 그러곤 주먹을 펴 테이블 위에 다섯 개 정도를 굴리더니, 하나하나 집어 들고 묵묵히 포장지를 벗겨나갔다. 그는 딸기 맛과 민트 맛과 흑설탕 맛, 아무리 봐도 맛이 제각각인 사탕 세 종류를 손바닥 위에 올리곤 한꺼번에 입 안으로 털어 넣었다.

어? 한 번에 몽땅?

하나가 눈을 휘둥그레 뜬 순간, 아마리가 오도독오도독 사탕 깨무는 소리가 울려 퍼졌다. 유메코와 도톤보리는 아무런 반응도 보이지 않았다.

"어, 잠깐 이것 좀 봐유!"

도톤보리가 느닷없이 얼빠진 소리를 질렀다. 깜짝 놀란 하나가 어깨를 떨며 도톤보리를 쳐다봤다.

"여기 '2'라고 쓰인 거 아녀?"

도톤보리가 유언장 가장자리를 손가락으로 가리켰다. 하나와 유메코가 몸을 내밀고 손가락이 가리키는 방향을 뚫어져라 바라봤다. 분명 유언장의 뒷면 가장자리에 연필로 쓴 '2'가 보였다. 도톤보리가 흥분한 목소리로 말을 이어갔다.

"이거 말고 유언장이 더 있다는 거 아녀?"

하나가 엉겁결에 자리에서 벌떡 일어섰다.

"그럴지도 몰라요!"

하나의 말에 유메코도 소리를 내며 자리에서 일어섰다. 유메코가 파티션 너머로 사라진 후, 뻑뻑 울리는 전자음 소리가 들려왔다. 하나는 침을 꿀꺽 삼켰다.

"아, 시로사키 씨? 여보세요? 아마리 사진관의 나가사카예요."

유메코가 급한 마음을 억누르듯 천천히 또박또박 말을 이었다.

"지금, 전에 소개해드린 도후쿠지 기요 씨의 손녀 분이 사진관에 오셨어요. 아 네, 그래서 확인하고 싶은 게 있어서 전화드렸어요."

그녀는 차분하게 유언장에 있는 작은 메모에 관해 설명해나갔다. 그녀의 목소리가 서서히 힘을 잃으며 낮아졌다. 결과를 듣기도 전에 헛짚었음을 알 수 있었다. 아니나 다를까, 자리로 돌아온 유메코는 힘없이 고개를 저었다.

"시로사키 씨가 아는 한, 유언장이 더 있지는 않대요. 연필 글씨의 의미는 잘 모르겠다고 했지만."

유메코가 말을 한 번 끊더니, 조심스럽게 얘기를 이어갔다.

"할머님이 '두 사람 몫만 썼지?'라고 말씀하셨대요."

하나는 테이블 위의 유언장으로 시선을 떨어뜨렸다.

'두 사람 몫만 썼지?'

그건 무슨 의미일까. 두 사람이란 외삼촌과 이모를 뜻하겠지. 그런데 그 말과 연필 글씨 사이엔 대체 무슨 관계가 있는 걸까.

순간, 눈앞에 그림자가 드리워졌다. 깜짝 놀라 얼굴을 들자, 하나 앞으로 유언장 봉투가 들이밀어져 있었고, 그걸 들고 있는 사람은 아마리였다. "이걸 왜……" 하나가 의아해하며 반사적으로 봉투를 받아 들었다. 그러고 다시 한 번, "이걸 왜"라고 물었다. 그러나 아마리는 할 일은 다 끝냈다는 태도로, 주머니에서 회색 천을 꺼낼 뿐이었다.

"잠깐만, 아마리, 대체 뭐야?"

하나 대신 물어본 사람은 유메코였다. 아마리는 아무 대답 없이, 그저 따분하다는 듯 검고 투박한 카메라를 닦기 시작했다.

하나는 유언장 봉투를 내려다봤다. 봉투에는 엄마의 이름과 우표밖에 없었다. 뒷면으로 돌리자, 보이는 것은 할머니의 이름뿐. 역시 딱히 이상한 점은 눈에 띄지 않았다. 이게 뭐 어쨌다는 거지?

그런데 다음 순간, 봉투에 얼굴을 바짝 대고 살피던 도톤보리가 "아!" 하고 크게 소리를 질렀다. 하나는 엉겁결에 몸을 뒤로 뺐다. 유메코도 도톤보리와는 반대 방향으로 몸을 채며 얼굴을 찡그렸다.

"아이 참, 도톤보리, 왜 갑자기 소리를 질러!"

"이거 '1'이잖여!"

"어?"

도톤보리가 하나에게서 봉투를 가로챘다. 유언장을 가리켰을 때처럼 이번에도 역시 손가락으로 봉투 가장자리를 가리켰다.

"봐, 여기여. 여기 '1'이라고 적혀 있잖여!"

그 말을 듣고 보니, 분명 봉투 뒷면에 작은 세로 줄이 그어져 있었다. 그러나 그것이 정말 '1'인지는 확신할 수 없었다. 단순한 선일 가능성도 다분했다.

"이게 '1'이고, 봉투 속 유언장이 '2'라는 거 아녀?"

"뭐, 그렇게 볼 수도 있겠지만⋯⋯ 그렇다 쳐도 그게 무슨 의미가 있겠어?"

유메코가 미간을 좁히며 찡그렸다. 그러더니 잠시 후 아마리를 돌아보았다.

"아마리, 너도 이 얘길 한 거야?"

아마리는 무표정인 채로 벌떡 일어서더니 긴 다리를 움직이며 벽으로 다가갔다. 께느른했던 그때까지의 태도와는 전혀 다르게, 마치 딴 사람처럼 민첩하게 무릎을 접더니 그가 카메라를 잡았다.

어? 뭐지?

하나는 대화의 흐름 같은 건 안중에도 없는 그의 행동에 놀라 눈을 휘둥그레 떴다. 유메코와 도톤보리는 그마저도 익숙한지 딱히 놀라는 기색이 없었다. 유메코는 한숨을 내쉬며 찻잔으로 손을 뻗었고, 도톤보리는 "역시 아티스트는 다르다니께"라며 감탄사를 흘렸다. 건조한 셔터 소리가 스튜디오 안에 울려 퍼졌다.

카메라 렌즈가 향한 벽 위에는 작은 무지개가 생겨나 있었다. 특히 빨강색과 노란색이 선명한 그 무지개는 창으로 비쳐드는 빛의 각도 때문인지, 이따금 옅어지기도 하고 흔들리기도 했다. 그 환상적이고 평화로운 광경과는 반대로 아마리의 눈빛은 예리했다. 출발 신호를 기다리는 육상선수처럼 민첩하게 움직이는 긴장감에 하나는 할 말을 잃고 말았다.

사진 몇 장을 찍은 후, 아마리가 뷰파인더에서 천천히 얼굴을 뗐다.

"안 와."

"네?"

하나가 되묻자, 아마리가 벽에서 시원스럽게 돌아서며 소파 쪽으로 되돌아왔다.

"그런 건 안 와."

그가 봉투를 가리키며 거듭 말했다. 하나는 고개를 갸웃거렸다.

"안 온다니⋯⋯ 그게 무슨 뜻이죠?"

"이런 봉투에 주소가 없는 게 일반적인가?"

아마리는 그때까지보다는 조금 길게 말을 뱉었다. 그러나 그 말은 대답이 되지 않았다. 유메코가 긴 한숨을 내쉬었다.

"지금 무슨 소릴 하는 거야. 얘기를 제대로 듣기나 했어? 이건 평범한 편지가 아니야. 우송하는 게 아니니까 주소 따윈⋯⋯"

"그럼, 우표는 왜 붙였지?"

"어?"

도톤보리가 봉투를 다시 뒤집었고, 하나도 함께 봉투를 확인했다. 유언장과 같은 붓펜으로 적힌 '구로코 도미코 님'이라는 수신인 이름 옆에는 분명 우표 한 장이 붙어 있었다. 언뜻 봐서는 얼마짜리 우표인지 알 수 없었다. 오래된 일러스트 터치로 그려진 인물 뒤로 새빨간 배경이 펼쳐져 있었다. 한자만 적힌 깃발들이 빽빽하게 늘어서 있었고, 그 위로 '전국산하일편홍 全国山河一片紅'이라고 적힌 지도가 보였다. 그리고 자세히 보니 아주 작게 군중이 그려져 있었다. 아무래도 일본 우표는 아닌 듯했다.

순간, 유메코가 숨을 삼켰다.

"이건……!"

유메코가 자리를 박차고 일어나 방의 한쪽 귀퉁이로 달려갔다. 대체 무슨 일이지? 유메코가 하얀 노트북 앞에 멈춰 서더니 무서운 속도로 키보드를 두드렸다.

"역시!"

유메코가 소리를 높이며 노트북 화면에 매달렸다. 하나와 도톤보리도 일어나 유메코에게 다가갔다.

"역시라니, 뭐가 역시여?"

도톤보리의 말에 유메코가 노트북 화면에서 얼굴을 떼지 않고 대답했다.

"전국산하일편홍."

"전국, 뭐라고요……?"

되물은 사람은 하나였지만, 흥분했는지 유메코가 반말로 대답했다.

"이거야, 이것 봐."

유메코가 화면의 내용을 빠르게 읽어 내렸다.

"10월 31일 홍콩에서 열린 경매에서, 문화대혁명 기간인 1968년 중국에서 발행됐다가 곧바로 판매 중지된 우표가 한 장에 368만 홍콩달러, 약 4300만 엔에 낙찰되었다."

"4300만 엔이라고요?"

하나가 노트북 화면을 들여다봤다. 기사에는 이렇게 쓰여 있었다.

전국산하일편홍. '중국의 전 국토는 붉다'라는 제목이 붙은 이 우표에는 〈마오쩌둥 어록〉을 치켜든 노동자와 붉은 중국 지도가 그려져 있는데, 지도의 대만은 붉게 칠해지지 않았다. 그로 인해 대만이 중국의 일부임을 드러내지 못했다는 이유로 이 우표는 발행 한나절 만에 전량 회수되었고, 거의 대부분은 시장에 나오지 못했다.

1966년에서 1978년에 이르는 문화대혁명 기간 동안 중국 정부는 우표 수집을 금지했을 뿐 아니라, 외국인의 국외 반출 또한 허가하지 않았다. 그런 연유로 이 시기의 모든 우표에는 프리미엄이 붙었고, 그중에서도 '전국산하일편홍'은 특히 구하기 힘든 우표로 유명하다.

YN 속보뉴스, 2013년 11월 1일

"구로코 씨가 좀 전에 할머님이 중국 여행을 다녀온 적이 있다고 하셨죠?"

하나는 어안이 벙벙한 채로 대답했다.

"아, 네."

"만약 이게 진품이면, 엄청난 보물이에요!"

흥분한 유메코에게 애매하게 고개를 끄덕이며 하나가 주목한 것은 인터넷 뉴스의 마지막에 적힌 날짜였다. 2013년 11월 1일. 할머니가 유언장을 쓴 2013년 11월 16일은 그러니까. 이 뉴스가 나오고 얼마

지나지 않아서였다. 그리고 그 유언장의 봉투에 이 우표가 붙어 있었고, 수신인은 엄마였다.

문득 사진관 앞에 장식된 할머니의 사진이 떠올랐다.

빨간색 깅엄 체크무늬 셔츠에 맞춰 두른 빨간색 스카프가 지나치게 기발했지만, 그 지나친 기발함 역시 할머니다웠다.

할머니가 '중'이라고 적힌 마작 패를 들고, 부자연스럽다 싶을 만큼 새빨간 이 우표를 방불케 하는 복장으로 영정사진을 찍은 것이 퀴즈의 힌트였다면?

하나는 두 손으로 입을 막았다.

봉투에 수신인 이름은 엄마로 썼으면서도 유언장에는 왜 엄마에 관해 언급하지 않았을까. 유언장과 유언장 봉투 가장자리에 조그맣게 연필로 써둔 '1'과 '2'는 무슨 의미일까. 그리고 할머니가 시로사키 씨에게 했다는 그 말. '두 사람 몫만 썼지?'

유언장은 역시 두 장이었던 것이다.

그래서 할머니는 유언장에 '그 밖의 재산 일체를 누구누구에게 상속한다'는 문장을 넣지 않았겠지. 그 말을 넣으면, 우표도 그 안에 포함되어버리니까.

그리고 할머니는 공정증서 유언이 아니라 자필증서 유언을 선택했다. 공정증서 유언이면 '유언장 내용'이 원본으로 간주되어, 그것을 기본으로 정본이 만들어져버리기 때문이다. 그래서는 퀴즈가 성립될 리 없다.

하나는 입술이 타들어가는 기분이었다.

"마지막으로 가족에게 퀴즈를 내고 싶다."

그 말을 했을 때, 할머니는 정말로 가족에게 낼 퀴즈를 준비해두었던 것이다.

형제들 중 퀴즈를 제일 좋아했다는 엄마에게 남긴 할머니의 퀴즈.

〈소중한 사람에게 마지막으로 남겨줄 최고의 선물!〉

〈언제까지나 당신을 기억하게 해줄 '진정한 모습'이 담긴 사진!〉

할머니는 분명 죽기 전에, 퀴즈를 내두었다는 사실을 엄마에게 밝힐 작정이었을 것이다. 그런데 그만 불의의 사고로 세상을 마감하고 말았다.

하나는 주먹을 쥐었다.

이제 엄마는 평온해질 수 있다. 할머니에게 버림받은 게 아니었다는 사실이 밝혀졌으니 할머니의 죽음 이상으로 슬퍼했던 고통에서 벗어날 수 있다. 그런데 그렇게 생각하면서도, 뭔지 모를 응어리가, 목 깊은 곳에 걸린 채 내려가지 않았다. 왜일까. 나를 이 사진관에 찾아오게 만든 문제는 이제 모두 해결이 됐는데.

"구로코 씨, 수수께끼가 풀려서 정말 다행이네요."

유메코가 부드러운 목소리로 말하며 하나의 등에 손을 얹었다. 그 따스한 온기에, 미적지근한 자신의 마음 상태가 왠지 조금 찔렸다.

"차, 새로 내올게요."

유메코가 하나를 소파에 앉히고 방에서 나갔다. 남겨진 도톤보리는 아마리의 어깨를 주물러주는 척 달라붙어 치근덕댔다.

"아마리 씨, 한 건 올렸네! 역시 아마리 씨여!"

아마리는 아무 대답 없이 자기를 휘감아오는 팔을 뿌리쳐댔다. 도톤보리는 아랑곳하지 않았지만.

"나, 참말로 리스펙트혀!"

아마리가 마침내 말없이 일어서더니 스튜디오 출구를 향해 걸어갔다. 돌아보려는 기미조차 없는 그 등에 대고 하나가 황급히 인사를 건넸다.

"고맙습니다!"

아마리는 한순간 걸음을 늦추긴 했지만, 거의 무시했다고 말할 수 있을 만한 속도로 밖으로 나갔다.

"역시 아마리 씨는 멋지다니께."

도톤보리가 감흥을 주체할 수 없다는 듯이 긴 한숨을 내쉬었다.

아마리가 사라진 파티션 뒤쪽에서 나타난 사람은 유메코였다. 두 손에 든 쟁반 위에는 찻잔 세 개가 놓여 있었다. 테이블 가장자리까지 곧장 걸어온 유메코가 하나 옆에 웅크려 앉았다. 그녀는 다정하게 말을 건네며 찻잔을 내려놓았다.

"구로코 씨, 이번 일로 정말 많이 힘들었겠어요."

이번에는 조금 전까지 마신 홍차가 아니라 녹차 같았다.

"고맙습니다."

하나는 고개를 숙이며 찻잔을 받아 들었다. 편하게 후루룩 소리를 내며 들이마시자, 달콤함이 깃든 깊은 향이 입 안으로 퍼져나갔다. 곧이어 서서히 몸이 따뜻해졌다.

정신을 차려보니 하나는 자기도 모르는 새 테이블 위로 손을 뻗고 있었다. 하나는 통처럼 생긴 전단지 케이스에서 종이 한 장을 꺼냈다.

"저어."

하나가 유메코를 쳐다보며 종이를 펼쳤다.

〈경험자 환영! 헤어메이크업 해주실 분을 모십니다!〉

"저어…… 조금 전 헤어 담당자를 모집하는 중이라고 하신 것 같은데."

"네? 아아, 네."

유메코가 웬일인지 살짝 당황스러워하는 분위기로 고개를 끄덕였다.

"적당한 분이 계세요?"

"혹시, 저는 안 될까요?"

유메코가 여우에라도 홀린 것 같은 표정을 지었다. 모자 속을 긁적거리던 도톤보리도 얼굴을 들었다.

"코코아는 어쩌고요?"

하나가 테이블로 시선을 떨어뜨리고 "죄송합니다"라고 말하며 고개를 숙였다.

"사실은 그저 습관적으로 옛날 명함을 꺼내버려서…… 그곳은 지난달에 그만두었어요."

"오메? 참말이여?"

도톤보리의 목소리가 별안간 높아졌다. 하나는 다시 한 번 고개를 숙였다.

"본의 아니게 거짓말을 해 죄송합니다."

"아니, 뭐 그거야 상관없는데."

유메코는 잠시 머뭇거렸고, 그러다 생각을 바꾼 듯이 웃는 표정을 지었다.

"네, 저는 물론 구로코 씨만 괜찮다면 좋죠. 코코아에서 스타일리스트로 일했으면 실력은 확실할 테니까."

"정말요? 고맙습니다!"

"아뇨, 아뇨, 제가 인사받을 일은 아니죠. 저희야말로 잘 부탁드리겠습니다."

유메코가 시원스럽게 말했다. 하나는 자기도 모르게 고개를 들어 하늘을 쳐다보았다.

장례를 치르는 동안 하나의 머릿속에는 작년에는 왜 할머니 댁에 가지 않았을까 하는 후회가 줄곧 맴돌았다.

하나가 새해에 할머니 댁에 가지 않은 건 작년뿐이었다. 작년에 하나는 노부오와 새해 참배를 가기 위해 고향집에 가지 않았다. 그다음 주에 할머니 댁에 갔지만, 할머니는 퀴즈를 내주지 않았다. 하나는 작년에 할머니가 자기를 위해 어떤 퀴즈를 준비했는지 알지 못했다.

그것이 할머니의 마지막 퀴즈였는데.

하나는 줄곧 생각했었다. 할머니보다 노부오를, 그래 봐야 자기를 속였을 뿐인 남자를 우선시했던 자신에게 할머니의 죽음을 애도할 자격 따윈 없다고. 그런데 아마리 사진관을 찾아온 덕분에 할머니가 남긴 퀴즈를 다시 한 번 마주할 수 있었다.

그리고 지금 막, 새로운 직장까지 정해진 참이다.

하나는 지그시 내리깔았던 눈썹을 천천히 올려 떴다.

아마리라는 남자는 이상하고, 도톤보리의 엉터리 간사이 사투리도 조금 거슬리지만, 유메코는 상식적이고 친절하다. 이 사람 밑에서 일하면 즐거울지도 모른다.

그때 유메코가 속삭이는 목소리로 말을 이었다.

"그보다, 음, 이런 말씀 드리긴 좀 뭣하지만…… 사례는 얼마나 생각하시는지."

"유메코 씨, 지금 뭔 소리여. 방금 자기 입으로 인사받을 일은 아니라고 했잖여."

도톤보리가 어이없다는 듯 말했다. 하나도 무슨 뜻인지 얼른 이해가 되지 않았다. 유메코가 조바심이 난 듯이 하나에게 휙 다가왔다.

"제 말은 그러니까, 유언장 수수께끼를 해결한 사례 말이에요. 안 그래요? 끝내 못 풀었으면, 가격도 몰랐을 거잖아요? 그러니까…… 아, 물론 성의 표시만 조금 해주셔도 되고……"

"와, 유메코 씨, 또 시작이네. 하여튼 욕심쟁이라니께."

"도톤보리! 넌 좀 조용히 해."

눈을 치뜨며 매섭게 쏘아붙인 유메코가 하나를 돌아보며 다시 웃는 얼굴이 됐다.

"구로코 씨 생각은 어떠신지?"

하나는 유메코의 눈에 웃음기가 없는 걸 알아채고 뒷걸음질을 쳤다. 욕심쟁이. 도톤보리의 말을 웃어넘길 수 없었다. 아주 조금 마음에 걸렸던 요금표가 뇌리에 되살아났다. 이천 엔이라고 써놨지만, 이천 엔으로는 절대 끝낼 수 없는 가격 설정을 고안해낸 건 바로 이 사람이 아닐까?

유메코가 하나의 팔을 덥석 잡았다.

"이제 동료가 될 테니 솔직히 얘기하겠는데, 사실 우리 사진관 운영이 좀 힘들어. 나도 처음에는 영정사진만이 아니라 헤어, 의상, 그 밖에 엔딩노트 작성이나 변호사 소개 등등 이것저것 옵션을 붙이면 돈이 좀 될 거라고 생각했는데, 역시 노인들 상대라 좀처럼 지갑을 안 연단 말이지."

갑자기 바뀐 말투에 놀란 하나가 엉겁결에 유언장 봉투를 품에 끌어안았다.

"어, 저어…… 이건 엄마 거라."

쳇 하는 소리가 울렸다. 하나는 그 소리가 무엇을 의미하는지 바로 이해하지는 못했다.

세상에, 이 여자 지금 혀를 찬 거야?

"뭐, 아무튼 새 사람이 정해져서 다행이여. 자, 하나짱, 잘 부탁혀!"

하나는 불쑥 내미는 도톤보리의 손을 머뭇머뭇 잡았다. 어린애처럼 팔을 휙휙 흔드는 도톤보리에게 손을 내맡긴 채, 하나의 팔이 좌우로 크게 휘청거렸다.

십이 년 만의 가족사진

"갑작스러운 질문이겠지만, 여러분 중에 자신의 영정사진을 준비해 두신 분이 있나요?"

유메코가 단상에서 손을 높이 들며 회장을 둘러보았다. 하나도 그녀의 말에 이끌려 객석 쪽으로 시선을 돌렸지만, 손을 드는 사람은 한 명도 없었다.

"음, 역시 그렇군요."

유메코가 또렷하게 잘 들리는 부드러운 목소리로 중얼거리고 말을 이어나갔다.

"그럼 친척 장례식 때 영정사진을 구하느라 허둥거린 적이 있다거나, 구하느라 고생했다는 얘기를 들어보신 분은?"

유메코가 다시 회장을 향해 물었다. 이번엔 띄엄띄엄 손을 드는 사람들이 있었다. 최종적으로 손을 든 숫자는 전체의 4분의 1 정도, 유메코는 "고맙습니다. 상당히 많네요"라며 질문을 마무리 지었다. 그러곤 왼손으로 마이크를 바꿔 잡고, 오른손을 얼굴 옆에 살짝 세웠다.

"자 그럼, '떠나는 새는 흔적을 남기지 않는다'는 말처럼, 아쉬움 없이 인생의 최후를 맞이하고 싶으신 분, 아, 지금은 손을 안 드셔도 됩니다."

그 말에 막 위로 올라가던 손 몇 개가 제자리로 내려갔다. 유메코는 그 모습을 끝까지 지켜봤다. 그런 다음 화이트보드에 교과서처럼 잘 정돈된 글씨를 큼지막하게 썼다.

〈떠나는 새는 흔적을 남기지 않는다.〉

〈아쉬움 없는 나다운 엔딩!〉

유메코는 한 박자 뜸을 들인 후 청중을 돌아보고는 부드럽게 미소를 지으며 말을 이어갔다.

"아쉬움 없는 나다운 엔딩. 역시 중요한 건 바로 이거겠죠. 이것을 위해선 유언장 작성, 장례와 묘지 준비, 마지막 정착지 결정 과정 등이 반드시 필요합니다. 오늘 이 자리를 찾아주신 분들은 생각이 깊은 분들일 테니, 이런 것들에 관해 이미 검토하셨거나 관심을 갖고 계시리라 생각합니다. 그렇더라도 오늘은 일부러 저희를 찾아주셨고, 게다가 마침 각 분야의 전문가들을 모셨으니, 이번 기회에 저희의 얘기를 한번 들어주시면 어떨까 합니다. 물론 오늘은 모든 상담이 무료이니 안심하고 들으셔도 되겠습니다."

유메코는 막힘없는 말투로 시원스럽게 이야기를 진행하며, 객석 주위에 대기하고 있는 얼굴들을 향해 눈짓을 했다. '종활 세미나 스태프'라는 완장을 맞춰 찬 그들은 아마리 사진관을 비롯해, 시로사키 법률사무소, 관음 상조회사, 마루야마 묘지·묘석 업체, 스가모 노인 요양원 등, 스가모 지장거리 상점가에 처마를 잇대고 있는 가게의 점원들이었다. 그들은 유메코에게 고개를 끄덕이면서 청중을 향해서도 이곳저곳에 붙임성 있는 미소를 지어 보였다.

"그런데 생각해야 할 것들이 많다 보면, 자칫 영정사진은 뒤로 미뤄버리기가 쉽습니다. 그런데 실제로는 말이죠, 돌아가신 후 가장 긴 시간 동안 가족들의 눈에 띄며 고인의 인상을 결정짓는 게 바로 이 영정사진입니다."

유메코가 목소리 톤을 살짝 낮추고 강조했다.

"일단 장례식에서 많은 분들이 보시겠죠. 장례식에는 왕래가 잦았던 분들은 물론이고, 친척, 관계가 조금 소원해졌던 친구, 신세 진 직장 동료, 혹은 가족들의 직장 동료 등등 정말 다양한 분들이 오십니다. 개중에는 생전에 고인을 한 번도 뵙지 못한 분도 계시겠고요."

유메코는 화이트보드에 '영정사진'이라고 쓰고, 빨간 마커 펜으로 동그라미를 쳤다.

"아아, 이런 분이었구나. 음, 이런 사람이었네. 그렇게 고인을 회상하는 실마리가 되는 게 바로 영정사진인 거죠. 하지만 영정사진이라고 하면 아무래도 불길하다는 생각이 먼저 들기가 쉬워서 왠지 생전에 준비해두자는 말을 꺼내기가 어려운 게 사실입니다. 언젠가 제대로 된 사진을 찍어둬야겠다 하는 마음이 있어도 그럴 기회를 만들기가 좀체 쉽지 않지요. 그러다 보니 스냅사진은 많아도 영정사진으로 쓸 만한 사진은 없는 경우가 대부분입니다. 해서 결국 잘 나왔는가는 상관없이 선명하게 찍힌 사진을 선택해버리게 되는 겁니다."

입에 밴 익숙한 대사인 만큼 유메코의 이야기는 막힘없이 순조롭게 이어졌다.

"실제로 있었던 일인데, 팔십 대에 세상을 뜬 어떤 분의 영정사진을 급히 구해야 하는 사태가 벌어져서 가족 분들이 온 집 안을 뒤지게 된 모양입니다. 그런데 하나같이 얼굴을 옆으로 돌렸거나 화질이 떨어져 서 영정사진으로 쓸 만한 사진은 고등학교 졸업식 때 찍은 흑백 단체 사진밖에 없었다는군요…… 그러다 보니 장례식 때도 '저래서야 누가 죽었는지 알 수가 있나'라며 뒤에서 수군덕거리는 상황이 벌어지고 말았답니다. 그래서 자기들은 자식들이 그런 일을 겪지 않게 하고 싶 다며 그 아드님과 따님 되시는 분이 저희 사진관을 찾아주신 적도 있 었습니다."

비밀 얘기를 들려주는 듯한 유메코의 음성에 청중 몇이 몸을 살짝 앞으로 내밀었다.

"조금 전에도 영정사진을 찾느라 고생한 적이 있다고 손을 드신 분 들이 계셨지요. 영정사진을 제대로 준비해두지 않는다는 건, 가족에 게 슬픔에 잠길 겨를도 없이 영정사진을 찾아 허둥대야 하는 급박한 상황을 강제로 안기는 일이 돼버립니다. 아쉬움 없는 나다운 엔딩을 위해 한 발 앞서 여러 준비를 해두신다고 해도, 만약 영정사진을 준비 하지 않는다면, 화룡점정이 빠진 셈이라고 할까요, 정말 안타까운 일 이죠. 인생의 마지막에 수많은 분들이 보게 될 자신의 사진이 납득할 수 없는 사진이라면, 본인과 가족의 슬픔이 더하지 않을까요?"

유메코가 머리에 손을 얹고 눈썹 끝을 축 늘어뜨렸다. 하나는 감탄의 숨을 몰아쉬었다.

역시 대단해.

법률사무소, 장의사, 묘석 업체, 노인 요양원 등과 합동으로 매달 종활 세미나를 개최한다는 말을 들었을 때는 아마리 사진관만 겉도는 게 아닐까 걱정했는데, 이렇게 듣고 있으니 영정사진을 찍는 것도 훌륭한 종활의 하나처럼 여겨졌다. 아니, 오히려 가장 중요한 절차 중 하나로 여겨지기까지 하니 대단한 일이었다.

세미나 회장으로 사용된 곳은 자치회관의 대회의실이었다. 이용 요금이 한 시간에 삼천 엔뿐이라 다섯 업체에서 분담하면 한 곳당 두 시간에 천이백 엔, 접수나 안내도 각 업체 직원으로 꾸리니 특별한 비용도 들지 않는다. 이런 행사를 열면, 유언이나 장례 등에 관심이 많은 손님들을 끌어 모을 수 있었다.

그렇지만. 하나는 문득 '아마리 사진관'이라는 안내표가 붙은 파티션으로 눈길을 돌렸다. 부스 이름 아래 적힌 홍보 문구에 뺨이 살짝 굳어졌다.

'업계 최고 실적!'이라니……

규모나 매출로 볼 때 아마리 사진관은 분명 '사진관' 업계의 최고는 아니었다. '영정사진 전문 사진관' 업계를 말하는 걸까? 아니면, '처음부터 끝까지 종활을 관리 지원하는 사진관' 업계? 범위를 그렇게까지 좁힌다면 분명 거짓말은 아닐지 모르지만……

"그렇기 때문에 제대로 실력을 갖춘 전문 카메라맨과 헤어메이크업

아티스트를 통해 고객의 매력을 최대한 끌어내는 것입니다. 사실 저희 사진관의 카메라맨은 각종 대회 입상 경력이 있는 전문가이고, 헤어메이크업 아티스트는 오모테산도의 유명 미용실에서 수업을 받은 실력파이죠."

유메코가 손으로 하나를 가리키는 바람에, 객석 뒤에 서 있던 하나가 허둥지둥 고개를 숙였다. 뺨이 붉게 달아올랐다. 오모테산도의 유명 미용실에서 일을 한 건 사실이고, 실력이 없다고 생각하지도 않지만, 막상 그렇게 소개를 받으니 왠지 자기 얘기가 아닌 것 같은 기분이었다. 첫째로 아마리 사진관은 지난달에 갓 들어왔고, 그간 헤어메이크업을 해준 사람은 고작해야 두 명뿐이었다.

아마리는 소개받은 걸 아는지 모르는지, 인사도 없이 무표정인 채로 카메라만 만지작거렸다. 특별한 의도는 없었겠지만, 그 모습이 묘하게 아티스트다운 인상을 풍겼다.

"사진 보정도 물론 해드리지만, 보정을 의뢰하는 손님이 거의 없다는 게 저희 사진관의 자랑입니다."

유메코가 영업용 미소를 얼굴에 간직한 채 그렇게 말을 잇는 순간, 하나의 시야 한쪽에서 인기척이 느껴졌다. 얼굴을 돌리자, 나이가 지긋한 남자 분이 대회의실 입구로 막 들어서는 참이었다. 회색 바지에 짙은 남색 블루종, 거기에 베이지색 격자무늬 헌팅캡을 맞춰 썼고, 허리가 아주 살짝 굽어서 지팡이를 짚고 있었다. 노인이 하얀 눈썹을 내려뜨리며 미소를 짓더니 살짝 목례를 했다. 하나도 인사를 건네고, 잰걸음으로 가까이 다가갔다.

"어서 오세요. 이쪽으로 오시죠."

하나가 재빨리 자리를 안내했다. 그런데 노인은 눈꼬리에 주름을 잡으며 고개를 저었다.

"괜찮아요. 잠깐 들른 것뿐이니까."

온화했지만, 가타부타 토를 달지 못하게 만드는 음성이었다.

"그래도……"

"영정사진이란 거, 가족과 함께 찍을 수도 있나요?"

"네?"

뜻밖의 질문에 하나가 눈을 깜박거렸다.

"가족 분들과 함께요?"

"영정사진을 고를 때, 단체사진에서 잘라 쓰는 경우도 자주 있잖습니까. 그렇다면 가족사진에서 잘라내도 되겠다 싶어서."

"가능은 하겠지만……"

하나가 머뭇거린 까닭은 노인이 하는 말의 취지를 이해할 수 없었기 때문이다. 그 말마따나 영정사진을 고를 때 단체사진을 쓰는 경우도 분명 있겠지. 그러나 그것은 제대로 된 카메라로 찍은 최근 정면 사진이 없거나, 달리 쓸 만한 사진이 없는 경우일 것이다. 미리 영정 사진을 준비할 생각이라면, 굳이 그럴 필요가 있을까.

"저…… 바로 확인하고 올 테니, 잠시만 기다려주시겠어요?"

하나가 그렇게 말하며 얼른 돌아서는데, "아아, 그럼 됐어요" 하는 소리가 등 뒤에서 들려왔다. 허둥지둥 돌아보자, 노인은 이미 출구로 향하고 있었다.

"아, 고객님!"

붙잡는 하나의 목소리에 개의치 않고, 노인은 곧바로 대회의실을 나가버렸다. 단상의 유메코에게 시선을 돌렸지만, 마이크를 손에 들고 설명을 계속하는 유메코가 알아챈 기미는 보이지 않았다. 포기하고 노인의 뒤를 쫓아가봤지만, 복도에는 이미 아무도 없었다.

세미나 회장 정리를 마치고 사진관으로 돌아온 것은 오후 네 시가 거의 다 된 시간이었다.

스튜디오로 발을 들여놓자마자, 아마리는 말없이 다다미방에 드러누웠고, 도톤보리는 엉터리 간사이 사투리로 "아 참말로 피곤허네"라고 중얼거렸으며, 유메코는 날카로운 목소리로 "아이 참, 누구야, 휴게실 불도 안 끄고 나간 사람!" 하고 외쳤다.

"전기세가 얼마나 비싼데!"

"아, 죄송해요. 아마 제가 그랬을 거예요."

하나가 허겁지겁 손을 들자, 유메코가 놀란 듯이 "어머나"라며 눈을 살짝 크게 떴다.

"구로코 씨였어? 난 틀림없이 아마리 짓인 줄 알았는데."

유메코는 조금 난처해진 목소리로 어깨를 움찔거렸다.

"뭐 어때유. 오늘은 예약을 다섯 팀이나 따냈는디."

도톤보리가 김빠진 느릿한 말투로 분위기를 수습하자, 유메코가 "다섯 팀이나가 아니지"라며 얼굴을 찡그렸다.

"우리처럼 노인을 상대로 하는 장사는 인터넷 고객은 거의 기대할 수 없잖아. 다음 세미나까지 한 달을 기다려야 하는데, 고작 다섯 팀으로 만족해서 어쩌자는 거야?"

"그렇다고 까칠해본들 뭔 소용이 있남유."

"죄송해요, 제가 좀더 확실하게 잡았으면……"

노인을 빤히 보면서 놓쳐버린 게 미안해, 하나는 조그맣게 몸을 웅크렸다. "괜찮여, 괜찮여" 하고 말을 받은 사람은 도톤보리였다.

"가족이랑 같이 찍을 수도 있다고 했다며? 그런데도 가버렸으니 그건 하나짱 잘못이 아녀."

"그래도……"

"이미 지난 일은 어쩔 수 없는겨. 앞으로 일을 생각해야지."

"그러시면 당장 나가서 전단지라도 돌리시지?"

유메코가 야멸차게 말하며 도톤보리에게 전단지 다발을 떠맡겼다. 도톤보리는 "지금 당장? 아이고, 죽겠네"라고 투덜거리면서도 순순히 스튜디오 밖으로 나갔다. 하나가 몸 둘 바를 몰라 출입구 앞에서 서성거리자, 유메코가 하나에게 얼굴을 돌리며 말했다.

"아 참, 구로코 씨, 이제 슬슬 네 시 손님에게 전화해봐."

퍼뜩 놀란 하나가 카운터 위에 걸린 벽시계를 돌아보았다.

네 시 십이 분.

"아!"

하나가 숨을 삼켰다. 예약 시간이 십 분 정도 지났는데도 손님이 오지 않으면, 예약된 번호로 연락해볼 것. 그것이 하나에게 맡겨진 업무 중 하나였다.

"죄송합니다!"

하나의 귀가 발갛게 달아올랐다.

하나는 사무실로 뛰어 들어가 파일을 열고, 예약 표를 꺼냈다. 어떻게든 더 이상은 실수가 없길 바라며 신중하게 번호를 누르고, 재차 번호를 확인한 후 발신 버튼을 눌렀다. 신호음은 다섯 번을 울리고 나서야 멈췄다.

"여보세요? 저는 아마리 사진관의 구로코라고 합니다……"

전화를 받은 사람은 남자 같았다. 예약은 여자 이름으로 되어 있으니 가족 중 한 사람일까. 휴대전화 번호가 아니니 본인이 받지 않을 가능성도 높다고 생각했지만, 퉁명스러운 말투가 너무 예상 밖이라 하나는 당황하고 말았다. 그런데도 가까스로 말을 이어가려는 찰나, 남자가 나지막한 목소리로 말했다.

"미안하지만, 취소해주세요."

"네? 취소요?"

유메코가 이쪽으로 고개를 홱 돌리는 모습이 시야 끝에 잡혔다. 취소한대? 아, 진짜, 역시 적자라니까. 유메코가 얼굴을 찡그리는 모습이 눈앞에 선해, 수화기를 든 하나의 손에 힘이 들어갔다.

하나는 책상 위에 올려둔 종이상자를 내려다봤다. 품목 칸에 '다기'라고 적혀 있었다.

"그렇지만…… 이미 촬영용으로 다기까지 대여했는데요."

자신도 모르게 말투가 떨떠름해져 있었다.

전에 일했던 코코아 오모테산도 본점에서도 당일 취소는 적지 않왔다. 특히 미용실을 처음 찾는 손님은 연락조차 없는 경우가 대부분이었다. 비가 온다는 이유만으로 움직이기 귀찮아지는 심정을 하나도 물론 이해는 했다. 아마리 사진관의 손님은 고령자가 많으니 더더욱 심할 것이다.

그런데 이번에 대여한 다기는 다도가 취미라는 오늘 손님을 위해 특별히 준비한 것이었다.

"이미 대여료가 나갔고, 다른 손님에게 대신 사용하시라고 할 수도 없는데……"

"얼맙니까?"

수화기 너머의 남자가 한숨 섞인 목소리로 물었다.

"돈은 됐지만요."

하나가 떨떠름하게 대답했다. 손님 측 사정으로 취소하는 거니까 최소한 실비 정도는 받아야 한다고 생각했지만, 유메코가 건네준 매뉴얼에는 '당일 취소의 경우도 취소 수수료는 받지 않는다'고 적혀 있었다.

또 혀를 찰까?

그렇게 생각하며 숨을 몰아쉰 순간이었다.

"뭐야, 그 말투가?"

수화기 너머에서 들려오는 목소리에 순식간에 핏기가 가셨다.

"네?"

"책임자 바꿔!"

난데없는 고함에 하나의 어깨가 크게 흔들렸다. 하나는 먹먹해진 귀에서 어색하게 수화기를 뗐다. 고객을 화나게 만들고 말았다는 걸 깨달은 순간, 납덩어리를 삼킨 것 중압감이 들었다.

"저어, 고객님."

"너하곤 말이 안 통해!"

"구로코 씨, 왜 그래?"

어느새 유메코가 다가와 있었다. 하나는 고함 소리를 막듯이 수화기를 손바닥으로 덮었다.

"저어, 취소인 것 같은데…… 갑자기 기분이 상하셨나 봐요."

유메코가 조용히 고개를 끄덕이고는 하나의 손에서 수화기를 가져갔다.

"손님, 죄송합니다. 구로코의 상사인 나가사카라고 합니다."

유메코가 얌전한 목소리로 말한 후, 전화 응대를 해나갔다.

"아 네, 대단히 실례가 많았습니다. 네에. 아닙니다. 저희 직원이 무례를 범했습니다. 대단히 죄송합니다."

하나는 그 말을 듣고 유메코를 쳐다보았다. 은테 안경 속 유메코의 시선과 하나의 시선이 서로 얽혔다. 뭔가 할 말이 있어 보이는 그 모습에 등줄기가 쭈뼛 섰다.

"아 네, 취소 수수료는 받지 않습니다. 네, 물론이죠."

유메코가 하나에게 등을 돌리고, 보이지 않는 상대에게 인사를 하듯 허공을 향해 고개를 숙였다. 그러면서 "그렇죠" "네에, 그랬군요" "으음, 저런" 하는 식의 맞장구를 쳐나갔다.

"네…… 그럼, 이만 실례하겠습니다."

경직된 말투로 통화를 마무리한 유메코가 수화기를 조심스레 양손으로 잡고 얼굴에서 떼어냈다. 그러곤 잠시 기다렸다가 수화기를 내려놓았다. 삑 하는 전자음이 유난히 크게 울렸다.

"죄송합니다."

하나가 머뭇머뭇 고개를 숙였다.

유메코는 "괜찮아, 내가 미리 확실하게 설명해줬어야 했는데"라고 조용히 말하고, 수화기를 충전기에 올려놓았다.

그러곤 한 박자 뜸을 들인 후 하나를 돌아보더니, 지그시 응시하며 입을 열었다.

"구로코 씨, 이 손님 지난 주말에 돌아가셨대."

"네? 돌아가셨다고요?"

유메코가 "그래"라고 대답하고, 카운터 쪽 벽으로 다가갔다.

"이런 취소가 적지 않아. 가장 흔한 건 예약을 잊어버렸다. 두 번째는 몸이 안 좋아서 갈 수가 없다. 그다음은 돌아가셨다."

유메코가 얼굴 옆으로 손가락을 꼽아 보이며 말하곤 씁쓸한 미소를 지었다.

"그래서 우리 사진관에서는 취소 수수료를 안 받는 거야…… 솔직히 타격이 크긴 해."

그녀는 손가락을 내리고, 다기가 든 종이상자를 힐끗 쳐다보았다.

하나는 발이 바닥에 붙어버린 것처럼 꼼짝도 할 수 없었다.

"죄송합니다……"

"괜찮아, 나도 설명이 부족했으니까."

힘없이 고개를 저은 유메코가 기분을 바꾸듯 말했다.

"자 그럼, 구로코 씨, 스튜디오 청소라도 좀 해줄래?"

하나는 배에 힘을 주고 "네"라고 대답하고는 탕비실로 향했다. 걸레를 들고 문득 식기 수납장 유리문을 보니, 딱딱하게 굳은 자신의 얼굴과 눈이 마주쳤다.

난 왜 이 모양일까.

전후사정만 제대로 파악했으면 얼마든지 처리할 수 있는 일이었다. 고객 상대든 헤어메이크업이든 미용실에서도 계속 해온 일이니까.

그래서 유메코도 채용을 결정했겠지. 기본부터 가르치지 않아도 바로 쓸 수 있을 거라고, 혹시나 하는 기대가 아니라 당연히 예상했을 테니까.

사회생활을 구 년이나 했는데 전화 응대도 제대로 못하는 모습을 보였으니 얼마나 실망했을까. 그런 생각을 하니 아랫배가 꼬이는 것처럼 아팠다. 몸이 너무 무겁게 느껴졌다. 하나는 중력에 무릎을 꿇듯 고개를 푹 숙였다. 그러곤 문득 이런 생각이 떠오르고 말았다.

코코아를 왜 그만둬버렸을까.

하나는 원래 낯을 가리는 성격이라 처음 만나는 사람과 가까워지는 게 서툴렀다. 그런데도 코코아에서 스타일리스트로 일할 수 있었던 것은 긴 시간을 들여 인간관계를 쌓은 덕분이었다. 전문학교 졸업 직후 입사해 비즈니스 매너 연수를 받았고, 도구 준비 방식과 청소 방법을 익혔고, 가게가 문을 닫은 후에 남아 오래도록 미용 연습을 거듭했다. 잘못하면 선배에게 주의를 들었고, 힘든 일이 생기면 동기와 한잔

하러 갔고, 후배가 생기면 상담을 들어주었다. 특히 많은 시간을 할애해 관계를 지속한 사람은 하나가 지도를 맡은 남자 후배였다. 그는 유독 염색이 서툴러서 원하는 색깔을 내지 못해 괴로워했다. 하나는 거의 매일같이 개인 연습 시간에 그의 곁을 지켜주었고, 그를 지도할 방법에 관해 선배에게 상담을 받기도 했다.

그렇게 하나하나 쌓아온 인간관계가 있었기에 힘을 낼 수 있었다고 하나는 생각했다.

힘든 일도 많았지만, 스타일리스트로서의 나를 만들어낸 것은 코코아 오모테산도 본점이다. 그런데도 나는 노부오와 결혼하기 위해 쉽사리 그 일을 놓아버렸다.

일보다 노부오와의 삶을 선택한 하나를 비난하는 사람은 코코아 직원 중에 한 명도 없었다. 잘됐네, 정말 축하해, 하나짱이 그만둔다니 서운하다. 결혼생활이 힘들면 언제든 돌아와. 저마다 그렇게 격려해주며 눈코 뜰 새 없이 바쁜 연말인데도 성대한 송별회를 열어주었다.

나는 사랑받았구나, 하나는 그제야 깨달았다. 그곳이, 하나의 장점과 단점을 모두 알면서도 배움을 주고, 성장을 주고, 사랑을 준 마음 편한 일터였다는 것을.

한창 일할 때는 나름 고된 일도 많았을 텐데, 신기하게도 즐거웠던 기억만 떠올랐다. 그러나 하나는 그 이유 또한 알고 있다. 이젠 돌아갈 수 없는 곳이라는 걸 알기 때문이리라.

탕비실에서 나오자, 유메코가 험악한 얼굴로 돌아보았다.

"아마리는?"

"어? 다다미방 스튜디오에 계신 것 같은데……"

쯧, 유메코의 입에서 혀 차는 소리가 흘러나왔다.

"그 인간, 또 자는 거지?"

유메코가 노트북을 닫으며 자리에서 벌떡 일어서더니 성큼성큼 큰 걸음으로 다다미방 스튜디오로 갔다.

"아마리, 일어나!"

유메코가 미닫이 형태로 된 파티션에 손을 얹고 소리를 질렀다. 뒤따라간 하나가 그녀의 어깨 너머로 들여다보자, 물 빠진 청바지 다리를 드러내놓고 낮잠을 자던 아마리가 벌떡 일어나 앉는 참이었다.

"너도 전단지 배포 좀 거들어…… 잠깐, 어디 가?"

아마리는 다다미방에서 나오더니 그대로 유메코를 스쳐 지났다. 그러곤 사무실 책상 위에 놓여 있던 신문을 들고 담담히 돌아왔다.

"아마리, 내 말 안 들려?"

그는 목소리가 높아진 유메코 앞을 다시 스쳐 지나가 소리도 없이 다다미 위에 드러누웠다. 그러곤 들고 있던 신문지를 몸에 덮고 눈을 감았다.

"아마리! 일어나라니까!"

유메코가 하이힐 끝으로 아마리의 다리를 거칠게 걸어찼다. 눈이 휘둥그레지는 하나는 개의치 않고, 두 번째 걸어차기가 이어졌다.

"업무 시간에 어디 잠을 자는 거야!"

아마리는 무거운 눈꺼풀을 들어올리고, 하나를 쳐다보았다. 부리부리한 눈에 검은자위가 크고 선명했다. 하나는 순간 멈칫했지만 아마리는 아무 말도 없었고 또다시 꾸벅꾸벅 졸기 시작했다.

"너, 계속 잘 생각이야?"

유메코가 어처구니없어하며, 성가시다는 듯 신문지를 끌어올리는 아마리를 희번덕거리는 눈으로 내려다봤다.

"아마리, 담요도 있는데?"

"이거면 됐어."

순간 유메코가 숨을 들이마시는 소리가 들렸다.

"내 말 들리잖아!"

유메코의 고함 소리에 몸을 바짝 움츠린 하나 앞에서 아마리가 눈을 번쩍 떴다. 그가 귀찮아 죽겠다는 듯이 미간을 찡그렸다.

"뭔데?"

"너도 가끔은 전단지라도 좀 돌려."

"저도 나갈까요?"

"구로코 씨는 됐어."

하나가 큰맘 먹고 말했지만, 유메코가 얼굴 옆으로 손사래를 쳤다.

"지금은 청소하면서 물건 배치나 기억해둬."

"그렇지만 담당하는 고객 수가 적어서 죄송한데……"

"구로코 씨는 그런 걱정 안 해도 돼."

유메코가 쓸쓸한 미소를 지으며 노트북 앞에 다시 와 앉았다.

"네…… 고맙습니다."

고개를 끄덕이긴 했지만, 입 안의 쓸쓸함은 가시지 않았다. 아마리 사진관에 들어온 지 한 달, 유메코가 아마리나 도톤보리와는 다르게 자신을 대하는 것이 하나는 괴로웠다. 세미나에서 어렵게 만난 손님을 빤히 놓쳐버린 것도, 잘못된 전화 응대로 손님을 화나게 만들어버린 것도, 만약 도톤보리나 아마리가 한 짓이었으면 보나마나 거칠게 야단을 퍼부었을 것이다. 거리감이 느껴지는 구로코 씨라는 호칭도, 책임을 추궁하지 않는 태도도 자기가 아직은 이곳의 일원으로 인정받지 못했기 때문인 것만 같았다.

하루 빨리 손님을 담당해서 자기도 사진관에 도움이 되는 존재라는 것을 보여주고 싶었다. 그게 무리라면 적어도 저질러버린 실수를 만회할 기회라도 얻고 싶었다.

*

그래서 며칠 후 세미나 때 만났던 노인이 사진관으로 찾아왔을 때, 하나는 얼마나 마음이 놓였는지 모른다. 노인의 손을 부여잡고 싶을 정도였다.

다행이야, 와주셨어.

하나는 입구까지 달려 나가 재빨리 허리를 굽혔다.

"어서 오세요. 지난번에 세미나를 찾아주셔서 정말 감사했습니다."

노인의 눈이 휘둥그레졌다.

"날 기억하시오?"

"그때는 바로 확실한 답변을 드리지 못해 죄송했어요."

"나야말로 너무 급하게 서둘러서 미안했어요. 정말로 볼일이 좀 있어서 잠깐 들렀던 것뿐이었거든."

노인은 환하게 웃으며 "호오" 하고 감탄사를 흘렸다.

"상당히 멋진 가게로군요."

노인의 시선 앞에는 서재풍의 스튜디오가 있었다. 벽면에는 커다란 책장, 그 맞은편에는 중후한 진갈색 책상과 의자를 배치한 방이었다. 재떨이와 권련, 만년필 등의 소도구도 알차게 갖춰놓았고, 책장에는 역사소설과 고전, 사전과 전집 등이 가지런히 꽂혀 있었다. 좌우명을 쓴 액자를 들고 오는 사람도 적지 않고, 남자 손님들에게 특히 인기 있는 스튜디오라는 얘기를 들은 바가 있었다.

"고맙습니다. 저기 그런데, 가족사진을 찍고, 그 사진에서 영정사진을 만드는 것도 전혀 문제가 없다고 하더라고요."

"그래요. 그거 참 다행이군요."

노인이 천천히 고개를 끄덕이더니, 하나의 안내에 따라 응접실로 들어갔다.

하나는 노인을 돌아보고 소파를 가리키며 "여기서 잠깐만 기다려주세요"라고 말했다. 그리고 잰걸음으로 응접실에서 나가 도톤보리에게 세미나 때 뵀던 손님이 찾아오셨다고 전했다. 탕비실에서 차를 끓이는데, 응접실에서 도톤보리의 목소리가 들려왔다.

"참말로 감사헙니다. 지난번 세미나에도 와주셨다면서유? 참말 감사헙니다."

하나는 도톤보리의 가벼운 목소리를 들으며 쟁반을 들고 응접실로 향했다. 도톤보리가 꽉 끼는 청바지 주머니에서 명함지갑을 꺼내고 있었다.

"잘 부탁드리겠습니다. 상담을 담당할 도톤보리라고 해유."

"아아, 감사히 받겠습니다."

여유로운 몸짓으로 명함을 건네받는 노인의 모습을 곁눈으로 확인하며, 하나가 테이블 위에 차를 내려놓았다.

딸깍, 파일 고리를 여는 소리가 도톤보리의 손에서 울려 퍼졌다.

"자 그럼, 먼저 이 상담 카드를 작성해주시겠어유?"

"기입할 것이 이렇게 많은가?"

"그러네유, 죄송합니다."

도톤보리는 미안해하며 말했지만, 노인의 말투에서 딱히 불쾌한 기색은 느껴지지 않았다.

노인은 상담 카드를 끼운 클립보드를 건네받아 단단한 글씨로 한 칸 한 칸 정중하게 채워나갔다. 남자의 글씨라고는 믿어지지 않을 정도로 아름다운 글씨였고, 나이에 비해 흔들림도 거의 없었다.

하나는 쟁반을 등 뒤로 돌리고 미끄러지듯 소파에 앉았다. 노인이 클립보드 방향을 돌리며 도톤보리에게 건넸다.

"자, 이 정도 쓰면 될까?"

"고맙습니다."

도톤보리가 클립보드를 두 손으로 받아 들고 상담 카드로 시선을 떨어뜨렸다. 하나도 옆에서 작성된 내용을 들여다봤다.

이름	하시카와 고이치로
생년월일	1935년 5월 8일(나이 78세)
주소	도쿄 도 도시마 구 기타오쓰카 4 - 14 - ×
전화번호	03 - 3948 - 28××
직업	도시마가오카 사립초등학교 교장
가족관계	2남 1녀, 손주 6명
취미	등산

"우와, 교장선생님이셨어유?"

"아니, 뭐 벌써 이래저래 십오 년이나 지난 일이야. 지금은 그저 한가한 노인네지."

노인이 〈미토코몬〉*에 나오는 인물처럼 캬캬캬 소리를 내며 웃어젖혔다. 꾸밈없는 그 태도에 하나의 뺨의 긴장이 스르르 풀렸다.

"글씨를 아주 잘 쓰시네요."

하나가 큰맘 먹고 대화에 끼어들자, 도톤보리가 "참말이네"라며 감탄을 날렸다.

"역시 선생님은 달러."

"뭐, 글씨야 예전에 배운 솜씨라서."

하시카와는 칭찬이 싫지만은 않은 표정으로 환하게 웃었다.

"좋으시겠네, 난 글씨를 겁나게 못 쓰는디. 글씨 잘 쓰는 무슨 비결

---

* 水戸黄門. 에도시대를 배경으로 한 사극.

이라도 있어유?"

"일단은 교본을 많이 따라 쓰는 거겠지."

"아아, 역시 그렇구면유. 아, 제가 실은 카메라맨 견습생이라 사부한테도 보고 따라하라는 말을 자주 듣긴 허는디, 저는 그 흉내가 어렵더라고요."

도톤보리가 장난스럽게 한숨을 내쉬었다. 하시카와가 눈가에 주름을 잡으며 고개를 끄덕이더니, 하나에게 얼굴을 돌렸다.

"그럼, 이쪽 아가씨가 사부님이신가?"

"아, 아뇨 저는……"

"구로코는 헤어메이크업을 담당해유."

도톤보리가 머뭇거리는 하나를 대신해 대답했다. 그러곤 출입구를 힐끗 살피는 척하더니, "우리끼리만 하는 얘긴데"라며 말을 이었다.

"이 사람, 진짜 대단한 사람이에유. 같은 식구끼리 칭찬한다고 뭐라 하실 수도 있는디, 엄청 유명한 미용실에서 수련한 사람이어유."

"호오."

하시카와가 흥미진진한 시선을 돌렸다. 하나는 "아니……" 하며 얼굴 앞에서 손사래를 쳤다.

"게다가 우리 사부도 엄청난 사람이어유. 이름이 아마리인데, 과묵하지만 실력 하나는 아주 끝내준다니께유. 하시카와 씨는 참말로 운이 좋네유. 오늘은 지금부터면 마침 아마리랑 구로코도 시간이 비어 있는디."

도톤보리가 장난스럽게 미소를 지어 보이자 하시카와가 쓸쓸하게 웃었다.

"맹렬한 영업이군."

"영업이 아니라 본심인디."

도톤보리는 입을 삐죽 내밀었다. 어딘지 모르게 유치한 행동도, 아슬아슬하게 가벼운 말투도, 도톤보리가 하면 용서받을 것 같은 기분이 드니 신기하다. 빈말이라는 걸 알지만 기쁘고, 영업 술책이라는 걸 알지만 걸려들고 만다. 그런 올곧은 힘이 도톤보리에게는 있었다.

그러나 하시카와는 "자 그림, 오늘 찍자고 말하고 싶지만, 오늘은 나 혼자 와서"라며 턱수염을 어루만졌다. 뒷부분은 혼잣말처럼 우물거려서 발음이 또렷하게 들리진 않았다.

"영정사진은 가족과 함께 찍고 싶으니까."

"그것도 좋겠네유."

도톤보리는 얼른 맞장구를 쳤다. 하나도 기대감으로 가슴이 부풀었다. 가족사진이라는 형태로 예약을 받아두면 유메코도 틀림없이 기뻐할 것이다.

세미나 후에 들은 바로는 아마리 사진관에서도 가족사진을 추천하는 것 같았다. 이유는 단순했다. 인원수가 많으면 구도를 다양하게 잡을 수 있고, 결과적으로 인화와 데이터 주문이 늘어나기 때문이다. 자녀가 셋, 손주가 여섯이니, 배우자들까지 포함하면 열둘, 하시카와 본인을 포함하면 열세 명. 상당히 많은 주문이 기대되는 인원수였다.

"그림, 총 몇 분이 오실까요?"

하나가 들뜬 목소리로 물었다. 그런데 하시카와는 의외의 대답을 했다.

"이번에는 둘째아들네만 오니까 아들과 손주, 나 셋이네."

"아, 세 분이시군요."

하나는 실망하는 마음이 드러나지 않게 조심하며, 카드에 '촬영 희망 인원은 셋'이라고 적어 넣었다. 안타깝지만 두 가족의 총원이 세명뿐이면, 최악의 경우 주문은 달랑 한 장일 수도 있었다. 시치고산* 사진처럼 아이들이 주역일 때는 엄마가 큰맘 먹고 여러 장을 주문하는 경우도 있겠지만…… 하나는 거기까지 생각하다 하시카와가 꼽은 인원수 안에 손주의 모친에 해당하는 인물이 포함되지 않았다는 사실을 알아차렸다.

그러자 하시카와가 하나의 의문에 대답이라도 하듯 입을 열었다.

"나나 아들이나 아내를 먼저 떠나보내서."

"그러시구먼유."

도톤보리가 목소리 톤을 낮췄다. 하시카와가 조용히 고개를 끄덕이자 침묵이 찾아들었다. 하나도 왠지 모르게 어색해져서 상담 카드로 시선을 돌렸다.

"손주 분은 몇 살이에요?"

"올해 스물한 살인가? 나가노 S대에 들어가서 지금은 그쪽에서 혼자 살고 있어요."

"혼자 살고 있으면 걱정이 많으시겠어요."

---

* 七五三. 아이들의 성장을 축하하는 행사.

"뭐, 혼자 산다고는 해도 기숙사고 사내 녀석이니까. 한번쯤 자기 힘으로 살아보는 것도 나쁘진 않을 테고."

"아, 손자시군요."

하나가 앵무새처럼 하시카와의 말을 따라하며 맞장구를 쳤다. 코코아 오모테산도 본점에서 익힌 대화 방법 중 하나였다.

"남자끼리 삼대가 모여 사진을 찍는 것도 좋겠네요. 나란히 같은 포즈로 서면 멋질 것 같아요."

"아, 그거 좋겠군."

하시카와의 웃는 얼굴을 보자 하나는 꽉 막혔던 숨통이 트였다. 영정사진을 찍기 위한 상담이라는 것이 자칫 거창해 보이지만, 이런 식이면 미용실 고객 접대와 크게 다르지 않아. 세상 사는 얘기를 나누며 필요한 내용을 이끌어내면 되는 거야. 그렇게 생각한 순간이었다.

하시카와가 갑자기 어두운 표정을 지었다.

"아들과 손자가 같이 서주겠다고 할 때 얘기겠지만……"

그는, 자기도 모르게 눈이 휘둥그레진 하나를 쳐다보고는 어깨를 축 늘어뜨린 채 말했다.

"실은 벌써 몇 년째 손자를 못 봤어요."

하나는 당황해 대꾸할 방법을 찾지 못했다. 재치 있는 도톤보리도 말문이 막혔는지 대답이 늦었다. 한 박자 뜸을 들인 후에야 한숨 섞인 목소리로 말했다.

"안타까운 일이네유. 저라면 이렇게 다정하고 좋은 할아버지를 자주 만나러 올 텐데."

"고맙소."

도톤보리의 말에 하시카와가 힘없는 미소를 지었다.

"그렇지만 실은 다 내 탓이야. 시간 괜찮으면 재미없는 이 노인네 얘기 좀 들어주시겠소?"

하나와 도톤보리가 고개를 끄덕인 후, 하시카와가 가방에서 꺼낸 것은 가장자리가 말려 있는 도화지 한 장이었다.

"얘기를 시작하기 전에 이걸 좀 봐줬으면 좋겠군."

하시카와의 말에 하나는 조금 당혹스러웠다. 이 얘기를 할 생각으로 들고 온 걸까.

재빠르게 몸을 내미는 도톤보리에게 이끌리듯, 하나도 도화지를 들여다봤다.

거기에는 이상한 그림이 그려져 있었다.

들판 같은 곳에 사람 하나가 있었다. 오른쪽 위에 동그라미를 점으로 에워싼 전형적인 점묘법으로 태양이 그려져 있었고, 손으로 햇볕을 가리듯이 두 손을 올린 사람의 눈은 옆으로 곧장 그은 선으로 표현되어 있었다. 웃는 걸까, 자는 걸까. 발끝은 아래를 향해 뻗어 있는데, 그림자가 없어서 서 있는 건지 누워 있는 건지조차 판단할 수 없었다. 몸은 그림문자의 사람처럼 윤곽선뿐, 옷은 묘사되어 있지 않았지만 머리가 긴 것으로 보아 여성으로 추측할 수 있는 가능성이 높았다.

그 옆에 있는 세로로 긴 직사각형 건물—빌딩일까, 맨션일까—의 데생은 평면적이고 서툴렀고, 인물의 손은 무리하게 다섯 손가락을 다 그리려고 한 탓인지 균형감을 잃은 채 너무 컸다. 절대 잘 그렸다고 할 수는 없지만, 초등학생 정도 아이가 그렸다면, '어린애다운 그림'이라고 납득할 만한 수준이었다.

그러나 그 그림에서 이상한 점은 구도나 그림 솜씨가 아니라 배색이었다.

맨 먼저 눈길을 끄는 것은 인물의 얼굴 색깔이었다. 새빨간 윤곽선 속의 얼굴 부분만 우주인 같은 황록색으로 칠해져 있었다. 들판은 파란색과 빨간색 점묘로 정성껏 그렸고, 보라색 선으로 테두리를 그린 건물은 온통 핑크색이었다.

"손자 녀석이 십이 년 전에 그린 그림인데…… 이 그림을 어떻게 생각하시오?"

하시카와가 얼굴을 쳐다보며 묻는 바람에, 하나는 엉겁결에 도톤보리의 얼굴을 마주보았다.

십이 년 전? 이 그림을 어떻게 생각하느냐고? 난데없이 무슨 얘기가 시작된 거지?

하시카와는 진지한 표정으로 대답을 기다리고 있었다. 하나는 다시한 번 그림을 보았다. 뭐라고 대답해야 할까. 손자가 그린 그림이니, 차마 이상하다고 할 수는 없는 노릇이다.

그런데 말을 고르는 사이, 하시카와가 먼저 "기묘한 그림이라고 생각하겠지?"라며 쓸쓸한 미소를 지었다.

"아니, 뭔가 좀 예술적이네유. 일부러 마음먹어도 좀체 흉내 낼 수 없는 색채예요."

도톤보리의 말에 하시카와는 천천히 고개를 저었다.

"조심할 거 없어. 나도 처음 봤을 때는 깜짝 놀랐으니까. 손자 녀석이 그린 그림이니 대단하다, 잘 그렸다고 칭찬해줘야 하는데, 도무지 말이 나오질 않더라고…… 마음이 불안한 게 아닌가, 마음속에 갈등이 있는 게 아닌가 걱정이 돼서."

하시카와가 한숨을 내쉬었다.

불안, 갈등. 하시카와의 말을 듣고 하나는 움찔했다. 하나도 순간적으로 그런 생각을 했던 것이다.

언젠가 부모에게 학대받은 아이와 전쟁으로 부모를 잃은 아이의 그림이 나오는 텔레비전 프로그램을 본 적이 있다. 각계의 전문가들을 찾아가 '일하는 사람의 꿈'을 소개하는 내용이었는데, 하나가 본 날의 주인공이 아동 심리학자였다. 그는 그림 한 장 한 장을 놓고 보며, '자기의 모습을 작고 비뚤어지게 그리는 건 자존감이 낮기 때문이고, 나뭇가지가 가늘고 뿌리가 없는 건 불안하고 고독을 느끼기 때문'이라고 분석하며, '괴로운 경험을 한 아이들을 돕는 게 자신의 꿈'이라고 열정적으로 얘기했다.

"아들도 손자 녀석의 상태가 불안했던 모양이야. '아버지, 어떻게 생각하세요?'라며 나한테 이 그림을 들고 왔더라고. 걱정된다고 말하면 며느리의 교육 방법에 대해 왈가왈부하는 셈이 되잖아? 내가 아동 심리학에 관해 특별히 전문적인 공부를 한 것도 아니고 함부로 말할 수 없어서 일단은 지인에게 보여주겠다며 맡아뒀지."

"그렇군요."

하시카와의 입술이 살짝 일그러졌다.

"그런데 난 결국 전문가에게 그 그림을 보여주지 않았어. 그러기 싫었어. 오랜 세월 교직에 몸담아왔으면서 손자 녀석 하나 제대로 보살피지 못했다는 소리를 들을까봐."

하시카와가 허공을 바라보며 이렇게 말하고 힘없이 고개를 저었다.

"설마 그런……"

"난데없이 이상한 걸 물어서 미안하군. 내 얘기를 시작하기 전에 이 그림을 꼭 보여주고 싶었어."

"괜찮아유."

도톤보리가 모호하게 고개를 끄덕이며 말했다. 하나는 입 안에 고여 있던 침을 삼켰다.

얘기를 시작하기 전에, 라는 말은 본론은 이제부터 시작이라는 뜻일까?

하시카와가 나지막이 말을 이었다.

"손자 녀석이 이 그림을 그리고 육 개월 후, 내 며느리 되는, 그러니까 그 아이의 엄마가 세상을 떠났지."

하나의 숨이 턱 막혔다. 하시카와가 턱을 짧게 안으로 당겼다.

"오 층 베란다에서 정원으로 떨어졌어. 오래된 주택단지에 살고 있었는데, 난간이 파손됐던 모양이야. 불행한 사고였고, 굳이 잘못을 따지자면 아파트 관리회사일 테지만…… 정원 나무들 사이에 빨간 옷을 입고 쓰러져 있는 며느리의 모습이 마치 육 개월 전에 손자가 그린 그림의 재현 같다는 소문이 이웃에 퍼졌지."

"설마. 그냥 우연일 뿐인디!"

도톤보리가 분개한 말투로 받아쳤다. 어느새 반말이었지만 하시카와는 딱히 개의치 않는 투로 "물론 그렇지"라며 고개를 끄덕였다.

"정말 어리석은 얘기지. 그런데도 그 아이가 미래를 예지한 거 아니냐는 터무니없는 설까지 나돌았어."

"그런 엉터리 같은."

"그런 바보 같은."

도톤보리와 하나의 말이 거의 동시에 포개졌다.

"대체 뭐여, 그게."

도톤보리가 불쾌한 듯이 내뱉었다.

"박정한 사람들이네. 엄마가 죽어서 제일 괴로운 건 그애 아녀. 그런데 어떻게 그런 심한 말을 허냐구!"

하나는 테이블 위에 펼쳐진 그림을 다시 한 번 내려다봤다. 황록색 얼굴의 빨간 사람, 빨간색과 파란색이 뒤섞인 들판, 핑크색 건물.

"예지였다고 치면, 사람이 빨갛게 그려진 이유는 설명할 수 있을지도 모르죠. 하지만 얼굴색까지 이상했던 이유는 설명되지 않잖아요."

"그렇지."

하나의 말에 하시카와가 곧바로 고개를 끄덕였다.

"그래서 소문은 급변했어. 그 아이의 불안정한 정신 상태가 표현된 그림이라고. 맨 처음 내 생각처럼."

노인은 뭔가를 망설이듯 이리저리 시선을 헤매다 마침내 무거운 입술을 열었다.

"그 아이…… 엄마가 죽어가는 것을 보고도 못 본 척했던 모양이야."

"엄마가 죽어가는 것을 보고도 못 본 척했다고요?"

하나가 반사적으로 되묻자, 하시카와가 눈을 내리떴다.

"며느리가 죽었을 때, 그 아이는 집에 있었어. 그런데 구급차는커녕 어른들조차 부르질 않았지. 아니, 설령 곧바로 구급차를 불렀어도 생명은 구할 수 없었을 거라니, 죽어가는 사람을 못 본 척했다는 말은 지나친 표현이겠군."

"그럴 리가…… 몰랐던 거 아닐까요?"

"사고가 있던 날 오후에 옆집 주인이 목격했다고 해…… 그 아이가 꼭대기 층 구석에 있는 자기 방에서 아래를 내려다보는 모습을."

하나는 뭐라 말을 해야 할지 알 수가 없었다.

"그러니 몰랐을 리가 없지 않은가. 엄마가 정원에 쓰러져 있는 모습을 봤으면서도 일부러 모른 척했다. 결국 그런 얘기가 됐지."

하시카와가 뼈가 불거진 손가락으로 그림의 가장자리를 어루만졌다. 도톤보리는 나지막하게 신음을 흘리며 상담 카드를 끌어당겼다.

"십이 년 전이면…… 당시 손자 분은 아홉 살쯤 됐겠네유. 별안간 정원에 쓰러져 있는 엄마를 봤으면 당연히 엄청 당황했을 거고, 어찌해야 좋을지 몰라서 이불 속에서 벌벌 떨기만 했을 수도 있잖아유."

"그런 얘기는 나오질 않았어. 그러기는커녕 처음에는 그애가 자기 엄마를 밀쳐 떨어뜨린 거 아니냐고 의심하는 소문이 나돌았어."

하나는 숨을 삼켰다.

"물론 경찰 조사 덕에 그런 소문은 바로 수그러들었지. 아이가 집에 돌아온 모습이 목격되기 이십 분 전에 무슨 큰 소리를 들었다는 사람이 있었고, 그 사람이 아이가 돌아온 시각 이후로는 아무 소리도 나지 않았다고 증언했거든. 그래서 떠민 것 아니냐는 의심은 바로 풀렸지만…… 그래도 죽어가는 엄마를 못 본 척한 거 아니냐는 의심은 사라지지 않았어."

하시카와가 한숨을 내쉬었다.

"어쨌든 그애가 기묘한 그림을 그린 건 사실이니까. 게다가 전날 자기 엄마와 싸웠다는 얘기까지 나왔고."

"싸워요?"

"그애가 소중히 여겼던 전차 모형을 며느리가 맘대로 버린 모양이야. 꿈이 전차 기관사일 정도로 전차를 좋아해서 유원지보다 철도박물관에 가고 싶어하는 아이였거든. 엄마 아빠가 좀처럼 데려가주질 않는다고 투덜거려서 내가 데려가줬지. 거기서 모형 하나를 사줬는데…… 며느리가 그걸 왜 버렸는지 도무지 알 수가 없어. 다만, 사고 전날 며느리의 고함 소리와 아이의 울음소리를 들었다는 사람이 몇 명이나 있었지. 학대가 있었던 거 아니냐고 말하는 사람까지 나왔어."

하시카와가 찻잔을 두 손으로 움켜잡았다. 그러나 들어올리려고도 손을 떼려고도 하지 않고 그 상태 그대로였다.

"학대가 의심되는 이유는 그것 말고도 있었지."

그는 감정을 억제하는 말투로 얘기를 이어갔다.

"일단 며느리는 딸을 원했던 모양이야. 아들딸을 구별해서 낳게 해준다는 산부인과까지 전철을 갈아타면서 찾아다녔다는 얘기는 나중에야 아들한테 들었지만……"

"그런데 아들이 태어나서 학대했다, 그런 말인가유?"

"단순한 소문이야. 학대가 있었을 게 틀림없다는 전제 하에 찾아낸, 결론을 전제한 공론에 불과해. 다른 무엇보다 며느리는 자기 아들을 정말로 사랑했으니까. 학대는 말도 안 되는 소리야. 그런데…… 손자가 그해에 학교에서 실시하는 건강검진을 받지 않은 게 문제가 됐지. 초등학교에서는 매해 건강검진을 하는데, 그날 결석한 사람은 개별적으로 학교 의사를 찾아가 검진을 받게 돼 있어. 그런데 우리 손자는 그것도 안 받았더군."

그쯤에서 하시카와가 분하다는 듯이 얼굴을 일그러뜨렸다.

"실제로 학대받는 아동이 건강검진을 받지 않는 경우는 적지 않아. 학대 사실이 발각될까 두려워서 부모가 결석시키지. 우리 아이의 경우는 그럴 건도 있어서, 실제로 사고 전부터 가정 분위기를 염려하는 목소리가 교무실에서도 나돌았던 모양이야. 엄마 교육 방식에 문제가 있는 거 아니냐고."

"손자 분은 뭐라던가유?"

"학대 같은 건 받은 적이 없다고 했어. 엄마는 다정했다고. 그럼 왜 쓰러져 있는 엄마를 도와주지 않았냐고 묻자, '모른다, 몰랐다'며 고개만 저을 뿐이라 도통 알 수가 없단 말이지. 나도 손자의 말을 믿고 싶지만, 거짓말이라는 증거가 나와버리니……"

하시카와는 목이 메는지 차가 담긴 찻잔을 들고 조급하게 들이켠

후에야 말을 이을 수 있었다.

"그러던 중에 상담사가 '손자 분은 정신적으로 매우 불안한 상태입니다. 사고 당시의 기억도 애매한 것 같으니 그 얘기를 직접 하진 마세요'라는 조언을 해서, 그애 앞에서는 사고 얘기가 금기시됐지."

"으음."

도톤보리가 손뜨개 모자 속을 벅벅 긁었다. 하시카와가 초연히 고개를 떨어뜨렸다.

"당시 난 집사람이 죽은 지 얼마 안 돼서 신경이 곤두서 있었고…… 아니, 아니지. 그건 아니야. 난 그러니까, 학대니 뭐니 하는 소문이 돌아서, 전직 교장이었던 내 체면에 먹칠을 당한 기분이었어. 그래서 왜 애를 제대로 못 보살폈냐며 아들만 다그쳤지."

하시카와가 어깨를 떨었다. 그러나 눈물을 보이진 않았다.

"작년에 심근경색이 와버렸어. 가까스로 목숨은 구했지만, 의사가 앞으로 다시 발작이 일어나면 어떻게 될지 모른다고 하더군."

할 말을 찾지 못하고 머뭇거리는 하나 옆에서 도톤보리가 "그랬구면유"라고 중얼거렸다. 하시카와가 긴 숨을 몰아쉬었다.

"쓰러진 덕분에 아들과 속 깊은 얘기를 나눴는데, 아들은…… 아무래도 손자 녀석이랑 잘 지내지 못하는 모양이야. 대학 진학 때문에 집을 떠난 후로는 거의 오지 않는 것 같고."

사고로 죽어버린 엄마, 엄마가 쓰러져 있는 모습을 봤을 텐데 도움을 요청하지 않은 아들, 아내를 잃은 데다 아들에게까지 응어리를 품게 된 아빠. 시간이 해결해주기에는 분명 너무나 복잡한 문제였다.

"난 이미 아내도 없고, 솔직히 지금 죽어도 아무 여한이 없지만……
둘째아들과 손자만은 걱정스러워."

하시카와가 하나와 도톤보리를 지그시 바라보며 말했다.

"그래서 내 영정사진을 찍는다는 구실로 두 사람을 만나게 해줄 생
각이라네."

하시카와는 전화로 아들과 일정을 조정한 후 예약을 마치고 돌아갔
다. 하나와 도톤보리가 유메코와 아마리에게 상황을 설명하자, 유메
코가 "흠, 그렇군"이라며 조용히 고개를 끄덕였다. 아마리는 흥미 없
다는 듯이 늘어져라 하품만 했다. 하나는 입술을 적신 후 유메코를 바
라보았다.

"저어…… 뭐든 저희가 도울 수 있는 일이 없을까요?"

"돕다니?"

"잘 모르겠지만…… 하시카와 씨가 우리에게 그런 개인적인 얘기
를 들려준 건 우리를 믿는다는 뜻이고……"

"그건 아니지."

유메코가 노트북 컴퓨터에서 시선을 거두지 않은 채로 하나의 말을
단호하게 잘랐다.

"그분이 손자 그림을 가져왔다며? 그럼, 처음부터 그 얘기를 하려
고 마음먹고 온 거잖아. 상대가 누구든 딱히 상관없었을 거야."

"그럴지도 모르지만……"

유메코가 나지막이 한숨을 내쉬었다.

"잘 들어, 구로코 씨. 우리 일을 하다 보면 그런 신상 얘기를 듣는 경우가 드물지 않아. 전쟁에서 사람 죽인 걸 후회하는 분의 얘기를 들은 적도 있고, 남편이 아닌 사람과 계속 연인 관계를 맺어왔다고 고백하는 할머니 얘기도 들은 적이 있다니까?"

그녀는 마우스에서 뗀 손을 목에 얹었다.

"고해성사 같은 거야. 사람이 오래 살다 보면 말 못할 비밀 한두 가지는 있게 마련이잖아. 누구라도 좋으니 자신의 삶과는 아무 관계도 영향도 없는 사람에게 속내를 털어놓고 싶다, 그런 생각을 하는 사람이 적지 않다고. 일일이 심각하게 받아들이면 끝이 없어."

"그래도……"

"아마리 사진관의 상담 시간은 촬영 방침이나 엔딩플랜 작성 등에 관해 상담하게 돼 있고, 뭐 실제로 처음부터 끝까지 그런 얘기만 하는 경우도 없진 않지만, 실제로는 거의 다 신상 얘기야."

"그런가요?"

"특히 단골손님은 더 그렇지."

"단골손님이라고요?"

하나가 눈을 깜박거렸다.

"영정사진은 한 장 찍으면 끝 아닌가요?"

"그 왜, 우리 전단지에 '삶의 정기검진'이란 표현을 썼잖아? 그게 다 단골손님을 겨냥한 문구야. 자기가 좋게 나이 들어가고 있는지, 일 년 전보다 표정이 좋아졌는지 확인하자는 콘셉트."

"아."

"뭐 하긴, 정말로 매년 영정사진을 찍으러 오는 사람들 대부분은 사진보다는 자기 얘기를 들어주길 원해. 자기 얘기에 진지하게 귀를 기울여주고, 맞장구를 쳐주고, 위해주고…… 그러니 내친 김에 사진도 찍고 간다, 그런 식이지."

"사진은 내친 김에 찍는다고요?"

"그치? 이상하지?"

눈을 휘둥그레 뜬 하나에게 고개를 끄덕인 사람은 도톤보리였다.

"이상야릇한 얘기라니께."

"뭐, 어때. 돈만 제대로 지불하면 우리는 불만이 없고, 본인들도 그걸로 만족하는걸."

유메코가 담담하게 말하더니 고개를 살짝 갸웃거렸다.

"그보다 그런 사정이 있으면 법률 상담도 추천할 수 있겠네. 미리 이것저것 정해놓지 않으면 상속 문제로 다툼이 일어날 소지도 있으니까. 도톤보리, 제대로 권해봤어?"

"뭔 소리여, 그런 말을 어떻게 혀!"

"왜 못해? 간만에 매출을 올릴 수 있는 절호의 기회였는데."

"얘기 흐름이 그런데 어떻게 상속 문제를 꺼내유. 화가 나서 사진 예약까지 취소해버릴 게 뻔한디. 안 그려, 하나짱?"

도톤보리가 하나를 돌아보았다. 하나는 애매하게 고개를 끄덕인 후, 말문을 열었다.

"저…… 그 법률 상담 추천이라는 건 무슨 의미죠?"

"어머나, 내가 아직 그것도 설명 안 했나?"

유메코가 입가에 손을 얹었다.

"그 왜, 우리가 시로사키 씨 사무실이나 마루야마 씨 묘석 가게 같은 데랑 몇 군데 제휴를 했잖아? 그런 데 소개해주고 소개비를 받는 거야. 구로코 씨네 할머니 때도 시로사키 씨에게 소개했잖아?"

"아아."

하나는 이곳 아마리 사진관을 처음 방문했을 때를 떠올렸다. 할머니의 죽음, 유언장을 보고 울음을 터뜨린 엄마, 유언장의 수수께끼를 풀어준 아마리 사진관. 겨우 한 달이 지났을 뿐인데 까마득히 먼 옛날 일처럼 느껴졌다.

"아 정말, 아깝게 놓쳐버렸네."

유메코가 실망스러운 듯이 중얼거렸다.

"그런 손님이 오실 줄 알았으면 쉬러 가지 않았을 텐데. 뭐 하긴, 다음에 오실 때 분위기 봐서 추천해도 되겠지. 아무튼 예약은 제대로 받아둬서 다행이야. 상담하느라 수고했어요."

유메코가 일방적으로 얘기를 마무리 짓자, 도톤보리가 "참말로 지독헌 사람이네"라고 절반은 어이없어하고, 절반은 감탄하는 소리를 내며 사무실에서 나갔다. 하나 역시 한순간 망설이긴 했지만, 그 뒤를 따라 나갔다.

스튜디오 앞까지 왔을 때, 하나가 "도톤보리 씨" 하고 불렀다.

"어? 왜?"

"저어…… 하시카와 씨 얘기 말인데."

유메코의 말대로 너무 깊게 들어가면 안 된다는 건 안다. 그런데도 하나는 하시카와의 얘기를 흔한 신상 얘기일 뿐이라고 흘려들을 수가 없었다. 그 아이는 지금 어떨까? 그 사건이 일어난 날부터 줄곧 어떤 마음으로 살아가고 있을까?

만약 이대로 아버지와 아들이 끝내 화해하지 못한다면, 하시카와 씨는 어떤 심정으로 인생을 마무리 짓게 될까?

정말로 학대 사실이 있었는지, 아니면 단지 전날 다퉜을 뿐인지 알 수는 없다. 그러나 설령 학대 비슷한 일이 있었다 해도 죽을 지경에 처한 엄마를 못 본 척할 수 있을까?

엄마가 쓰러져 있는 정원에서 시선을 돌리고, 창가에서 등을 돌리고, 그리고 엄마가 이웃 사람에게 발견될 때까지 수십 분. 그 아이는 무엇을 하고 있었을까?

오 층 높이라면, 소리나 표정까지는 전해지지 않았을지도 모른다. 하지만 설령 눈을 감고 이불을 뒤집어썼다 해도 눈 속에 새겨진 엄마 모습이 사라질 리가 없다.

"하시카와 씨의 손자가 정말로 자기 엄마를 보고도 못 본 척 내버려 뒀을까요?"

"아이고, 하나짱, 아직도 그 생각을 하는 거여?"

"도무지 납득이 안 가서……"

하나의 말에 도톤보리가 "그렇긴 허지"라며 고개를 끄덕였다.

"그게 바로 하나짱의 장점이었지."

그는 천진한 얼굴로 빙그레 웃었다.

"나 역시 납득했냐고 묻는다면 그건 아녀…… 그렇지만 달리 설명할 방법이 없잖여."

하나가 입가에 주먹을 대고, "예를 들면"이라고 말문을 열었다.

"창가에서 아래쪽을 내려다본 사람이 그 손자가 아니었을 가능성은 없을까요?"

"이웃 사람이 잘못 봤다는 거여?"

"네. 어스름한 저녁나절에 봤으니까 다른 창가에 있던 사람과 착각했을 수도 있잖아요?"

"맨 꼭대기 층의 구석방이었다며? 잘못 볼 리가 없지. 게다가 그 정도는 경찰에서 조사를 했겠지."

"음, 그랬겠죠……"

하나가 어깨를 축 늘어뜨리다 얼굴을 번쩍 들었다.

"그럼, 시간이 잘못된 거 아닐까요? 이웃 사람이 그 아이가 아래를 내려다보는 모습을 본 건 엄마가 떨어지기 전이었다거나."

"아이가 돌아온 후에는 아무 소리도 안 났다고 증언한 사람이 있다면서? 그럼 엄마가 떨어진 후에 아이가 집에 돌아왔다는 소리잖어."

"그럼, 아이가 엄마를 본 건 틀림없는 사실일까요?"

"그렇게 되겠지."

하나가 나지막이 한숨을 내쉬었다. 이래저래 궁리한 만큼이나 결론이 더 확고해진 것 같은 기분이 들었다.

"하긴, 생각해보면 목격자 증언에 수상한 점이 있었다면, 하시카와 씨가 분명히 얘기했겠죠. 하시카와 씨는 증언을 의심했을 테니까."

"하나짱이 부정하고 싶은 심정은 이해해."

하나가 힘없이 고개를 저었다. 부정하고 싶은 건 아니었다. 다만, 그냥 흘려들을 수 없을 뿐이었다.

어쩌면 설마 죽지는 않을 거라고 생각했을지도 모른다.

엄마가 괴로워하는 건 알았지만, 모르는 척했을 수도.

그건 어쩌면 항상 자기를 괴롭히는 엄마에 대한 복수심이었을지도 모른다. 아니, 복수라고 할 것까진 없고, 단지 알아주길 바랐을지도 모른다. 자기가 정말로 상처받았다는 것을.

"하지만 그랬기 때문에 그 아이가 이번에는 할아버지 부탁을 들어주기로 했을 수도 있지 않았어?"

도톤보리가 조용히 말했다. 하나가 고개를 갸웃거리자 그가 뒷말을 붙였다.

"엄마를 돕지 않은 게 후회되기 때문에 이번에는 죽음이 코앞에 닥쳤는지도 모르는 사람의 부탁을 거절할 순 없었겠지?"

"죽음이 코앞에 닥쳤는지도 모르는 사람이라면……"

"할아버지 말이여. 그 아이, 아 지금은 대학생이라고 혔지? 아버지랑 사이가 나쁘다며? 그런데도 할아버지를 위해 아버지가 있는 곳까지 오겠다니, 할아버지 부탁을 어지간히 무겁게 받아들인다는 의미 아녀?"

"그렇다면, 혹시 할아버지의 소원이라고 부탁하면, 아버지와 화해하는 일도 가능할까요?"

"글쎄, 그거야…… 당일 상황에 달렸을 테지."

도톤보리가 떨떠름한 표정으로 대답했다.

하시카와는 예약 시간 십오 분 전에 나타나, "아들과 손자 녀석은 아직 안 왔나?"라고 물으며 사진관을 둘러보았다.

"네, 아직 두 분 다."

하시카와는 숨을 후 내쉬었다.

"다행이군. 두 사람만 있으면 어색해할지도 모르니까."

"염려 마세유, 하시카와 씨가 제일 먼저 왔어유."

도톤보리가 장난스레 대답하고 덧니를 드러내며 히죽 웃었다.

"삼대가 어떤 포즈를 취하면 재미있을지 제가 고민을 많이 했구먼유. 셋이 경단 삼형제처럼 세로로 나란히 서면 어떨까유?"

"음, 그건 좀 진부하지 않을까?"

하시카와가 쓸쓸하게 웃으며 대답하자, 도톤보리가 과장스럽게 몸을 뒤로 젖혔다.

"어이쿠, 제대로 한 방 먹이시네유!"

"재미있는 친구로군."

하시카와가 눈가에 주름을 잡으며 말했다.

"오늘도 자네가 곁에 있어준다니 마음이 든든해. 부디 아들과 손자 녀석 사이를 풀어주면 얼마나 고마울지."

그때, 문에 달아둔 종이 딸랑거리며 울렸다. 하시카와가 튀어 오르듯이 돌아보고는 오른손을 들었다.

"오오, 유지 왔구나."

문을 열고 들어선 남자는 곧바로 하시카와에게서 하나와 도톤보리

쪽으로 시선을 돌렸다. 그는 조금 굳은 표정으로 인사를 건네며 목을 움츠렸다. 언뜻 오십 대 초반쯤 되어 보였다. 이쪽이 아드님이겠지. 머리숱이 약간 적었지만 늘씬해서 자세가 좋았고, 바느질이 잘된 검은색 긴 외투가 잘 어울렸다.

"어서 오세요."

발을 앞으로 내딛으려던 하나의 눈에 유지 뒤에 있는 또 한 사람이 들어왔다. 고개를 숙인 채 어색하게 들어온 이는 옷깃을 세운 짙은 남색 피코트에 베이지색 치노팬츠를 갖춰 입은, 대학생쯤 되어 보이는 청년이었다.

저애가 손자인가.

하나는 자기도 모르게 침을 삼켰다.

"역에서 마주쳤어요."

설명하듯 말하는 유지의 목소리가 웬지 씁쓸하게 들렸다.

"어어. 그랬구나."

하시카와의 목소리에도 당혹감이 배어 있었다. 두 사람만 있게 되는 일이 없게 하려고 일부러 사진관에서 만나기로 하고 일찌감치 왔는데, 예상이 빗나가버렸으니 동요하는 것도 무리는 아니었다.

"어서들 오세요, 모두 잘 오셨습니다."

하나가 분위기를 바꾸듯이 말하자, 하시카와가 퍼뜩 정신을 차린 듯이 등줄기를 곧게 폈다.

"고마워요. 오늘 잘 부탁합니다."

그는 인사말을 건네며 아들과 손자를 돌아보았다.

"아들 유지와 손자 가이토입니다."

소개받은 두 사람은 고개를 숙인다기보다 몸을 살짝 움츠리는 몸짓으로 인사에 응했다.

하나는 나란히 선 세 사람을 재빨리 훑었다.

하시카와는 굳이 나누자면 덩치가 작은 편이었고, 흰머리가 많이 섞이긴 했어도 7 대 3 가르마를 단정하게 탄 머리 모양을 하고 있었다. 유지는 하시카와보다 십 센티미터 정도 컸고, 말라서 그런지 야윈 인상이었다. 가는 테 안경은 신경질적인 분위기가 풍겼다. 가이토는 적당히 붙은 근육과 햇볕에 그은 피부 덕에 날렵하고 용감한 인상을 풍겼다.

세 사람은 언뜻 보면 핏줄이 다른 남남 같았지만, 찬찬히 얼굴을 살펴보면 분명 공통점 몇 가지가 있었다. 가장 두드러지는 것은 짙은 눈썹이었다. 하시카와의 눈에는 주름이 잡혔고, 유지는 말라서 그런지 쌍꺼풀이 또렷했고, 가이토는 살짝 붓긴 했어도, 기본적으로는 똑같은 아몬드 형태였다. 콧날에서 입술로 이어지는 인중 또한 판에 박은 듯이 똑같았다.

하시카와는 가이토 쪽에 시선을 멈추고, 기쁜 듯이 활짝 웃었다.

"가이토, 못 본 사이에 많이 컸구나."

"죄송해요."

할아버지가 듣기 싫은 소리를 한 것도 아닌데, 오랫동안 소식이 없었다고 비난하는 말처럼 들렸는지 가이토가 고개를 숙이며 할아버지에게 사과를 했다. 씁쓸해졌는지 하시카와의 얼굴에 그늘이 조금 졌다. 그러나 노인은 금세, 떨쳐내듯 웃음을 머금었다.

"아 참, 가이토. 괜찮으면 이 누나한테 헤어메이크업이란 걸 받으면 어떠냐. 유명한 미용실에서 수련한 사람이라고 하던데."

"코코아 오모테산도 본점에서 일한 사람이여."

하시카와의 말에 도톤보리가 덧붙였다.

"들어본 적 없나? 미니츠5의 이시가미 슌스케도 추천하는 미용실 같던데."

"아뇨…… 전 됐어요."

관심을 끌기 위해서인지 도톤보리가 인기 남자 아이돌 그룹의 멤버 이름을 댔지만, 가이토는 완고한 목소리로 거절했다. 하나는 "그렇군요, 그럼 아쉽지만 다음 기회에"라고 말하며 미소를 지어 보이면서도 속으로는 아쉬움을 쉬이 감출 수 없었다. 머리를 만지게 해주면, 기분을 바꿔줄 수 있었을지 모르는데.

흥이 깨진 공기를 떨쳐내듯, "아, 그러고 보니"라며 하시카와가 말문을 열었다.

"도야마 할머니가 네 목소리를 듣고 싶어하더구나."

"도야마."

가이토가 나지막이 그 이름을 따라 말했다. 의문형이 아니어서 끝을 올리진 않았지만, 아무래도 되묻는 의미인 것 같았다.

"도야마 할머니 말이다. 네 아빠의 고모."

"설마 잊어버렸니?"

끝을 올리며 물은 사람은 유지였다. 그는 놀란 듯이 가이토를 응시했다. 가이토가 "도야마 할머니……" 하고 기억을 더듬듯이 다시 되풀이해 읊조렸다.

"널 많이 귀여워했잖아. 그 왜, 짙은 녹색 바탕에 빨간색 작은 꽃무늬 앞치마를 두르던 할머니 말이야."

가이토는 아무래도 생각이 나지 않는지 미간을 찡그렸다.

"너, 도야마 할머니한테 다이후쿠 모찌*도 자주 받았잖아."

"아아."

그제야 간신히 기억이 나는지, 가이토가 살짝 소리를 높였다.

"그래, 우리 가이토가 다이후쿠를 좋아했었지. 가이토, 여기 스가모는 짠맛이 나는 시오다이후쿠가 유명하단다. 할아버지가 가는 길에 사주마."

하시카와가 환하게 웃으며 끼어들었다.

그때, 안쪽에서 상황을 살피고 있었는지, 대화가 끊긴 틈을 타고 유메코가 모습을 드러냈다.

"자자, 서서 얘기하면 힘드시니까 이쪽으로 들어오시죠."

촬영을 할 때면 아마리는 묵묵히 셔터를 눌렀고, 도톤보리는 실시간으로 컴퓨터 화면에 올라오는 사진과 인물을 비교하면서 포즈를 지시하거나 "좋아요! 바로 그거야"라며 사람들의 기분을 끌어올리는 역할을 했다.

---

* 팥소가 든 둥근 찹쌀떡.

126

유메코는 사무실에서 손님의 얘기에 귀를 기울이며, 최대한 많은 주문과 소개 수수료를 따낼 수 있도록 촬영 후에 권할 옵션 메뉴 계획을 짰고, 하나는 촬영 현장을 지키면서 앞머리가 흐트러지거나 할 때마다 옆으로 달려가 매만져주는 일을 했다.

그것이 대략적인 절차였다. 하지만 오늘처럼 헤어메이크업이 없는 경우, 하나는 그저 우두커니 서 있는 것 말고는 딱히 할 일이 없었다. 그런데도 자리를 지키는 이유는 도톤보리가 휴가를 내는 일이 생기기라도 하면 하나가 그의 역할을 대신해야 할 수도 있기 때문이었다.

하나는 아마리의 디지털카메라와 연결된 컴퓨터 화면으로 눈을 돌렸다. 아마리가 셔터를 누를 때마다 사진의 구도나 사진 속 인물들의 표정이 조금씩 달라지고 있었다.

좋은 사진과 그렇지 않은 사진을 결정짓는 것이 무엇인지 하나는 잘 모른다. 구도, 조리개 상태, 광량, 배경 찍는 방법 등 여러 가지 요인이 있을 것이다. 하지만 역시 인상을 가장 많이 좌우하는 것은 피사체의 매력이라는 생각이 들었다.

그리고 아마리는 피사체의 매력을 이끌어내는 데는 발군의 실력을 갖추고 있었다.

피사체는 지극히 평범한 노인, 촬영 장소도 대부분 사진관 내부의 스튜디오였다. 아마리 사진관의 스튜디오는 응접실을 겸한 거실풍의 양실, 족자가 장식된 전통식 다다미방, 벽에 책장을 세우고 중후한 책상을 배치한 서재방의 세 구역으로 나뉘었다. 그리고 고객의 직업이나 취미를 고려해 책이며 만년필, 부엌용품 등의 소도구를 준비했다.

그러나 반대로 말하면 그것뿐이었다. 한정된 패턴이었던 것이다.

그런데 신기하게도 아마리가 찍는 사진은 모두 다 전혀 다른 장소에서 찍는 것처럼 보였다. 고객의 집인 것도 같았고, 여행지에 있는 숙소인 듯도 했고, 어린 시절 추억이 깃든 장소인 것도 같았다.

소도구의 효력일까? 스튜디오에 있다는 생각이 들지 않을 정도로 사진 속의 인물이 편안해 보이기 때문일까? 아마리가 그 사람의 몸짓이나 버릇을 고스란히 찍어내기 때문일까? 아니면 전혀 다른 이유가 있는 걸까?

어쨌든 아마리가 찍는 사진에는 이야기가 있었다. 게다가 그것은 만들어진 이야기가 아니었다. '이런 주제로 찍자'고 콘셉트를 설명하고, 사람들에게 그렇게 움직이도록 지시하는 게 아니었다. 아마리는 그저 묵묵히 셔터를 누를 뿐이었다. 도톤보리가 없었다면, 지금 이곳에는 분명 무기질적인 셔터 소리만 찰칵찰칵 울리고 있었을 것이다.

"자 그럼, 슬슬 다음 스튜디오로 이동할까유?"

도톤보리는 적절한 타이밍에 촬영을 중단시켰다. 하나는 왼쪽 손목을 돌려 손목시계를 확인했다. 촬영을 시작한 지 이십 분, 아하, 이 정도 타이밍에 스튜디오를 바꾸는 것이구나.

도중에 스튜디오를 바꿔 최소한 두 개의 배경을 사용하는 게 아마리 사진관 매뉴얼 중 하나였다. 그래야 사진 구도가 다양해지고, 주문받는 데이터나 인화 매수가 늘어나기 때문이었다.

"다음은 이쪽 다다미방 스튜디오가 어떨까유?"

"아아, 좋군요."

하시카와가 실눈을 뜨며 가장 먼저 다다미방으로 들어갔다. 유지가 그 뒤를 따랐고, 마지막으로 가이토가 마지못한 표정으로 신발을 벗었다. 그 부자연스러운 동작에 하나의 눈길이 무심코 가이토의 발밑으로 빨려들었다.

아.

가이토의 양말은 양쪽 색깔이 달랐다. 오른발은 회색, 왼발은 하늘색이었다. 어지간히 급하게 나왔나 보네. 아무리 그렇더라도 엄청난 착각이다.

가이토가 양말을 감추듯이 출입구 쪽에 무릎을 꿇고 앉았지만, 유지가 금방 알아챘다.

"가이토, 양말짝이 안 맞잖니."

"서두르다 보니 그만."

"아무리 급했어도 그렇지."

"됐다, 됐어. 그깟 양말쯤이야 아무려면 어떠냐."

하시카와가 재빨리 끼어들었다. 그제야 유지는 오늘 이 사진관을 찾은 목적을 떠올렸는지, 부끄러운 듯이 고개를 숙였다. 침묵이 내려앉고 셔터 소리가 울려 퍼지기 시작했다. 도톤보리가 "아 참"이라고 목소리 톤을 높이며 대화를 재개시켰다.

"그리고 보니 아버님은 무슨 일을 하셔유?"

"저요? 식품회사에서 연구직으로 일하고 있습니다만."

도톤보리에게 "아버님"이라고 불린 유지가 곤혹스러운지 안경테를 들어올렸다. 도톤보리가 "우와!" 하고 감탄사를 내질렀다.

"할아버지는 선생님이고 아버님은 연구원이라니, 참말로 수재 집안이네! 손자 분도 S대에 들어갔댔쥬? 대단허네."

도톤보리는 고개를 크게 끄덕거리며 가이토에게 미소를 건넸다. 가이토는 고맙다고 대꾸할 뿐, 굳은 표정으로 고개를 숙였다.

"대학에서는 무슨 공부를 해유?"

"저는…… 법학과인데요."

"법학과! 참말로 대단허구만!"

"아니, 법학과에 들어갔다고 딱히 대단할 건 없습니다. 모두 다 변호사가 되는 것도 아닌데요, 뭐."

"그런 거여?"

도톤보리가 눈을 휘둥그레 뜨기에 하나도 깜짝 놀랐다.

"도톤보리 씨, 그 말 진심이에요? 정말 몰라요?"

"뭔 소리여, 난 늘 진심인디…… 어라, 참말로 법학과에 들어가도 다 변호사가 되는 건 아니여?"

"음, 그렇죠. 물론 법률 공부를 하니까 다른 학부생들보다는 유리하겠죠. 하지만 우리 대학 법학과에서 사법시험에 합격해 변호사가 되는 사람은 오 퍼센트 정도예요."

도톤보리의 어수룩한 목소리와 표정에 가이토가 말이 좀 많아졌다.

도톤보리는 남의 마음을 잘 연다.

얘기하기 좋아하는 할머니에게는 친절하게, 조용한 할머니에게는 살짝 강하게, 할아버지를 상대할 때는 너무 정중하지 않은 정도의 존칭어로 칭찬해준다. 나름 계산하고 각기 다르게 처신하는 건지 아니면 무의식적으로 상대의 마음을 파악하는 건지 알 수는 없지만, 도톤 보리 앞에서 대부분의 손님은 긴장을 풀고 웃게 된다. 쓸쓸한 미소이 거나 실소일 때도 많지만, 그래도 자기도 모르게 긴장을 푸는 순간은 찾아오고, 아마리는 이 순간을 놓치지 않고 사진에 담아냈다.

"오 퍼센트라니 참말로 혹독한 세계구만…… 그렇긴 해도 나 같은 사람이 볼 때는 그런 시험을 치는 것만으로도 다른 세상 얘기지. 자랑 할 일은 아니지만, 난 시험은 매번 낙제점이었어. 모르는 게 있으면 질문허라는디, 뭘 모르는지 알아야 질문을 허지."

그런데, 자랑거리라고는 도무지 할 수 없는 도톤보리의 말에 가이 토가 "이해해요"라며 고개를 끄덕였다.

"저도 그랬으니까."

"뭐여?"

도톤보리가 눈을 깜박거렸다. 가이토는 쓸쓸하게 미소를 지었다.

"초등학교 중학교 때는 저도 늘 뒤처지는 아이였어요. 수업 시간에 열심히 듣긴 하는데, 선생님이 무슨 말을 하는지 이해가 안 될 때가 많았죠. 그럴 때는 정말 뭘 물어봐야 할지 전혀 알 수가 없잖아요."

그렇게 말하며 가이토가 힘없이 웃었다. 그때까지 있었던 경직된 공기가 빠져나가자, 그가 소박한 청년으로 보였다. 그 부드러운 표정 을 놓치지 않겠다는 듯, 아마리가 잇달아 셔터를 눌렀다.

"참말이여?"

도톤보리가 눈을 휘둥그레 떴다.

"그래도 S대라며? 뒤처진 학생이 붙을 리가 없지."

"아니, 정말로 뒤처졌었어요. 고등학교에 들어가 학원에 다니면서 갑자기 성적이 올랐죠. 여전히 학교 수업을 따라가지 못할 때가 간혹 있었지만."

"그럼, 수업 방법이 잘못됐던 거 아녀?"

"그런 건 아니에요."

부정하는 말을 한 사람은 유지였다.

"그랬다면 반 전체 성적이 내려가야지 가이토만 뒤처지는 건 이치에 맞지 않고……"

유지가 하던 말을 도중에 삼켜버렸다. 그러자 부드러워졌던 가이토의 표정이 또다시 딱딱하게 굳어졌다. 그걸 눈치 챈 유지는 겸연쩍은 듯, 하시카와 쪽으로 살피는 눈빛을 돌렸다. 하시카와의 눈초리가 한순간 날카로워졌지만, 그는 곧바로 웃는 얼굴로 되돌아왔다.

"그래도 고등학교부터 성적을 쭉쭉 올려서 S대에 합격했으니 대단하지."

"그럼유, 훌륭하쥬!"

도톤보리도 말을 거들었다. 그러나 가이토는 더 이상 웃지 않았다. 하나는 한숨을 삼켰다.

모처럼 분위기가 좀 풀리나 했는데.

아무래도 문제는 가이토보다 유지 쪽에 있는 것 같았다.

아까부터 유지가 하는 말에는 부정적인 표현이 많았다. 본인이 애써 참고 있다는 건 알겠는데, 그래서 두 사람 사이의 거리감이 더욱 강조되고 있었다. 본래 그런 말투가 습관인 걸까?

아니면 역시 십이 년 전 사고를 아직까지 마음에 담아두고 있기 때문일까?

유지 입장에서는 모든 걸 없었던 일로 하기는 분명 쉽지 않을 것이다. 어쨌든 어느 날 갑자기 아내가 죽어버리지 않았는가. 그것만으로도 엄청난 충격을 받았을 텐데, 아들이 엄마를 보고도 못 본 척했다는 말이 나돌고 학대 의혹까지 있었다. 수수께끼와 오해가 풀렸으면 좋았겠지만 실제로는 무슨 일이 있었는지조차 모르고 주위에서 의혹의 눈길만 받았으니, 십 년 넘게 지났어도 마음이 정리되지 않는 건 당연한 일일지도 모른다.

그들의 시계는 분명 그때 이후로 멈춰버린 것이다.

하나는 가이토에게 시선을 돌렸다. 그는 초점이 맞지 않는 눈으로 허공을 응시하고 있었다. 마치 자기감정을 읽히길 거부하는 듯이.

실제로 하나는 그의 감정을 읽어낼 수 없었다. 그는 십이 년 전 자기가 한 일을 후회할까, 후회하지 않을까. 후회한다면 어느 정도일까. 후회하지 않는다면 그것은 얼마나 황폐한 감정일까.

아마리가 갑자기 카메라에서 떨어지더니 다다미방 스튜디오에서 나갔다.

결국 이대로 아무것도 할 수 없는 걸까.

"자, 이 정도로 끝낼까유?"

도톤보리가 촬영을 마무리 짓는 말을 했는데도 하나는 한동안 몸을 움직일 수 없었다.

"그럼, 바로 데이터를 정리하고 올 테니, 여기서 기다려주세요."

옵션 메뉴 파일을 품안에 가득 안은 유메코가 세 사람을 상냥하게 응접실로 안내한 것과 가이토가 "저어"라며 입을 연 것은 거의 동시에 일어난 일이었다.

타이밍을 보고 있었는지 가이토의 소리가 묘하게 크게 울려 퍼졌다. 모두가 가이토를 돌아보았다. 가이토는 어색한 듯 고개를 숙이더니, 목소리를 낮추며 말을 이었다.

"저는 이제 돌아가도 되나요?"

질문이라기보다 자기 결정을 선언하는 듯한 말투에 유지가 미간을 찡그렸다.

"무슨 볼일이라도 있니?"

"잠깐 친구랑 만나기로 해서……"

"오랜만에 집에 와서 할아버지도 만났는데 다른 약속을 잡았어?"

유지가 나지막이 한숨을 내쉬었고, 하시카와는 쓸쓸하게 눈썹 끝을 내렸다. 유메코가 재빨리 한 걸음 앞으로 나서며 말했다.

"데이터 정리는 시간이 얼마 안 걸리니까 그것만이라도 보고 가면 어때요? 보정 의뢰도 받거든요."

"전 딱히 보정은……"

가이토가 우물우물 대답했다. 유메코가 아쉬워하는 어조로 "그렇군요" 하더니, 고개를 살짝 갸웃거렸다.

"실례지만, 몇 시까지 정리해드리면 되나요?"

가이토가 벽시계를 올려다보고 잠깐 생각하다가 대답했다.

"여섯 시 정도까지는 괜찮은데……"

여섯 시까지면 남은 시간은 삼십 분 정도밖에 없었다. 유메코가 "흠, 그렇군요"라며 고개를 살짝 끄덕이고, 하시카와와 유지에게 돌아섰다.

"그럼 안타깝지만, 두 분이 골라주시는 걸로……"

"데이터는 지금 보여줄 수 있잖아."

유메코의 말을 끊은 것은 아마리였다. 그가 노트북 컴퓨터를 들더니 하시카와에게 건넸다.

"하지만 아직 정리가 안 됐잖아. 사진이 몇 장인지 알기나 해?"

유메코가 허둥지둥 아마리를 말렸다.

"어? 229장."

아마리가 컴퓨터 화면을 들여다보며 거침없이 대답했다. 유메코가 손으로 이마를 짓눌렀다.

"그런 의미가 아니라……"

"난 이대로도 상관없습니다. 모처럼 찍은 사진이니 가이토에게도 보여주고 싶고."

하시카와가 유메코와 아마리의 등 뒤에서 말을 건넸다. 유메코는 살짝 굳은 표정으로 "그렇지만……"이라며 머뭇거렸다. 하나는 그저 상황을 지켜볼 수밖에 없었다.

본래 촬영 데이터는 잘 나온 사진을 골라 색 보정을 한 후 손님에게 보여주는 것이 통상적인 수순이었다. 찍은 그대로 다 보여주면 양이 너무 많아 혼란스러울 수밖에 없고, 자칫 눈을 감은 사진이라도 보게 되면 '실력 없는 카메라맨'이라는 인상을 주기 십상이기 때문이었다.

그러나 당사자인 아마리는 그걸로 자기 일이 줄었다고 생각하는지, 가이토에게 노트북을 들이밀고, 웬일로 정중하게―아마리치고는 그랬다는 얘기지만―가르쳐주었다.

"여길 누르면 다음으로 가요. 마음에 드는 게 있으면 여길 눌러서 표시하시고."

유메코는 무슨 말을 하고 싶은 듯 입을 열었지만, 결국 조용히 입을 다물었다.

가이토가 주춤주춤 마우스로 손을 뻗었고, 그 뒤에서 하시카와 유지가 화면을 들여다봤다.

"허어, 이렇게 보는 거구나."

"잘 나왔네."

가이토가 화면을 바꿀 때마다 두 사람이 뒤에서 감탄하는 소리를 흘렸다. 하나가 보기엔, 눈을 반쯤 감았거나 색조가 이상한 사진도 더러 있었지만, 좋다 싶은 사진도 꽤 됐다.

하시카와는 셋이 나란히 각자 팔짱을 끼고 선 사진이 마음에 들었는지, "이것도 좋은데"라며 한껏 들뜬 목소리로 말했다. 가이토는 별다른 코멘트는 하지 않았지만, 하시카와 유지의 반응에 맞춰 순순히 사진을 골라냈다. 뒤에 선 두 사람이 아무 말을 하지 않았는데도 이따금 스스로 표시하는 모습도 보여, 하나는 기분이 좋아졌다.

역시 대단하다.

좀 전까지 어색했던 분위기는 말끔히 사라졌다. 아마리가 찍은 사진은 하나의 눈에도 세 사람의 매력을 충분히 끌어낸 것처럼 보였다.

사진을 두 차례에 걸쳐 훑어본 후, 아마리가 노트북을 건네받았다. 마우스를 딸깍거리며 작업을 시작한 아마리 옆에서 하시카와가 가이토를 돌아보았다.

"대학은 어떠냐? 재밌니?"

"네."

"송금해주는 돈은 부족하지 않니? 할아버지가 용돈 줄까?"

"아뇨, 괜찮아요. 기숙사에 살고, 아르바이트도 하니까."

가이토의 말투는 여전히 어색했지만, 뺨에 아주 살짝 붉은 기운이 맴돌고 있었다.

"호오. 우리 가이토가 아르바이트도 하는구나. 훌륭한데. 무슨 아르바이트를 하니?"

"학강요."

"학강?"

"학원 강사란 말이에요."

"오오. 선생님이니? 역시 내 손자구나."

하시카와가 흡족해하며 활짝 웃음을 지었다. 그런데 유지가 의아한 듯이 얼굴을 들었다.

"바텐더 일을 시작했다고 기숙사 관리자한테 들었는데, 그만뒀니?"

가이토는 몸을 움츠릴 뿐, 대답하지 않았다.

"그렇게 금세 바꿔버리다니, 인내심이……"

"유지, 그만해라."

하시카와가 단호하게 말을 자르자, 유지가 떨떠름한 표정으로 입을 다물었다. 하시카와는 웃는 표정으로 손자를 돌아보고 "다양한 경험을 쌓고 있구나" 했다. 가이토는 말없이 고개를 숙였다.

"카메라맨 제자로 들어가는 것도 좋지 않겠니?"

하시카와가 장난스럽게 말했다. 어색해져버린 분위기를 바꾸려는 심산이었을 것이다. 그런데 그때, 아마리가 노트북 화면에서 시선을 떼지 않은 채로 말했다.

"적성에 안 맞아요."

"아마리!"

당황한 유메코가 아마리의 어깨를 움켜잡았다. 그러나 아마리는 개의치 않고 말을 이었다.

"이런 사진을 고르는 걸 보면 아직 멀었어."

아마리가 잘난 체하는 목소리로 이렇게 말하며, 턱짓으로 화면을 가리켰다. 화면에는 가이토가 고른 것으로 보이는 사진이 떠올라 있었다. 전체적으로 붉은 색조가 너무 강해서, 역시 잘 나온 사진처럼 보이진 않았다. 그러나 가이토는 아마리의 제자가 아니라 손님이다. 그런 표현이 용납될 리 없었다.

"아마리, 무슨 소릴 하는 거야! 정말 죄송합니다."

유메코가 아마리의 뒤통수를 잡고 억지로 같이 고개를 숙이게 했다. 하시카와와 유지는 너무 황당해서 어이가 없는지, 멍한 표정으로 "아닙니다"라고만 했다. 가이토는 아마리가 아니라 사진 쪽으로 얼굴을 향해 있었다.

무슨 말인지 도무지 이해가 안 된다는 듯 불안한 그 옆얼굴을 본 순간이었다.

불현듯 하나의 뇌리에 예전 후배 얼굴이 떠올랐다. 염색이 서툴러 자기 뜻대로 색을 내지 못해 괴로워하던 후배.

그 친구도 자주 저런 표정을 지었었는데.

당시 그는 만 스무 살이었지만, 고등학교 졸업 후 미용전문학교에 다니면서 바로 일을 시작한 터라 이미 삼 년차 어시스턴트였고 미용사 자격증도 취득한 상태였다. 그런데도 그는 결국 스타일리스트 시험도 보지 않고 일을 그만둬버렸다. 그가 "전 재능이 없는 것 같아요" 라고 자학적으로 말했을 때 하나도 그 말을 부정할 수 없었다. 재능이라는 한마디로 집약시켜버리기에는 의문이 남았지만, 어떻게 해야 그의 실력을 키울 수 있을지 하나도 알 수가 없었기 때문이다.

그는 커트 실력은 절대 나쁘지 않았다. 정확하고 솜씨도 좋았고, 덧붙이자면 소통 능력도 있었다. 노력파이기도 해서 매일같이 밤늦도록 연습을 계속했다.

그러나 염색이 서툴렀다. 몇 번을 알려줘도 자기가 원하는 색을 내지 못했고, 주의를 줘도 차이를 모르겠다며 미간을 찌푸렸다. 하나 자신도 공부를 다시 하며 어떻게든 그가 이해할 수 있게 다양한 방법으로 설명했지만, 이런저런 방법을 다 써도 그는 끝내 이해하지 못했다.

그가 그만두겠다는 의사를 밝힌 날, 자신의 가르침이 부족했을지도 모른다며 만류하는 하나에게 후배가 서글픈 목소리로 말했다.

"아니에요. 구로코 선배 탓이 아니에요. 실은 제가……"

메마른 하나의 입술에서 "설마" 하는 소리가 새어나왔다.

하지만 정말 그런 일이 있을 수 있을까.

하나가 아마리 앞에 놓인 노트북으로 달려들었다. "죄송해요, 잠깐만 쓸게요." 하나는 빠르게 말하고 대답도 기다리지 않은 채 브라우저를 열고 검색 칸에 단어를 입력했다.

화면에 다채로운 점묘의 동그라미가 나타났다. 그 한가운데 똑같이 점묘로 표현한 숫자가 있었다. 진녹색, 녹색, 갈색 등의 바탕 위에 빨간색과 분홍색과 주황색으로 '29'라고 쓰여 있고, 춤추듯 찍힌 파란 점들이 그 숫자 사이를 메우고 있었다.

"갑자기 죄송하지만, 가이토 씨, 이 숫자가 뭐로 보여요?"

"난데없이 무슨 말씀이죠?"

가이토가 눈에 띄게 당황하며 뒷걸음질을 쳤다. 하나가 물러설 기미를 보이지 않자, 그가 나지막이 중얼거렸다.

"70 아닌가요?"

하나는 숨을 삼켰다.

제대로 된 검사를 한 건 아니다. 이런 건 잘못 볼 가능성도 있다. 하지만 이것이 정말로 '70'으로 보인다면.

배 속 깊은 곳에서 정체를 알 수 없는 감정이 솟구쳤다. 하나의 시선이 둘 곳을 찾지 못해 이리저리 떠돌았다. 지금 이 자리에서 이 사실을 본인에게 알리는 것이 과연 옳을까. 나 같은 비전문가가 아니라 제대로 된 전문가에게 검진을 받은 후…… 그렇지만 앞으로 그런 진단을 받을 기회가 있기나 할까.

하나가 가이토에게 시선을 돌렸다. 가이토는 매달리듯, 하시카와와 유지를 번갈아 쳐다보고 있었다.

"무슨 일인데, 그래?"

하시카와가 의아한 표정으로 걸어와 컴퓨터 화면을 들여다봤다. 그리고 몇 초 후, 얼굴이 딱딱하게 굳었다.

"이건……"

"왜 그래요, 아버지?"

하시카와의 어깨가 움찔 솟구쳤다. 하나는 미세하게 떨리는 입술을 손으로 덮었다. 나는 과연 이 사실을 밝혀야만 했을까.

하시카와가 어쩔 줄 몰라 하는 표정으로 가이토를 돌아보았다. 그리고 쉰 목소리를 쥐어짜내듯 말했다.

"가이토, 너 색각이상*인 거 아니냐?"

돌이켜 생각해보면 부자연스러운 점은 많았다.

가이토는 다이후쿠를 줬다는 고모할머니를 진녹색 바탕에 빨간색 작은 꽃무늬 앞치마를 두르던 사람이라고 묘사해줘도 바로 떠올리지 못했다.

색깔이 다른 짝짝이 양말을 신고 있었다.

초등학교, 중학교 성적은 나빴고, 학원에 다니기 시작하자 성적이 급격히 상승했다.

---

* 색을 식별하는 감각의 이상. 색맹과 색약을 이른다.

바텐더 아르바이트를 오래하지 못했다.

붉은빛이 강한 사진을 골랐다.

그리고 어린 시절에 그렸다는, 기묘한 색채의 그림.

뿔뿔이 흩어졌던 조각들이 하나의 틀 안에서 자리를 잡아갔다.

"구로코 선배 탓이 아니에요. 실은 저는 색 구별을 잘 못해요."

후배는 그렇게 고백하고, 분하다는 듯이 얘기를 이어갔다. 어느 날 갑자기 학교에서 실시한 검사에서 지적을 받았던 일, 그 말을 듣고 보니 분명 색과 관련해서 곤란한 경험이 많았다는 자각. 그런데도 어떻게든 미용사가 되고 싶어서 이 사실을 숨긴 채 일할 마음을 먹었다고 했다. 하나는 자기도 공부할 테니 같이 일할 수 있는 길을 찾아보자고 설득했지만, 그는 끝내 고개를 끄덕이지 않았다. 고마워요, 구로코 선배. 그렇지만 이젠 됐어요.

하나는 그에게 들었던 얘기와 그 후 책을 통해 알게 된 내용을 떠올리며 얘기를 이어갔다.

"특히 적록 색각이상인 사람은 녹색 바탕 위에 빨간색이 있으면 안 보일 때가 많다는 얘기를 들은 적이 있어요. 녹색 이파리 사이에 피어 있는 빨간 동백꽃이 안 보인다거나 빨간 분필로 쓴 녹색 칠판의 글씨를 읽지 못한다거나."

'빨간 분필'이라는 부분에서 가이토가 눈을 크게 떴다.

"제가 아는 사람은 미용사였는데…… 그는 머리카락의 미묘한 색 차이를 구별할 수 없었어요. 바텐더도 색을 구분해야 할 때가 많겠죠? 그래서 혹시나 하는 생각에……"

"아냐, 그럴 리가 없어. 가이토는 운전면허도 땄고, 녹색과 빨간색도 구별해. 가이토, 그렇지?"

조바심과 초조함이 섞인 목소리로 물은 사람은 유지였다. 가이토도 머뭇머뭇 고개를 끄덕였다.

"그렇겠지, 하나짱 난데없이 뭔 소리를 하는거?"

도톤보리가 타박하듯 말했지만 하나는 천천히 고개를 저었다.

"저도 색각이상이라는 것에 대해 색 구별이 전혀 안 되는 이미지를 갖고 있었어요. 그런데 그게 아닌 것 같아요. 흔히 흑백 세상에서 산다는 오해를 받거나 신호를 구분하지 못한다는 말을 듣기도 하는 모양인데, 빨간색과 녹색도 따로따로 보면 확실하게 인식할 수 있대요. 당연히 운전면허도 딸 수 있고요."

"그런 거여?"

"네, 사람에 따라 증상도 다른 모양이니 일률적으로 이렇다 저렇다 말할 수는 없겠지만, 색을 구분하기 힘든 건 빨간색과 녹색이 섞여버렸을 때, 그것도 어스름한 곳일수록, 멀리 있는 것일수록 힘들다는 말을 들은 적이 있어요."

어스름한 곳일수록, 멀리 있는 것일수록. 하나는 지금 막 자기 입으로 뱉은 말을 곰곰이 곱씹었다.

왜 처음 들었을 때 알아채지 못했을까.

십이 년 전 사고가 발생한 날, 가이토가 창가에서 정원을 내려다본 것은 저녁나절이었다. 주위는 어스름했을 테고, 오 층에서 아래쪽 지면까지는 거리가 꽤 됐다. 그리고 빨간색 옷을 입은 엄마가 쓰러져 있던 곳은 녹색 나무들이 늘어선 정원이었다.

나는 색을 잘 구별하지 못하는 사람이 있다는 걸 알았는데. 좀더 일찍 알아챘으면, 오늘 촬영을 다른 분위기로 이끌 수 있었을 텐데.

하나가 주먹을 불끈 쥐었다.

실수를 만회할 기회를 얻고 싶었다. 자기도 도움이 될 때가 있다는 걸 보여주고 싶었다. 그래서 머리를 만져 고객의 기분을 바꿔주고 싶다는 생각은 했다. 하지만 그 이상 자기 힘이 미치지 않는 영역까지는 생각이 닿지 못하고 말았다.

도톤보리가 의아한 듯이 고개를 갸웃거렸다.

"그런데 그건 학교에서 검사를 하잖여."

"아니."

갈라진 목소리로 말을 받은 사람은 하시카와였다.

"색각검사는 십 년 전쯤엔 분명 의무 항목에서 제외됐을 거요."

하시카와의 얼굴은 파랗게 질려 있었다.

"맞아…… 그랬어. 검사 회수는 연도에 따라 달랐어……"

"맞아요."

멍하니 허공을 바라보며 중얼거리는 하시카와에게 하나가 고개를 끄덕여 보였다.

"저도 지인에게 그 얘기를 들었을 때 알아봤는데, 옛날에는 초등학교 1학년, 4학년, 중학교 1학년, 고등학교 1학년 이렇게 네 번 검사를 시행한 모양이에요. 그래서 놓치는 경우가 거의 없었고, 본인도 상당히 이른 시기에 알 수 있었나 봐요. 그렇지만 그 때문에 대학에 못 들어가거나 원하는 직업을 얻지 못하는 경우가 생기는 바람에, 검사가 차별로 이어진다는 얘기가 나왔죠. 그래서 십여 년 전에는 초등학교 4학년 때 1회 검사로 한정했어요. 그러다 2003년부터는 아예 학교 검진에서 빠진 경우가 많았나 봐요."

하나는 취직 활동을 하는 단계에 이르러서야 자기에게 장애가 있다는 사실을 알게 된 사람에 관한 기사를 읽은 적이 있었다.

"가이토 씨는 올해 스물두 살이죠? 그렇다면 검사를 받을 수 있었던 기회는 초등학교 4학년 때 한 번뿐이지 않았나요?"

'손자가 그해에 학교에서 실시하는 건강검진을 받지 않은 게 문제가 됐지.'

하시카와의 말과 기묘하게 부합이 됐다. 가이토의 엄마는 그해에만 아들에게 건강검진을 못 받게 했다.

하나는 살며시 입을 열었다.

"어쩌면 어머님은 알고 계시지 않았을까요?"

가이토가 처음으로 하나를 쳐다보았다. 똑바로 쳐다보는 그 눈빛을 보자니 가슴이 아팠다. 그러나 시선을 피하고 싶지 않았다.

"색각이상은 반성유전*이에요. 여성의 유전자에 따라 자식에게 전해지는데, 증상은 대부분 남성에게만 나타나죠. 다시 말해 만약 외할아버지가 그랬다면, 그것을 가이토 씨에게 물려준 사람이 어머님이라는 얘기죠."

---

* 성염색체에 있는 유전자가 지배하는 유전.

딸을 원했다는 말이나 아들딸을 구별해서 낳게 해주는 산부인과를 일부러 찾아다녔다는 어머니.

"유전 사실을 알고 가장 동요하는 사람은 본인이 아니라 어머니래요. 색각이상을 유전시킨 보인자이기 때문이죠. '특정 상황에서 특정 색을 구별하기 힘든' 지극히 한정된 증상임에도 불구하고, 그동안 차별을 많이 당했기 때문일지도 모르죠. 증상 자체는 대단하지 않지만 그로 인해 가질 수 없는 직업이 생기는 데다 유전된다. 자녀가 딸이면 반수半數 보인자가 되고, 자녀가 아들이면 역시 절반이 색각이상을 갖고 태어난다 등등."

가이토는 어린 시절 장래 꿈이 전차 기관사라고 말할 정도로 전차를 좋아했다.

그러나 색각이상이면 전차 기관사는 될 수 없다.

초롱초롱한 눈빛으로 기관사를 우러러보는 아들을 보며 엄마는 과연 무슨 생각을 했을까.

전차에 푹 빠진 아들에게 차마 그 사실을 밝힐 순 없었겠지. 조금 뒤에, 좀더 크면, 그렇게 조금씩 뒤로 미루던 어느 날, 사고가 일어나고 말았다.

가이토는 허공을 응시한 채 아무 대답도 하지 않았다. 그러다 한참이 지나 "아아, 그런 거였구나"라고 나지막이 중얼거렸다.

"얘기를 듣고 보니 이상하다고 느낀 점은 있었어."

"가이토."

하시카와가 멍해 있는 손자의 이름을 불렀다.

"이 색은 이상하지 않으냐고 누가 말해도 난 이해가 잘 안 될 때가 있었어. 그렇지만 나에게 보이는 색이 남에게 보이는 색과 다를 거란 생각은 꿈에도 못했는데."

감정이 느껴지지 않는 목소리였다. 하시카와의 표정이 순식간에 일그러졌다.

"내 잘못이야. 난 알아챌 수 있었는데. 초등학교 교사로 일할 때 색각이상 증세가 있는 아이도 가르친 적이 있었는데, 그애가 미술시간에 그린 그림을 본 적도 있었는데. 그런데 가이토의 그림을 보고도 몰랐어."

노인이 목소리를 떨며 힘껏 움켜쥔 주먹으로 허벅지를 내리쳤다. 그 격한 몸짓에 가이토가 당황한 듯 팔을 들어올렸다.

"할아버지, 그만……"

"난 왜 이 모양인지. 정작 중요할 때는 아무것도……"

이를 악문 하시카와가 뭔가를 깨달은 듯 눈을 크게 떴다.

"내가 가이토를 철도박물관 같은 데 데려가지만 않았어도."

그는 초점이 풀린 눈길을 가이토에게 향했다.

"그랬으면 가이토가 엄마하고 싸우지 않았을 텐데. 사고는 피할 수 없었다 해도 최소한 싸우고 이별하는 일만은 없었을 텐데……"

그 말에 하나의 심장이 쿵 했다. 한순간 숨을 쉴 수 없었다.

"할아버지!"

당황한 가이토의 목소리에 살짝 물기가 느껴졌다.

"괜찮아요. 엄마랑은 그날 바로 화해했어요."

"그래도……"

"아버지."

유지가 하시카와의 손을 잡으며 말렸다.

"아버지 때문이 아니에요. 다 제……"

유지는 솟구치는 감정을 억누르는 듯 얼굴을 일그러뜨렸다.

"제 잘못이에요. 난 아버지와 달리 가이토와 늘 같이 살았으면서도 전혀 몰랐고……"

가이토가 눈을 크게 부릅떴다.

"아빠."

"미안하다, 가이토."

유지가 등을 구부리며 고개를 숙이자, 가이토가 당황한 듯이 아버지를 향해 손을 뻗었다.

"그만해요, 아빠…… 나 자신도 못 알아챌 정도였는데."

"아니야. 누가 뭐래도 나만은 널 믿어줬어야 했어."

유지는 얼굴을 들지 않은 채 옆구리 쪽으로 주먹을 움켜쥐었다. 가이토는 곤혹스러움을 감추지 못한 채 아버지와 할아버지를 번갈아 쳐다보았다.

"아빠…… 어떡하죠, 할아버지?"

그 말에 낙담한 모습으로 고개를 숙이고 있던 하시카와가 퍼뜩 정신이 드는지 가이토를 바라보았다. 그러곤 유지에게 시선을 돌리고 굳어 있던 뺨을 풀었다.

"유지, 가이토가 난처해하잖니."

그 말에 유지가 얼굴을 들었다. 그렇지만 점점 더 분한 표정으로 얼굴을 일그러뜨렸다.

"오늘도 모처럼 오랜만에 다 모였는데, 이런 일이 생기고…… 좀더 나은 사진을 찍을 수 있었을지도 모르는데."

"괜찮으시면 다시 한 번 촬영할까요?"

유메코가 황급히 끼어들었다.

"저희로서도 아쉬움을 남긴 채 돌아가시는 걸 원치 않거든요."

"그렇지만 가이토는 이제 가야 한다는데……"

"거짓말이에요!"

가이토가 엉겁결에 외쳤다.

"미안…… 친구를 만난다는 건 거짓말이야. 솔직히 아빠랑 할아버지랑 계속 있기 어색해서 어떻게든 빠져나가려고……"

실언이라고 생각했는지 가이토는 그다음 말을 삼켰다. 하시카와가 입을 다물지 못했다.

"거짓말……"

"저어…… 다시 한 번 촬영해주실 수 있나요?"

가이토가 유메코를 향해 물었다.

"네, 물론이죠."

평소 같은 당당한 기세는 없었지만, 그래도 분명한 대답이었다. 가이토는 유메코에게 인사를 한 후, 하나에게 돌아섰다.

"그리고 가능하면 커트만이라도 부탁할 수 있을까요? 사실은 아까 코코아란 말을 듣고 계속 마음에 됐었어요."

헤헤 하며 수줍게 웃자, 청년의 뺨에 보조개가 생겼다. 그러자 그 부드러운 공기가 전염됐는지, 너무 놀라 멍해 있던 하시카와의 뺨이 풀어지고, 유지의 얼굴에도 미소가 번졌다.

오늘 이곳에 온 이후 처음 보여주는 매력적인 표정들이었다. 하나의 가슴에서 뭔가 뜨거운 것이 치솟았다.

"네, 기꺼이."

하나는 그렇게 대답하고 헤어메이크업 룸으로 향했다.

오해가 풀렸다고 떠난 가족이 되돌아오는 것은 아니다. 잃어버린 시간을 다시 찾을 수 있는 것도 아니다. 하지만 멈춰 있던 시간은 다시 움직이게 할 수 있을지 모른다.

그것은 분명 안도였다. 앞으로 나아갈 수 있게 된 그들을 보며, 하나는 진심으로 다행이라고 생각했다.

그런데 그렇게 생각하는데, 갑자기 발이 멈추었다.

오해를 풀 수 없다면 어떡해야 하지?

그런 생각이 마음속 틈새를 비집고 떠오르고 만 것이었다. 하나는 그 생각을 떨쳐내기 위해 황급히 고개를 흔들었다.

세 번째 유품

"네, 그렇죠. '종활'이라는 단어로 한데 묶어 표현하게 된 건 최근이지만, 저희는 거의 사십여 년 전부터 영정사진 전문 사진관이라는 간판을 내걸었으니, 그런 의미에서는 선구적인 존재라고 말할 수 있을 거예요. 입구 간판은 보셨나요? 그 영상만 내보내도 한눈에 오랜 세월 숙련된 느낌이랄까. 노포 분위기가 확실하게 전해질 것 같은데요."

유메코가 거기까지 단숨에 얘기를 풀어놓자, 소파에 얕게 걸터앉은 감독이 "아, 그렇군요" 하고 허물없이 가벼운 맞장구를 치고 테이블 위의 요금표를 집어 들었다.

"호오, 촬영 비용이 이천 엔이면 싸군요."

감독이 불쑥 중얼거렸다. 마치 지금까지 유메코가 한 얘기는 전혀 듣지 않은 사람 같았다. 유메코가 "네?" 하고 동작을 멈췄다가 "아아" 하고 눈을 깜박거렸다.

"그렇죠. 최대한 부담 없이 이용하실 수 있도록 여러모로 노력하고 있어요."

"아, 그런데 촬영 데이터를 받으려면 돈을 내야 하는 거군요. 나머지는 매출용 옵션이고요."

"흐음 역시" 하고 거뭇거뭇한 턱수염을 어루만지며 고개를 끄덕이는 감독을 보고, 유메코의 뺨이 살짝 굳어졌다. 그러나 그녀는 곧바로 영업용 미소를 회복했다.

"아 네, 저희 사진관에서는 모든 고객의 요구에 응해드릴 수 있도록 옵션 메뉴를 다양하게……"

"아무래도 대부분은 노인인가요?"

감독이 유메코의 설명을 가로막고 다른 질문을 입에 올렸다. 유메코의 왼쪽 옆에 대기하고 있던 하나는 놀라움을 넘어서서 어처구니가 없는 지경에 이르렀다.

이 사람, 남의 얘기는 전혀 안 듣네.

언뜻 질문과 대답을 주고받는 것 같으면서도 대화가 맞물리는 법이 거의 없었다.

그러나 유메코는 이번에는 부드러운 표정을 허물어뜨리지 않았다.

"아무래도 그렇죠. 지역적 특성도 있어서 사진관을 찾는 손님은 노인 분들이 많은 것 같아요."

그녀는 정중한 말투로 상대의 말을 긍정했다. 감독은 "하긴, 그렇겠죠"라며 별 흥미도 없는 듯이 말하고는 테이블 위에 펼쳐진 사진을 내려다봤다. 유메코는 탐색하는 시선으로 감독을 바라보았다.

긴장감이 감도는 그 몸짓에 하나의 마음까지 불안해졌다. 마치 면

접시험 같았다. 상대의 의도와 생각이 완전히 읽히지 않는 상태에서 질문을 받고, 그에 대한 대답으로 어떤 판정을 받는.

'종활'을 주제로 특집 프로그램을 편성하기로 했다며 감독이 취재 요청을 해온 것은 불과 하루 전인 어제였다.

주부층이나 노인들에게 인기 있는 정보쇼 프로그램 제목을 들은 유메코는 두말없이 승낙했다. 전국적으로 방영되는 프로에 '종활'이라는 딱 들어맞는 주제로 소개된다면 엄청난 광고 효과를 기대해볼 만했다. 방송을 본 백 명 중 한 사람이 실제 사진관에 찾아올 수 있는 범위 내에 살고, 그중 다시 십 퍼센트만 흥미를 갖는다 해도, 시청률이 십 퍼센트는 나오는 모양이니…… 유메코는 그렇게 독장수셈을 하며 음흉한 미소를 지었다. 그리고 전화로 요청받은 대로, 예를 들어 소개할 만한 사진은 서둘러 골라냈다.

그러나 감독은 유메코가 준비해둔 사진들을 보며 내내 고개를 갸웃거렸다.

"아니, 뭐 사진은 다 좋다고 생각합니다. 그런데 솔직히, 딱 봤을 때 임팩트가 부족하다고 할까요?"

"그래도 유족 분들에게는 고인다운 분위기를 아주 잘 이끌어냈다는 평가를 받고 있고……"

"아, 물론 유족에게는 그럴 테죠. 하지만 우리나 시청자는 모르는 사람들이니까요."

"그럼, 예를 들어 상담 단계부터 취재를 하시면 어떨까요? 어떤 사람이고, 어떤 요구사항이 있는지 파악하시면, 보는 관점이 달라질 것 같은데요."

유메코가 몸을 앞으로 기울이며 열심히 설명했다.

"그런데 말이죠," 감독이 눈썹 끝을 내리며 말했다.

"너무 갑작스러운 부탁이라 죄송합니다만, 내일 촬영을 못하면 시간에 맞출 수가 없어요. 이렇게 급하게 취재에 협력해줄 분을 찾기는 아마 힘들겠죠?"

"그래도 필요하시다면 찾아볼게요."

유메코가 적극적으로 단언하자, 감독이 옆에 앉아 있던 어시스턴트라는 젊은 남자에게 눈짓을 했다.

"사실은 사진관 소개 전에 법률상담소 소개를 넣을 예정이라 상담 장면은 그쪽에서 찍었고…… 이곳은 촬영 풍경과 완성된 사진으로 구성하고 싶단 말이죠."

감독은 거기까지 말하더니, 무례하게 가게 안을 둘러보고 다니기 시작했다. "아" 하는 낮은 목소리가 들리자, 유메코가 자리에서 재빨리 일어섰다.

"이 사진은 뭐죠?"

감독이 진열창을 들여다보며 이렇게 묻고는, 이젤에 세워둔 사진을 들고 몸을 돌렸다. 그것은 빨간 깅엄체크 셔츠에 마작 패를 손에 든 하나 할머니의 사진이었다. 유메코가 하나를 힐끗 쳐다본 후, 입을 열었다.

"그건……"

"아무리 임팩트를 원하셔도 그건 너무 과하지 않을까요?"

유메코가 채 답하기도 전에 쓸쓸하게 웃은 사람은 어시스턴트였다.

"뭐, 그렇긴 하군."

감독도 거리낌 없이 이렇게 말하더니 사진을 제자리에 돌려놓고 진열창에서 멀어졌다. "휴" 하고 숨을 내쉬는 소리가 들려서 눈을 돌리자, "넌 첫인사가 끝난 후로는 입도 뻥끗하지 마"라는 유메코의 엄명을 받은 도톤보리와 함께 응접실 구석으로 쫓겨나 있던 아마리가 입술 끝을 올리고 있었다.

하나는 어시스턴트보다 아마리를 노려보았다.

아마리는 초연한 표정으로 사탕 봉지를 까고는 입 안으로 휙 던져 넣었다.

"저런 건 괜찮지 않나요?"

어시스턴트가 카운터 옆에 장식된 사진을 가리켰다. 하시카와의 사진이었다. 아들 유지, 손자 가이토와 함께 나란히 서서 셋이 똑같이 가슴 앞으로 팔짱을 낀 포즈를 취한 사진.

"저건 얼마 전 사진관을 찾아주신 손님의 사진이에요. 저희 사진관에선 영정사진이라고 해도 혼자만 찍는 게 아니라 가족과 함께 있는 장면을 찍어서 그 자연스러운 표정을……"

"저게 임팩트가 있나?"

감독이 유메코가 아니라 옆에 앉아 있는 어시스턴트에게 물었다. 어시스턴트는 한순간 말문이 막히긴 했지만, "그렇긴 한데"라고 말을 받았다.

"너무 빤하다고 볼 수도 있겠네요."

"흠, 그렇군."

감독이 이번에도 거리낌 없이 고개를 끄덕이고, 유메코에게 시선을 돌렸다.

"저 사진을 프로그램에서 쓸 수 있나요?"

"그건 일단 손님에게 확인해봐야……"

"그럼, 확인해주실 수 있습니까?"

감독은 간발의 차이도 두지 않고 다짜고짜 물었다. 그러곤 테이블 위에 올려둔 예전의 촬영 노트를 힐끗 바라봤다.

"그리고 구성상 창업 당시나 옛날 사진도 있었으면 좋겠는데 쓸 만한 사진이 있습니까?"

"네, 일단 선대가 촬영한 사진도 안쪽 창고에서 꺼내두었어요. 다소 오래된 사진이라 손님과 연락이 닿지 않을 가능성도 있어서 사용 허가를 얻을 수 있을지는……"

"가능하면 흑백이 좋겠지? 그래, 그게 분위기도 더 나고."

감독은 자기가 묻고 자기가 끄덕였다. 그러더니 당혹감을 드러내고 있는 유메코의 손에서 사진 다발을 건네받아 빠르게 넘겨봤다.

침묵이 찾아들고, 잠시 주위에는 인화지 스치는 소리만이 울려 퍼졌다.

"아, 이런 건 좋은데?"

감독이 손을 멈추고, 유메코에게 사진 한 장을 내밀었다. 하나도 목을 빼고 들여다봤다.

이십 대로 보이는 젊은 남녀가 바짝 붙어 서 있는 사진이었다. 여자는 배가 불룩했고, 남녀가 그 배를 애지중지 손으로 받치고 있었다.
그러나 감독의 바람과 달리 그 사진은 세월의 느낌이 별달리 묻어나
지 않는 컬러사진이었다. 하나가 그렇게 생각한 순간, 감독이 혼잣말
을 흘렸다.

"흠, 흑백으로 손을 좀 보면 그럴듯해 보이겠군."

그러곤 뒤이어 물었다.

"이 사진, 임신이죠?"

감독이 손으로 가리키자, 어시스턴트가 "아무리 봐도 그런 느낌이
네요"라고 덧붙였다. 유메코도 "아마도" 하고 고개를 끄덕였다. 감독
의 눈빛이 날카로워졌다.

"이것도 생전사진인가요?"

"아 네, 당시 촬영 노트에 영정사진이라는 메모가 있으니 그건 틀림
없을 거예요."

유메코가 그렇게 말하며 낡은 대학 노트를 펼쳤다.

세오 기와코 · 유헤이
도쿄 도 기타 구 니시가하라 5 - 2 - ×
03 - 946 - 26××
영정사진용 5 × 7

모서리가 말려 올라간 페이지에는 거의 휘갈겨 쓴 것 같은 특이한
글씨체로 이렇게 적혀 있었다. 현재 아마리 사진관에서 관리하는 방

식의 상담 카드가 아니라, 정말 그냥 메모처럼 적어둔 노트였다. 아래쪽으로 상담 때 적어두었는지, '따뜻한 이미지로' '피아노' '살 수 없다' '사진은 직접 찾으러 오겠음'이라는 글자들이 보였다.

"언제쯤 촬영한 사진입니까?"

감독이 눈만 치켜뜨며 물었다. 유메코가 황급히 페이지를 넘겼다.

"그게, 이건 촬영 날짜 기록 같은 건 없어서…… 앞뒤 메모로 볼 때 1980년대 말부터 1990년대 초쯤인 것 같긴 한데, 정확한 촬영 날짜가 필요한가요?"

"아니, 뭐 그런 건 아니지만."

감독이 마치 연극 같은 몸짓으로 어깨를 움찔하고, 어시스턴트 쪽으로 몸을 돌렸다.

"어때, 이거 느낌 좋지?"

"좋네요. 드라마성이 있어서."

어시스턴트가 상체를 내밀며 고개를 끄덕였다. 감독이 턱수염을 어루만졌다.

"근데, 두 사람 다 아직 젊은데 영정사진을 찍었네."

"병이라도 걸렸던 걸까요?"

"흠, 미리 사진을 찍으러 올 정도니 그랬겠지. 여기 '살 수 없다'는 말도 적혀 있고. 그나저나 이건 두 사람 중 누구의 영정사진이죠?"

감독은 말의 반은 어시스턴트에게 했고, 나머지 반은 유메코를 보며 물었다. 유메코는 시선 둘 곳을 찾아 이리저리 헤맸다.

"이 무렵은 저도 아직 여기서 일할 때가 아니라, 이 메모에 적힌 것이상은 잘 모릅니다……"

"이 사람들을 찍은 다른 사진은 없나요?"

"네, 네거필름은 이미 고객 분에게 다 넘겨드린 것 같고, 현상된 것 중에 남은 건 이 사진뿐인 것 같아요."

"임신부 쪽이라야 관심이 더 고조될 텐데 말이야."

하나는 그 말에 흠칫 놀라 감독을 쳐다봤다. 감독은 하나는 아랑곳하지도 않고, 사진만 뚫어져라 쳐다봤다.

"불치병으로 죽음을 눈앞에 둔 임신부와 이제 곧 태어날 아기. 엄마는 아직 만나지도 못한 아기를 위해 가족사진 형태로 영정사진을 남긴다. 응, 나쁘지 않군."

"하지만 아직 여자 분의 영정사진인지 확실치도 않은데……"

"분명히 부인 사진이겠지."

엉겁결에 소리를 높이며 끼어든 하나에게 감독이 딱 잘라 말했다.

"봐, 여기. 부인 이름이 앞에 있잖아요. 남편 사진이었으면, 말하자면 주역은 남편이니, '세오 유헤이·기와코'라고 쓰지 않았을까요?"

"아아, 그건 뭐…… 분명."

"됐어, 이 사진으로 갑시다."

감독이 입꼬리를 살짝 올리더니 가슴 앞에서 손뼉을 쳤다. 유메코의 얼굴에 드리워진 곤혹스러운 빛이 한층 짙어졌다.

"저어, 혹시 이쪽 손님과 연락이 닿지 않으면……"

감독의 시선이 날카로워졌다.

"이 사진을 메인으로 내세워야 노포 분위기도 나고 드라마틱해서 좋지 않겠어요?"

감독은 단숨에 말을 쏟아내며 사진들을 정리하고는 테이블 위에 탁
탁 내리치며 각을 맞췄다. 유메코도 하나도 곧바로 대답을 못하고 머
뭇거리자, 감독은 감정이 느껴지지 않는 표정으로 웃음을 머금었다.

"죄송합니다. 저희가 너무 서둘러서 곤란하시죠? 만약 시간 내에
승낙을 받지 못하면, 안타깝지만 이번 취재는 훗날을 기약하고, 다음
기회에 부탁드리는 방법도 있긴 합니다."

전화기 스피커에서 들려오는 신호음이 고요히 가라앉은 스튜디오
공기를 흔들었다. 마침내 연결이 되자, 유메코가 무선전화기를 한 손
에 들고 고꾸라지질 듯 황급히 전화를 받았다.

"저는 아마리 사진관의 나가사카라고……"

"고객님이 거신 전화번호는 현재 사용하지 않는 번호입니다. 번호
를 다시 확인하고……"

순식간에 유메코의 옆얼굴에 낙담의 그늘이 드리워졌다.

"뭐여, 역시 이미 없는 번호잖여."

도톤보리의 중얼거림과 유메코가 전화를 끊는 전자음이 겹쳐졌다.

"연락이 안 되면, 포기할 수밖에 없겠네."

"넌 입 좀 다물어."

태평하게 말하는 도톤보리에게 유메코가 날 선 목소리로 쏘아붙였
다. 그러곤 험악한 얼굴로 노트를 내려다보더니 잠시 뒤 "아" 하고 소
리를 높였다.

"아 맞다, 나도 참."

"뭐여, 유메코 씨 왜 그려?"

"3이야."

유메코가 활짝 핀 표정으로 노트를 가리켰다.

03 - 946 - 26××. 내가 깜박하고 이대로 걸었는데, 이건 옛날 번호 잖아. 지금은 9 앞에 3을 넣어야지."

노트를 들여다보던 하나도 "아, 진짜네"라고 중얼거렸다.

"어? 그게 뭔 소리여?"

하나보다 세 살 적은 도톤보리가 미간에 주름을 잡았다.

유메코가 "어머나" 하며 눈을 깜박거렸다.

"아 참, 넌 전화번호가 아홉 자리였던 시절은 모르지?"

"아홉 자리?"

"그래. 옛날에는 이 근처 전화번호가 아홉 자리였어. 그런데 그 자 릿수로는 번호가 부족해져서 시내 국번 앞자리에 3을 붙여서 열 자리 가 됐지."

유메코가 다시 무선전화기를 집어 들고는 노트와 비교해가며 하나 하나 신중하게 번호를 누른 후, 전화기를 쥐고 기다렸다.

잠시 후, 막 벌어지던 입술이 그대로 멈췄다. 유메코는 짧게 한숨을 내쉬고, 어깨를 축 내려뜨렸다.

3을 붙였는데도 소용없었나.

하나가 그렇게 생각한 순간, 유메코가 숨을 살짝 들이마셨다.

"갑자기 전화를 드려 죄송합니다. 저는 아마리 사진관의 나가사카라고 합니다. 나중에 다시 전화드리겠습니다."

유메코는 그 말만 하고 무선전화기를 충전기에 내려놓았다. 전자음이 스튜디오 안에 공허하게 울려 퍼졌다.

"부재중 메시지였어요?"

하나가 묻자 유메코가 "그러네"라며 낙담한 듯 힘없이 고개를 끄덕였다.

"이제 어쩌쥬?"

"어쩌긴 뭘 어째. 내일 아침까지 승낙을 못 받으면 취재는 없던 걸로 한다니까 어떻게든 방법을 강구해봐야지."

유메코가 가운뎃손가락 손톱으로 테이블을 타닥타닥 두드리며 말했다.

"이쪽 발목을 잡고 있기라도 한 것 같은 태도가 영 맘에 안 든단 말이야. 자기네가 먼저 말을 꺼냈으면서 정 원하면 취재해줄 수도 있다는 식의 태도나 보이고."

"그럼, 이쪽에서 거절하면 되겠네."

"이렇게 좋은 기회를 멀뚱멀뚱 놓치란 말이야?"

유메코가 나지막이 내뱉고 팔로 턱을 괬다.

"그렇긴 하지만, 연락이 닿지 않으면 방법이 없잖유."

"그래도 부재중 메시지로 연결되는 걸 보면, 전화번호가 없어지진 않았다는 거잖아요? 그럼, 연락이 닿을 가능성도 있잖아요."

분위기를 바꾸며 건넨 하나의 말에도 유메코는 턱을 괸 채 나른하게 노트를 두드릴 뿐이었다.

"진즉에 해약된 번호가 새로운 이용자에게 넘어간 건지도 모르지."

"만약 그렇다면 절망적인디."

"그럴 가능성이 높아. 이 노트도 이십오 년 전쯤에 만든 거니까."

도톤보리의 맞장구에 유메코가 소리를 내며 노트를 덮었다. 그 밑에서 감독이 두고 간 사진이 모습을 드러냈다. 테이블을 사이에 두고 마주 앉은 하나와 도톤보리도 그 사진을 들여다봤다.

네 귀퉁이가 살짝 변색된 사진은 한눈에 보기에도 그 나름의 세월을 짐작할 수 있었다. 남자는 진남색 블레이저에 청바지를 맞춰 입었고, 배가 불룩한 여자는 체크무늬 시폰 치마에 볼륨감 있는 소바주* 파마머리를 하고 있었다. 아마리 사진관에서 찍은 사진이라는 것을 모르고 보면, 그저 평범한 젊은 부부의 기념사진이었다.

"그래도 이렇게 젊었으면 이십오 년쯤 지났어도 사오십 대겠지. 그 감독 말대로 이 부인 쪽이 죽었다 해도 남편은 아직 살아 있을 테고. 주소랑 전화번호가 바뀌지 않았을 가능성도 있겠지."

"하긴, 거기에 희망을 걸어볼 수밖에."

유메코가 그렇게 말하고 천천히 목을 돌릴 때였다.

별안간 전화벨이 울리기 시작했다. 세 사람은 동시에 깜짝 놀라 앉아 있던 자리에서 살짝 튀어 올랐다. 하나가 부랴부랴 무선전화기를 집어 들었다.

---

* 손질하지 않고 더부룩하게 만들어서 일부러 깔끔하지 않은 야성미를 풍기는 헤어스타일.

"네, 아마리 사진관입니다."

"저어, 조금 전에…… 전화를…… 세오 기와코와……"

젊은 여자의 목소리였다.

세오. 세오?

귀에 들어온 소리가 한 박자 늦게 한자로 변환됐다.

"세오 씨!"

하나가 엉겁결에 소리를 높이자, 유메코가 덜컹 소리를 내며 자리에서 벌떡 일어섰다. 하나는 스피커폰으로 바꾸면서 유메코와 시선을 교환했다.

"전화 주셔서 대단히 감사합니다. 저희 쪽 용건이니, 괜찮으시면 저희가 바로 다시 연락드리겠습니다."

"네? 아니, 다시 걸 것까진 없는데……"

전화기 너머로 들리는 목소리는 어딘지 모르게 주뼛거리는 느낌이었다. 그쪽에서 유메코가 손을 쓱 내미는 바람에, 하나는 황급히 무선전화기를 양손으로 잡았다.

"그럼, 좀 전에 전화했던 사람을 바꿔드리겠습니다."

"안녕하세요, 좀 전에 연락드렸던 아마리 사진관의 나가사카라고 합니다."

유메코는 무선전화기를 건네받자마자, 막힘없이 시원한 말투로 이야기를 시작했다.

"여기는 스가모에 있는 사진관인데요, 실은 이번에 텔레비전 방송국에서 취재 요청을 해왔어요. 그런데 논의를 하다 보니 그쪽에서 세오 기와코 씨의 사진을 소개하고 싶다는 얘기를 하더라고요. 그래서 소개해도 되는지 허락을 얻고 싶어서 전화를 드렸어요."

"엄마 사진을요?"

스피커에서 들려온 소리에 하나는 방금 전 봤던 사진을 떠올렸다. 임신부의 모습이 찍힌 건 약 이십오 년 전. 그때 그 배 속에 있던 아기라면, 젊은 목소리의 인상과 일치했다.

"따님이세요?"

"네. 그리고 엄마 사진이라면, 혹시 임신부 모습을 찍은 사진 말인가요?"

유메코가 눈을 살짝 크게 떴다.

"네, 맞아요. 보신 적이 있나요?"

"아마…… 지금 제가 들고 있는 사진이랑 같은 사진인 것 같은데. 음, 우리 엄마는 체크무늬 치마를 입고 있고, 아빠가 옆에서 엄마 배를 같이 만지고 있어요."

"아 네, 그거예요. 분명히 그 사진일 거예요."

유메코가 들뜬 목소리로 말했다. 하나도 막혔던 숨을 내쉬었다. 상대가 그 사진을 봤다면 얘기가 빨라질 것이다.

"그 사진을 꼭 소개하고 싶어서 연락드렸어요. 어머님이나 아버님이 댁에 계신가요?"

유메코가 아주 살짝, 주저하듯 한 박자 뜸을 들인 후 말했다. 영정 사진으로 찍었던 사진인 만큼 어느 쪽인가는 세상을 떠났을 가능성이 높았다. 하나는 스피커에서 들려올 목소리에 귀를 기울이면서도 무거워질 공기를 각오했다. 그런데 돌아온 대답은 하나의 예상과 달랐다.

"엄마는 작년에 돌아가셨어요."

작년?

하나는 스피커를 뚫어져라 쳐다봤다.

작년이라면, 영정사진을 촬영하고 이십오 년쯤 흐른 뒤다.

그럼, 부인이 아니라 남편 쪽 사진이었나.

만약 그렇다면 그녀에게는 이미 양친이 없다는 뜻이고, 이 사진의 피사체도 존재하지 않는다는 말이다.

"아빠 연락처는 몰라요. 제가 어렸을 때 두 분이 이혼하셔서 연락이 끊겼거든요."

이혼?

그것 또한 예상 밖의 정보였다. 이렇게 영정사진을 찍은 걸 보면, 죽음이 임박했다는 사실을 알았을 게 틀림없다. 그런데 왜 사별이 아니라 이혼일까.

게다가, 라고 생각하며 하나는 테이블 위의 사진을 내려다봤다.

불룩한 배를 애지중지 받치고 있는 두 사람은 몇 년 후 이혼할 사이로는 보이지 않았다.

"그러셨군요."

유메코에게 역시 너무나 상상 밖의 일이었는지, 웬일로 뒤늦게 어정쩡한 맞장구를 쳤다.

둘 사이의 대화가 잠시 끊겼다.

침묵이라고 할 수는 없는 짧은 공백을 메운 사람은 전화기 너머의 여자였다.

"실은 제가 갖고 있는 아빠 사진은 이것뿐이에요. 이 사진이 들어 있던 봉투에 아마리 사진관이라는 상호가 적혀 있어서 은연중에 늘 기억하고 있었고…… 그랬는데 그쪽에서 전화가 와서 신경이 쓰이더라고요."

그래서 직접 전화를 걸었을까?

"저어, 혹시 그쪽에선 저희 아빠 연락처를 모르시나요?"

"네?"

"전 아빠 얼굴은 이 사진으로밖에 못 봤어요. 철들 무렵 이미 집에 안 계셨으니까. 딱히 외로웠던 건 아니지만…… 그래도 만날 수만 있다면, 한 번 만나보고 싶어요."

여자의 목소리에는 절실함이 배어 있었다. 하나는 도톤보리와 얼굴을 마주보았다.

혹시 우리가 영정사진 전문 사진관이란 걸 아직 모르나?

그래서 아빠가 아직 어딘가에 살아 있을 거라고 생각하나?

유메코가 "그런데"라고 말문을 열었다가 입을 다물더니, 잠시 뜸을 들인 후에야 얘기를 이어갔다.

"대단히 죄송합니다만, 저희 쪽엔 지금 전화 주신 전화번호와 니시가하라 주소밖에 없어요."

"그렇군요."

전화기 너머로도 여자의 낙담이 전해졌다. 이번에야말로 무거운 침묵이 밀려들었다.

잠시 후, 이번에도 역시 여자 쪽에서 먼저 침묵을 깨뜨렸다.

"연락처가 아니라도 상관없어요. 사소한 거라도 좋으니 아빠에 관해 뭐든 알 수 있는 게 있으면 알려주시겠어요?"

말투가 어찌나 간절한지 유메코의 표정이 어두워졌다.

"하지만 남아 있는 기록이 유혜이 님의 이름뿐이라……"

"네?"

여자가 갑자기 목소리를 높였다.

"네?"

유메코의 목소리가 덩달아 높아졌다. 그리고 잠시 후, 스피커에서 당혹감이 고스란히 묻어나는 목소리가 울려 퍼졌다.

"유혜이라고 쓰여 있나요?"

어?

하나는 가슴이 철렁해서 스피커를 내려다봤다. 고개를 들자, 의아해하는 유메코와 시선이 마주쳤다.

곧이어 여자가 목소리 톤을 낮추고 말했다.

"저희 아빠 이름은 가즈히로예요. 그 남자는 누구일까요?"

사진과 촬영 노트를 자기 눈으로 직접 확인하고 싶다며 여자가 사진관으로 찾아온 것은 그로부터 삼십 분이 지난 후였다.

교코라고 이름을 밝힌 그녀는 가녀린 어깨를 더욱 움츠렸다.

"갑자기 부탁을 드려서 죄송해요."

주뼛주뼛 고개를 숙이는 모습이, 색 바랜 목면포로 넉넉하게 지은 아이보리 셔츠에 모스그린 롱스커트를 맞춰 입은 어른스러운 차림새에도 불구하고, 마치 십 대 소녀처럼 보였다. 급하게 나왔는지 눈썹만 정리되었을 뿐, 얼굴도 거의 민낯에 가까웠다.

교코는 응접실에 들어서자마자 데님 토트백을 열고는, 전체적으로 누르스름하게 빛바랜 봉투를 꺼내 테이블 위에 내려놓았다.

"저희 집에 있던 엄마 사진은 이거예요."

조금 전까지 하나 일행이 봤던 것과 똑같은 사진이었다. 가장자리가 오그라들고 빛이 바래서 상태가 좋진 않았지만, 찍힌 인물은 물론 구도까지 완벽하게 일치했다.

"같은 사진이네요."

유메코가 아마리 사진관에서 소장하고 있던 사진을 교코가 들고 온 사진 옆에 나란히 내려놓았다. 교코는 짧게 호흡을 멈추더니 "그러네요"라고 중얼거렸다. 그러곤 살짝 가라앉은 목소리로 말했다.

"엄마는 저한테…… 이 남자가 우리 아빠라고 했어요. 하지만 이 사람의 이름이 유헤이라면 최소한 저의 호적상 아빠는 아닌 거죠. 엄마는 왜 거짓말을 했을까?"

마지막은 말은 자기 자신을 향한 나지막한 중얼거림이었다. 하나는 고개를 숙인 채 발끝을 안으로 오므렸다.

어쩌지, 괜히 쓸데없는 짓을 저지른 게 아닐까?

아마리 사진관에서 전화만 하지 않았어도 자기 엄마가 거짓말을 한 걸 끝내 모르고 지나갔을 텐데.

교코가 얼굴을 들었다.

"저어, 촬영 노트 좀 보여주시겠어요? 저는 이 남자가 누군지 알고 싶어요."

"아 네, 심정은 이해합니다. 다만, 전화로도 말씀드렸다시피 저희도 이름 말고는 아는 것이 없어서······"

"사소한 거라도 좋아요. 이 남자의 연락처를 알아낼 실마리를 얻을 수 있을지도 모르니까."

교코의 말에 유메코가 시선을 이리저리 헤맸다. 그러곤 얼마간 뜸을 들이더니, 마침내 체념한 듯 짧은 숨을 내쉬었다.

"교코 씨."

유메코가 교코를 정면으로 마주보았다.

"이 말을 해야 할지 말아야 할지 많이 망설였는데······ 사실 이 사진은 영정사진으로 찍은 것 같아요."

"네?"

교코의 눈이 휘둥그레졌다. 하나는 가슴 한복판이 무지근해지는 것을 느꼈다. 교코의 뺨이 굳어졌다.

"영정사진이라니, 그게 무슨······"

"우리 사진관은 영정사진을, 정확히 말하면, 영정용 생전사진을 전문으로 찍는 사진관이에요. 물론 원하시면 다른 사진도 찍어드리지만, 이 사진에는 영정사진으로 찍었다는 메모가 적혀 있었어요."

"그렇다면, 그 말은······"

유메코가 턱을 안으로 당겼다.

"어머님을 위한 사진이 아니었다면 이 남자 분의 사진이었을 텐데,

그렇다면 이미 돌아가셨을 가능성이 높지 않을까 합니다."

"그럴 수가……"

교코가 고개를 떨어뜨렸다.

"그럼, 결국 이 사람이 엄마랑 어떤 관계였는지 알 수 없다는 건가요?"

하나는 교코에게 건네줄 말을 찾을 수 없었다. 교코에게는 미안했지만, 그 말을 긍정하는 수밖에 달리 방법이 없을 것 같았다.

그런데 유메코가 "아뇨"라고 부드럽게 말했다.

"꼭 그런 건 아니에요."

교코가 튕겨 오르듯이 얼굴을 들었다. 유메코는 두 눈을 가느다랗게 떴다.

"예를 들어 이번에 방송에서 사진이 소개되면 어떤 정보를 얻을 수 있을지도 몰라요."

묘하게 확신에 찬 그 말투에 하나의 뺨이 경직되었다.

혹시 단지, 텔레비전에 소개하는 허락을 받기 위한 게 아닐까.

교코가 유메코에게 매달리는 듯한 눈길을 던졌다.

"그럴까요?"

"네, 가능성은 충분히 있죠."

유메코가 마치 자기가 보증한다는 듯 주저 없이 고개를 끄덕였다. 그 모습을 보자 하나는 확신이 들었다.

역시 그렇군.

교코가 불안한 시선을 이리저리 던졌다.

"음, 그런데, 방송에는 어떤 식으로 소개되나요?"

"교코 씨는 '종활'이라는 말을 아시나요?"

입에 밴 익숙한 내용이라 그런지, 대화의 방향이 잡혀서 그런지, 유메코가 갑자기 막힘없는 말투로 입을 열었다. 교코가 고개를 옆으로 저었다. 유메코는 대답을 예상했다는 듯 미소를 지었다.

"'마칠 종' 자에 '활동' 할 때 '활'을 붙여서 '종활'이에요. 인생을 아쉬움 없이 마무리할 수 있도록, 예를 들면 유산 상속과 관련된 확실한 유언장을 마련한다거나 묘지를 준비한다거나 원하는 장례식에 관해 가족에게 의견을 전해두기도 하죠. 그중에, 조금 전에도 잠깐 말씀드렸지만, 생전사진이라고 부르는데, 자기 영정사진을 살아 있는 동안 찍어두는 활동도 포함돼요."

"생전, 사진."

교코가 멍하게 그 말을 따라했다. 유메코가 입꼬리를 살짝 올렸다.

"돌아가신 후에 가족이 허둥지둥 영정으로 쓸 사진을 찾는데, 좀처럼 좋은 사진이 없어서 이상한 합성사진을 쓰고 말았다는 얘기를 들어본 적이 있나요?"

"아, 네에."

교코가 완전히 이해한 듯이 고개를 끄덕였다.

"들어봤죠? 그래서 요즘은 미리 영정사진으로 쓰일 것을 염두에 두고, 마음에 드는 옷을 입고, 헤어메이크업을 하고, 자신이 납득할 수 있는 사진을 전문 카메라맨에게 의뢰하는 '생전사진'이 조용히 확산되는 추세예요. 저희 사진관은 거의 사십여 년 전부터 그 일을 전문적으로 해온 곳이거든요. 그래서 이번에 종활 관련 특집 프로그램에서 다루고 싶다며 방송국에서 취재 요청을 해온 거예요. 그러다 특히 어머님 사진이 좋다는 얘기가 나온 거고요."

유메코의 말투는 거의 영업용에 가까웠다.

교코는 "아" 하고 맥 빠진 대답을 했다. 아마 전혀 와닿질 않아서겠지. 유메코는 지금이 밀어붙일 타이밍이라고 생각했는지, 몸을 앞으로 훅 내밀었다.

"어때요? 모처럼 온 기회니, 텔레비전을 이용해보겠다는 마음으로 소개해보는 건."

유메코가 성급하게 얘기를 마무리 지으려 들자, 줄곧 침묵을 지키던 도톤보리가 입을 열었다.

"그란디 이 사람이 아버지가 아니면 곤란한 거 아녀?"

순수하게 의문을 제시하는 그 말투에 유메코가 날카로운 눈빛으로 노려보았다.

"곤란하긴 뭐가?"

"그 감독 양반은 곧 태어날 아기와 죽음이 가까워진 부모의 감동 스토리로 구상한 거 아녀. 이 사람이 아버지가 아니면, 얘기가 완전히 달라지는디?"

유메코가 혀를 차고 싶은 충동을 억누르듯 얼굴을 일그러뜨렸다. 교코가 없었다면, 보나마나 요란하게 혀를 찼을 것이다. 하지만 교코 앞이라 그런지 금세 표정을 되돌리고 미소를 지어 보였다.

"꼭 거짓말이라고 단정할 순 없잖아? 호적상 아버지는 아닐지 몰라도 생물학적 아버지일 수도 있고."

"역시 그럴까요?"

대화에 끼어든 사람은 교코였다.

"저도 왠지 그런 생각이 들어요. 안 그래요? 임신한 엄마 옆에 꼭
붙어서 이런 사진을 찍었는데."

교코가 사진 한가운데를 가리키며 말했다. 가녀린 손가락이 가리킨
곳은 볼록한 배 위에 겹쳐진 남녀의 손이었다.

"그건 그러네."

하나도 무심코 중얼거렸다. 교코의 말대로 이런 구도로 사진을 찍
은 이상, 배 속의 아이와 관계가 없다고 보긴 힘들다. 게다가.

"게다가 저랑 이 남자 분, 닮지 않았어요?"

교코가 하나의 머릿속에 맴돌던 생각을 입 밖에 냈다. 도톤보리도
"흠, 그러네"라며 고개를 끄덕였다.

실제로 교코와 사진 속의 남성은 닮은 점이 많았다. 동그랗고 귀여
운 눈동자, 전체적으로 늘씬하고 길쭉한 체형, 살짝 튀어나온 광대뼈.
굳이 따지자면 엄마 쪽보다 더 많이 닮아 있었다.

"그래서 전 이 사진 속의 남자 분이 아빠라는 말을 듣고도 전혀 어
색함이 없었어요. 그렇지만……"

교코가 잠시 머뭇거렸다.

"엄마가 결혼한 상대가 이 사람이 아니라면, 다시 말해 불륜이란 뜻
이잖아요."

"꼭 그렇다고 할 순 없죠."

하나가 허둥지둥 끼어들었다.

"결혼 전에 사귄 사람일 수도 있고요."

"아뇨, 그건 아닐 거예요."

교코가 단호하게 부정했다.

"엄마는 결혼하고 이 년이 지나서 날 낳았다고 했어요. 호적상 기록에도 엄마가 결혼한 해가 1990년이라고 되어 있으니 그건 틀림없을 거예요."

"그렇다면……"

"엄마는 불륜 상대가 있었을 거예요."

교코가 목소리 톤을 낮추고 말했다.

"어쩌면 엄마랑 아빠가 이혼한 원인이 이 사람이었을지도 몰라요. 아니, 이 사람이라기보다 내가……"

교코는 잠시 머뭇거리다, 쥐어짜는 듯한 목소리로 얘기를 이어갔다.

"아빠의 자식이 아닌 내가 태어나버렸기 때문에…… 엄마는 아빠랑 헤어질 수밖에 없었을지도 모르죠."

교코는 골똘히 생각에 잠긴 표정으로 사진을 내려다봤다.

"엄마는 살아 있을 때 이 사진을 무척 소중히 여겼어요. 내 갓난아기 때 사진과 탯줄과 함께 화장대 서랍 깊숙이 넣어두고, 내가 만지려고 하면 웬일로 화를 냈죠…… 엄마 보물이라며, 만지면 더러워지거나 찢어질지 모르니까 만지지 말라고 했어요."

교코는 머릿속의 기억을 더듬듯이 사진 가장자리를 손가락으로 어루만졌다.

"그런데…… 그렇게 좋아했으면 왜 이 사람이랑 결혼하지 않았을까."

"이 남자 쪽에 결혼할 수 없는 사정이 있었던 거 아녀? 이 남자에게도 이미 아내가 있었다거나."

도톤보리의 말에 교코가 잠시 뜸을 들이다 힘없이 고개를 저었다.

"모르죠. 하지만 만약에 그렇다면, 방송으로 누군가에게 폐가 될 수도 있겠네요?"

유메코가 곁눈질로 도톤보리를 노려보았다. 도톤보리는 그건 못 알아챘는지, "그렇겠지"라며 고개를 끄덕였다.

분명 그 말대로 만일 두 사람이 공공연히 나설 수 없는 관계였다면, 방송에 소개돼 문제가 생길 가능성이 있다.

남자는 이미 죽었다 해도 그 가족은 아직 살아 있을지 모르니까.

하나는 사진 속에서 자연스럽게 바짝 붙어 있는 남녀를 물끄러미 바라보았다.

어느 날 갑자기, 죽은 남편이 생전에 다른 여성과 영정사진을 찍었다는 사실을 알게 된다면. 게다가 그 여성이 임신했었다는 사실을 알게 된다면.

이십 년 넘게 믿어왔던 모든 것이 뒤집혀버릴 것이다.

교코가 유메코 쪽으로 천천히 몸을 돌리고, 굳은 표정으로 고개를 숙였다.

"죄송해요. 이 사람이랑 엄마가 어떤 관계였는지 모르는 한, 사진을 방송에 내보낼 순 없어요."

유메코가 무슨 말인가를 하려다, 결국 조용히 입을 닫았다.

"이건······"

촬영 노트를 앞에 둔 교코가 당혹스러운 목소리를 냈다.

"그치? 잘 모르겠쥬?"

도톤보리가 예의 그 이상야릇한 간사이 사투리로 말했다.

"저어, 기록이 정말로 이것뿐인가요?"

"그렇다니께."

교코가 다시 한 번 촬영 노트로 얼굴을 돌렸다. 하나도 그 옆에서 노트를 들여다봤다.

정말로 이건 뭘까.

'따뜻한 이미지로' '피아노' '살 수 없다' '사진은 직접 찾으러 오겠음'.

무슨 말인지 알 수 없는 정도는 아니었지만, 누군가에게 보여주기 위해 쓴 글은 분명 아니었다. 비망록 같은 것도 아니고, 마치 통화중에 받아 적은 메모처럼, 그냥 얘기를 들으며 끄적거리는 게 목적이었음 직한 거친 필체였다.

"여기, '따뜻한 이미지'라는 건······"

교코가 머뭇머뭇 노트로 손가락을 뻗었다.

"그건 아마 촬영에 관한 희망사항이었을 거예요."

대답한 사람은 유메코였다.

"촬영 전에 상담 시간을 갖는데, 그때 어떤 사진을 원하는지 여쭤보거든요."

"위엄이 물씬 풍기는 분위기로 찍고 싶다거나 인상이 부드럽게 나오면 좋겠다거나. 좋아하는 색을 배경으로 깔거나, 취미나 일과 관련된 소품을 들고 찍기도 하고. 뭐, 그 사람의 색깔이 잘 드러나게 찍으면 뭐든 상관없단 얘기쥬."

도톤보리가 설명을 덧붙이자, 교코가 "아, 그렇군요"라고 중얼거리고 촬영 노트를 향해 돌아앉았다.

"그럼, 여기 적힌 '피아노'는 이 사람의 취미였을까요?"

"그랬을지도 모르죠."

하나가 대답하자, 교코가 깊은 생각에 잠기듯이 주먹을 입술에 갖다 댔다.

"이 사람도 '화이트나이트' 사람이었나?"

"화이트나이트?"

교코가 중얼거리는 소리를 듣고 하나가 물었다. 교코가 깜짝 놀란 듯이 얼굴을 들었다.

"아, 엄마가 옛날에 자주 다녔던 재즈 클럽 이름이에요. 우리 엄마는 특히 재즈 피아노를 좋아했던 것 같은데, 어쩌면 이 사람도 피아니스트였을지 모른다는 생각이 들어서."

이 사람도?

하나가 의문을 느낀 순간, 교코가 눈을 살짝 내리뜨며 입을 열었다.

"실은 아빠가, 가즈히로라는 호적상의 아빠가 재즈 피아니스트였나 봐요. 화이트나이트에서 일했는데, 거기 드나들던 엄마가 한눈에 반해서 두 사람이 만나기 시작했던 것 같아요."

"우와, 피아니스트! 대단하구만."

도톤보리가 들뜬 목소리를 내며 놀라자, 교코가 쓸쓸한 미소를 지으며 수줍어했다.

"피아니스트라고는 해도 프로로 활약한 건 아니고, 당시에는 아직 음대생이었던 것 같아요. 꽤 많았나 봐요, 음대생 아르바이트가. 학생들 입장에서는 관객에게 자기 연주를 들려줄 수 있는 무대가 되었고, 가게에서는 진짜 프로에게 부탁하는 것보다 싸게 먹혔을 테죠."

"이해관계가 제대로 들어맞았군."

"대학생 아르바이트만 해도 다섯 명쯤 됐고, 교대로 돌아가며 연주했던 모양인데, 그중에서도 엄마는 아빠 연주를 특히 좋아했나 봐요. 그래서 몇 번씩 찾아가 곡을 신청하다 개인적으로도 만나게 됐대요."

"오메, 멋진 만남이네. 재즈 클럽에서 피아니스트와 손님이 사랑에 빠지다니, 꼭 무슨 영화 같아."

도톤보리가 해골이 그려진 티셔츠 앞에 팔짱을 끼고 힘차게 고개를 끄덕였다.

"그쵸? 저도 엄마한테 그 얘기 듣고 똑같은 말을 했어요."

어깨를 움츠린 교코가 살짝 격의 없는 말투로 받아넘기며 웃었다. 그러자 침울하게 가라앉아 있던 공기가 순식간에 부드러워졌다.

아, 멋진 표정이야.

하나가 자기도 모르게 그렇게 생각한 순간, 뒤에서 나지막이 셔터 소리가 울려 퍼졌다.

깜짝 놀라 뒤돌아보니, 아마리가 카메라를 들고 서 있었다.

"아이 참, 아마리. 지금 뭐 하는 거야?"

유메코가 야단을 치며 아마리에게 달려갔다.

"불쑥 사진을 찍으면 어떡해? 실례잖아."

유메코는 카메라를 내리게 한 후, 눈을 깜박거리고 있는 교코에게 고개를 숙였다.

"정말 죄송해요. 무례한 행동을 해서."

"아뇨…… 괜찮아요."

그 말이 끝나기가 무섭게 아마리가 또다시 셔터를 눌렀다.

찰칵.

"아마리!"

유메코가 곧바로 고함을 내질렀지만 아마리는 개의치 않는 기색으로 디지털 일안 리플렉스 카메라 화면을 들여다봤다.

"멋진 사진이 찍혔네."

"제발 적당히 좀 해!"

유메코가 가시 돋친 목소리로 쏘아붙였지만 아마리는 주눅이라곤 들지 않고 교코에게 턱짓을 했다.

"저 사람은 괜찮댔어."

"아마리!"

"아, 상관없어요, 딱히."

교코가 당황한 듯이 유메코를 말렸다. 유메코는 화가 나서 잔뜩 솟은 어깨를 한숨과 함께 내려뜨리고, 미동 없는 눈으로 아마리를 보며 말했다.

"잘 들어, 아마리. 너도 이제 어린애가 아니니 최소한 세상 살아가는 상식 정도는 익혀둬."

순간, 교코가 "아" 하며 나지막이 숨을 삼켰다. 아마리에게 무슨 말을 더 쏟아붙이려던 유메코가 앞으로 고꾸라지듯이 상체를 기울인 채 동작을 멈췄다.

교코가 입가에 손을 얹고 중얼거렸다.

"방금 그 말…… 최소한 세상 살아가는 상식 정도는…… 그건 엄마도 했던 말이에요."

"어머님이 했던 말이라고요?"

"네. 아빠 얘기를 했을 때, '최소한 세상 살아가는 상식 정도는 갖춰주길 바랐다'고 했는데…… 그러고 보니 엄마가 분명 이 사진을 보면서 '능력이 없었다' 이렇게 중얼거렸던 것 같기도 해요. 가여웠다고…… 마치 너무나 사랑하는 사람에 관해 얘기하는 것처럼 살짝 울먹거리는 목소리였어요."

교코가 과거의 기억을 더듬듯이 먼 허공을 바라보았다.

"예전에 딱 한 번 아빠랑 왜 이혼했냐고 물어본 적이 있는데…… 그게 아니라, 몇 번이나 물어보긴 했는데, 엄마는 늘 얼버무리고 넘어가다 그때만은 슬쩍 대답해준 느낌이 들었죠."

교코의 얼굴에 살짝 서글픈 미소가 어렸다.

"엄마는 연애랑 결혼은 다르다고 했어요. 그때는 아빠가 생활력이 없어서 같이 살 수 없게 됐다는 의미인 줄 알았는데…… 어쩌면 반대였을지도 모르겠어요."

"반대?"

도톤보리가 의아한 듯 물었다. 교코가 턱을 살짝 끄덕였다.

"엄마는 아빠가 결혼과는 안 맞는 사람이라 싫어진 게 아니고, 아빠랑 더 이상 연애를 못하게 돼서 싫어졌을지 모른다는 생각이 들어요."

교코는 그쯤에서 잠깐 말을 멈추고, 자기 말을 되새겨보듯 고개를 숙였다.

"그래서 다시 한 번 연애할 수 있는 상대를 찾게 됐는지도 몰라요."

"그래서 이 사진 속의 남자랑 바람을 피웠다는 건가?"

교코가 "어쩌면"이라고 대답했다.

"엄마가 아빠와의 관계가 연애가 아니라 생활이 되어버린 데 불만을 품었다면, 연애를 했던 무렵의 아빠 같은 남성에게 끌려버렸을지도 모른다는 생각이 들어요."

"그래서 남편과 똑같은 피아니스트랑?"

도톤보리의 물음에 교코가 바로 고개를 끄덕였다. "흐음, 그렇군"이라며 맥 빠진 목소리로 맞장구를 친 도톤보리가 테이블 위의 사진을 집어 들었다.

하나는 도톤보리가 들고 있는 사진을 바라보았다. 사진 속에서 커다란 배를 받치고 있는 여자와 눈이 마주쳤다.

이 사람은 어떤 심정이었을까.

일생을 같이하기로 맹세한 사람을 배신하고, 다른 남자와 연애하는 심정은.

남편은 이제 전혀 개의치 않았던 걸까. 아니면 여전히 남편을 좋아해서 관계는 유지하되, 다른 자극을 원했던 것일까.

그렇지만 만약 바람피운 사실이 남편에게 알려지면, 결혼생활을 그대로 유지할 수는 없다. 그런데도 바람을 피웠다는 것은 남편과의 관계보다 외도 상대와의 관계를 선택했다는 의미가 아닐까. 적어도 바람을 피우기 시작한 그 순간에는.

거기까지 생각한 하나는 입 안이 씁쓸해지는 것을 느꼈다. 속내를 들키면 큰일이다. 단지 내 생각일 뿐이니까.

"아 참."

도톤보리가 갑자기 얼굴을 들었다.

"이 남자도 그 거시기 재즈 클럽에서 일했던 거 아녀? 학생쯤 돼 보이는 나이잖어. 그럼, 남편이랑 같이 교대로 일했던 아르바이트 학생 중 하나였을지도 모르지."

"그러네."

유메코도 흥분한 목소리로 손뼉을 쳤다.

"만약 그렇다면, 그 가게에 물어보면 뭘 좀 알아낼 수 있을지도 모르겠다. 그럼, 먼저 그 가게가 아직 있는지부터 알아보자고."

유메코는 노트북 컴퓨터를 끌어당겨, 최고 난이도의 곡을 연주하는 듯한 속도로 키보드를 두드리기 시작했다. 그러나 화면에 '화이트나이트'의 검색 결과가 떴을 때, 교코가 힘없이 고개를 저었다.

"아마 어려울 거예요."

"왜?"

그녀는 불만스러운 목소리로 묻는 도톤보리를 미안해하는 표정으로 바라봤다.

"작년에 엄마가 돌아가셨을 때 알아본 적이 있어요. 그때는 이 사람이 아니라 아빠를 찾아보려고 했지만…… 아빠가 최소한 엄마 장례식에는 와줬으면 해서."

교코는 어두운 표정으로 말을 이었다.

"엄마한테 들은 얘기를 열심히 떠올려서 가게를 찾아갔어요. 그런데 소용없었어요."

"가게가 이젠 없나?"

"아뇨, 가게는 아직 있어요. 가게 이름은 바뀌었지만, 점장도 같은 사람이고."

"그런데?"

"기억이 안 난대요."

교코가 도톤보리의 말을 가로막듯이 말했다.

"음대생 아르바이트가 워낙 많았고 자주 바뀌어서 일일이 기억할 순 없다고."

그랬구먼, 이라며 도톤보리가 목소리 톤을 낮췄다. 유메코도 마우스에서 손을 뗐다. 스튜디오 안에는 아마리가 조작하는 카메라 소리만 울려 퍼졌다.

하나는 다시 한 번 촬영 노트를 내려다봤다. '따뜻한 이미지로' '피아노' '살 수 없다' '사진은 직접 찾으러 오겠음'. 뭐든 다른 게 없을까, 이 사람의 정체로 이어지는 실마리가.

사진을 직접 찾으러 오겠다는 건 부담 없이 사진관에 올 수 있는 거리에 살았다는 뜻?

그런 생각을 하다 그만뒀다. 원래 적혀 있는 주소가 이 근처니 그건 당연하다. 그리고 그곳에 이제 더 이상 그 남자가 살지 않는 한, 주소는 아무런 의미가 없다.

그런데 한 가지 마음에 걸리는 점이 있었다. 하나는 생각이 정리되지 않은 채로 입을 열었다.

"그건 그렇고, 아버님은 왜 집을 나가셨을까요?"

"네?"

교코가 내리뜨고 있던 눈을 치켜떴다. 똑바로 바라보는 그 시선이 하나를 자기도 모르게 당황하게 만들었다.

"그냥 조금 궁금했을 뿐인데…… 만약 어머니의 외도가 이혼의 원인이었다면, 왜 어머니가 집을 나가지 않았을까 해서."

얘기하는 중에 너무 무례하다 싶어져서 하나는 황급히 얼굴 앞으로 손사래를 쳤다.

"아 죄송해요. 그거야 뭐, 여러 가지 상황이 있을 테니, 이상하고 말고 할 것도 없는데."

"하긴, 그렇죠. 일반적으로 부인에게는 경제력이 없으니 이혼할 때 부인에게 집을 주는 경우도 적지 않으니까."

유메코가 고개를 끄덕이며 말하자, 교코의 표정이 순식간에 굳어졌다.

"아뇨, 우리 아빠랑 엄마의 경우는 엄마가 더 경제력이 있었어요.

아빠는 정규직이 아니라서 엄마가 간호사로 일했으니까."

교코는 뭔가를 골똘히 생각하듯 허공을 바라보았다.

"게다가 원래 그 집은 아빠가 친척에게 물려받은 집이라는 얘길 들은 적이 있어요. 그렇다면 점점 더 이상하네요. 왜 엄마가 아니라 아빠가 집을 나갔는지…… 엄마가 이 사진 속의 남자랑 바람을 피운 것과 관계가 있을까요?"

"그 부분에 관해 사정을 좀 알고 있을 만한 사람은 없나요?"

하나가 묻자, 교코가 "어쩌면 큰엄마는……"이라며 토트백에서 휴대전화를 꺼냈다.

"저어, 잠깐 전화 좀 걸어도 될까요?"

"네, 물론이죠."

유메코가 자리에서 엉거주춤 일어서며 말했다.

"저희가 자리를 피해드릴까요?"

"아뇨, 제가 나갈게요."

재빨리 자리에서 일어선 교코가 휴대전화를 들고 응접실에서 나갔다. 문이 닫히자 유메코가 긴 한숨을 내쉬었다.

"왠지 일이 복잡하게 꼬여버렸네."

유메코는 속삭이는 목소리로 중얼거리며, 도톤보리에게 질책하는 눈길을 돌렸다.

"네가 쓸데없는 말을 해서 그래."

"하지만 무리하게 텔레비전에 소개했다 큰 사달이라도 나면 안 되잖유."

도톤보리가 그렇게 받아치자, 유메코는 예상 외로 "뭐, 그렇긴 하지"라며 어깨를 움츠렸다.

"그나저나 내일까지 뭘 좀 알아낼 수 있을까?"

"그러게 말예요. 어려울 것 같은디."

도톤보리가 긴장감이라곤 찾아볼 수 없는 목소리로 대꾸를 하는데, 교코가 돌아왔다. 유메코가 재빨리 자세를 고쳐 앉았다.

"어떻게 됐어요?"

"으음, 그게……"

교코가 말을 머뭇거렸다. 자기도 들은 내용을 채 정리하지 못했는지, 납득이 안 가는 표정이었다.

"옆집이 가까워서 그랬다고."

"옆집이 가까워서?"

하나가 되묻자, 교코가 머뭇머뭇 고개를 끄덕였다.

"아빠가 집에서 피아노를 계속 치니까 이웃 사람이 불평을 했나 봐요…… 그래서 아빠가 집을 나가버린 것 같아요."

"자기 발로 나간 거여?"

의아해하듯 묻는 도톤보리 쪽으로 교코가 여우에 홀린 것 같은 얼굴을 돌렸다.

"큰엄마 말로는 그게 이혼의 원인이었대요."

"어? 그럼, 불륜이 원인이 아니란 말여?"

교코가 "아마도"라고 자신 없이 대답했다.

"아무튼 피아노가 인생의 중심이었던 사람이라 집에 돈도 공간도

없는데 자기 맘대로 그랜드 피아노를 사들여서 엄마랑 싸운 적이 있
었고…… 게다가 밤낮없이 연습을 하니까 이웃에 피해를 끼쳐서 또다
시 싸우고. 그러던 어느 날 아빠가 이런 데서는 더 이상 살 수 없다면
서 이혼 서류를 놓고 나가버렸대요."

"그것도 정상은 아닌……"

도톤보리가 황급히 말을 삼켰다. 무슨 말인지 다 알 수 있을 만큼
이미 다 말해버린 것이나 다름없었지만, 교코는 딱히 기분이 상한 기
미도 없이 오히려 "역시 좀 이상하죠"라며 동의를 표했다.

"내가 갓 태어난 터라 엄마는 정말 이혼해도 될지 망설였던 모양인
데, 그 후 사흘간 소식이 끊겼다가 난데없이 그랜드 피아노 옮기는 업
자가 찾아와서 경비를 청구하자, 이혼을 결심했나 봐요."

"독특한 분이네."

도톤보리가 신중하게 고른 말을 중얼거렸다.

"솔직히 엄마가 이혼해줘서 다행이에요."

교코가 절실한 감정이 밴 목소리로 말했다.

하나가 인원수에 맞게 차를 다시 끓여 응접실로 갔을 때, 교코와 도
톤보리와 유메코는 조금 전보다는 긴장이 풀린 분위기로 마주 앉아
있었다. 아마리는 소파에 앉아 있지 않고, 무슨 영문인지, 벗어던져둔
비치샌들을 열심히 찍어대고 있었다.

"결국 큰어머님한테서는 아버님에 관한 정보도 이 사진 속 남자에
관한 정보도 얻지 못했네유."

"네, 그때 운송업자에게 받은 명세표도 엄마가 화가 나서 바로 버렸나 봐요…… 그게 남아 있었으면, 최소한 아빠와 연결되는 정보, 피아노를 옮긴 주소 정도는 알 수 있었을지도 모르는데."

"뭐, 그건 그런디, 어차피 이십오 년도 더 지난 얘기라 어려웠을 거유."

도톤보리가 맥 빠진 느린 말투로 얘기하며 하나가 건네는 차를 받아 들었다. 하나가 모두의 앞에 재빨리 새 차를 내려놓자, 모두가 자기 찻잔을 들었다. 도톤보리가 후루룩 소리를 내며 차를 마시더니, "하아, 목을 타고 내려가는 느낌이 확 드네"라고 혼잣말을 했다.

유메코는 교코가 찻잔을 들 때를 기다렸다는 듯이, 소파에 얕게 걸터앉으며 자세를 고쳤다.

"그건 그렇고, 어떡하죠? 아무래도 이대로는 정보 얻기가 꽤 힘들 것 같은데."

유메코는 신중하게 말을 건네며 교코를 살폈다. 교코는 입으로 가져가던 찻잔을 그대로 다시 테이블에 내려놓고 "그렇죠"라며 한숨을 내쉬었다.

"역시 포기할 수밖에 없을까요?"

"포기하거나, 방송에 소개해서 정보를 얻는 쪽에 걸어보거나."

교코가 나지막이 신음을 흘렸다.

"정말 그래도 될지……"

"네, 저는 이제 그 방법밖에 없다고 생각해요. 물론 최종적인 판단은 교코 씨가 직접 내려야겠지만."

유메코는 중립적인 의견을 견지하는 태도를 유지하면서도 전반부를 강조하고 있었다. 교코가 이리저리 시선을 헤매다 또다시 신음을 흘렸다.

"그럼, 말이여."

보고만 있을 수 없다는 듯이 도톤보리가 입을 열었다. 유메코가 날카롭게 노려봤지만, 도톤보리는 그대로 말을 이었다.

"마지막으로 아까 말한 그 재즈 클럽에 전화를 걸어보면 어뗘? 그런데도 역시나 아무것도 나오지 않으면, 방송 쪽에 희망을 걸어볼 수밖에 없겠지."

마지막 말을 들은 유메코의 표정이 순식간에 부드러워졌다. 교코가 불안한 시선으로 도톤보리를 바라보았다.

"그래도 될까요? 그러다 혹시 이 사람한테 가족이 있어서 상처라도 주게 되면……"

"그러면 또 어뗘."

도톤보리가 시원스럽게 말했다.

"분명 이 사람한테 가족이 있을지도 모르고, 그 사람이 마침 그 프로를 본다면 상처가 될지도 모르지만, 이 사람한테 가족이 없을지도 모르고, 혹시 있다고 혀도 그 프로를 안 볼지도 모르잖여. 이대로라면 교코 씨는 이 문제를 떠안고 살아갈 수밖에 없어. 교코 씨라도 속 시원한 게 좋지 않어?"

교코가 눈을 휘둥그레 떴다. 그러곤 도톤보리의 말을 곱씹듯이 고개를 숙이더니, 눈물 어린 목소리로 말했다.

"고맙습니다."

대단해.

하나는 감탄했다. 교코는 촉촉해진 눈가를 감추려는 듯 자리에서 다시 일어섰다.

"그럼, 잠깐 전화 좀 하고 올게요."

교코가 잰걸음으로 응접실에서 나가자, 유메코와 하나가 동시에 도톤보리를 돌아보았다.

"어쭈, 좀 하는데?"

들뜬 목소리로 말을 건네는 유메코에게 도톤보리가 귀찮다는 듯이 얼굴을 찡그렸다.

"그게 아녀. 난 딱히 방송 쪽으로 유도하려고 한 말이 아니고……"

"그건 알거든?"

유메코가 두 눈을 초승달 모양으로 뜨고, 노고를 치하하듯 도톤보리의 어깨를 두드렸다.

"어쨌든 이제 방송 건은 허락해줄 것 같네."

도톤보리는 마음이 영 편치 않은지 몸을 꼼지락거렸다.

"꼭 그런 건 아녀. 전화통화에서 뭔가 알아내면, 다른 결과가 나올지도 모르고."

"뭐, 그러기야 하겠어? 점장이 음대생 아르바이트는 기억이 안 난다고……"

교코가 돌아오는 발소리가 들렸다. 유메코는 말을 멈추고 교코 쪽으로 돌아서서 자세를 바로잡았다.

교코는 한눈에 드러나게 시큰둥한 표정으로 고개를 저었다.

"역시 점장은 아르바이트생에 관한 건 기억이 전혀 안 나는 모양이에요."

"그렇군요."

유메코가 얌전한 표정을 지으며 고개를 끄덕였다. 그런데 교코가 눈을 살짝 내리뜨고, "기억나는 건"이라고 덧붙였다. 차분하게 안정되어가던 유메코가 순식간에 긴장했다.

"엄마 정도고."

"어머님요?"

유메코가 다시 긴장을 풀었다. 교코는 무슨 생각에 골똘히 잠긴 듯이 휴대전화를 뚫어져라 바라봤다.

"네, 젊은 여자 혼자서 매일같이 오는 건 드문 경우라 지금도 인상에 남아 있다고…… 엄마는 〈What game shall we play today〉라는 곡을 좋아해서 자주 신청했나 봐요. 임신했을 때도 이 곡에서 따 아기 이름을 짓겠다고 했고."

〈What game shall we play today〉

하나는 흘러들을 뻔했던 곡명을 머릿속으로 되새겼다.

오늘은 뭘 하고 놀까?

"분명 이 곡명에는 '오늘'*이라는 말이 들어가요. 그렇지만 '놀 遊' 자도 들어가죠."

---

* 今日. 교코의 한자가 今日子.

교코가 심각한 표정으로 촬영 노트를 내려다봤다.

"이 남자 이름이 유헤이遊平라면, 엄마는 나를 낳기 전부터 배 속의 아이가 아빠 아이가 아니라 이 남자의 아이란 걸 알고 있지 않았을까요? 확신은 못했더라도 이 유헤이라는 사람의 아이이길 바랐을지도 몰라요. 그래서…… 이 사람의 이름이 들어간 곡에서 내 이름을 지었을지도 모르죠."

스튜디오 안에 적막이 드리워졌다.

교코가 아랫입술을 깨물었다.

"나는 엄마에게 아무것도 해줄 수 없는 걸까요?"

하나가 숨을 훅 들이마셨다. 교코는 얼굴을 들지 않은 채로 말을 이었다.

"솔직히 말하면, 전 엄마가 누굴 좋아했든 상관없어요. 다만, 만약 엄마가 좋아했던 사람이 아직 살아 있으면, 엄마가 죽었다는 걸 알리고 싶어요…… 그 사람이 같이 슬퍼해주면 좋겠어요."

교코가 허공을 노려보았다.

"중학생 때 엄마가 딱 한 번 재혼 의사를 비친 적이 있어요. 아빠가 있었으면 좋겠냐고. 그런데 그때는 내가 필요 없다고 했어요. 아빠가 있었으면 좋겠다고 대답하면, 그때까지 엄마랑 둘이서만 살아온 삶을 부정해버리는 것 같아서 싫었고…… 무엇보다 엄마를 뺏기기 싫었으니까. 아직 어렸으니까요. 그 무렵의 나는 나밖에 몰라서 엄마에게 뭐가 행복인지 전혀 생각이 미치질 못했어요……"

"그건 어쩔 수 없지. 아직 중학생인데."

도톤보리가 위로하는 투로 말을 건넸지만, 교코는 고개를 저었다.

"작년에 엄마가 갑자기 뇌졸중으로 세상을 떠나버렸을 때 생각했어요. 엄마는 과연 행복했을까."

교코의 시선이 사진으로 향했다. 하나도 그 시선에 이끌려 사진을 봤다. 배 속의 생명을 애지중지하며 바짝 붙어 있는 두 사람.

교코는 사진으로 살며시 손을 뻗었다. 그러나 만지지는 않고 그 앞에서 손끝을 오므렸다.

"엄마가 죽은 후에 유품들 중에 이 사진이 있는 걸 보고, 왜 엄마가 원하는 대로 해주지 못했을까 얼마나 후회가 되던지……"

하나가 메마른 입술을 열었다. 그러나 아무런 말도 나오지 않았다. 대신 애써 깊이 묻어두었던 기억이 떠오르고 말았다.

생각하면 안 된다. 빨리 잊어야 한다. 마음은 그런데도 일단 떠오른 그 생각은 멈출 줄을 몰랐다.

"엄마랑 왜 좀더 깊은 얘기를 나누지 못했을까."

교코의 목소리가 귓속에 울려 퍼졌다. 현기증처럼 밀려오는 기억에 하나는 눈을 질끈 감았다.

*

삼 년 전 그날, 자기가 왜 고향집에 가려 했는지 하나는 도무지 기억이 나질 않았다.

오봉도 설도 연휴도 아닌 평범한 휴일이었고, 딱히 별다른 용건도 없었을 터였다. 군이 둘러댄 귀성 이유는 노부오에게 받은 고베 특산물 파운드케이크를 혼자 다 먹을 수 없어서 나눠 먹겠다는 것. 그러나 실은 일에 지쳐서 가족이 그리워진 건지 오사카 친구를 만나기로 해서 내친 김에 갔던 건지, 앞뒤 기억이 너무 애매했다. 다만, 거실 다다미 위에 편안한 평상복 차림으로 책상다리를 하고 앉아 있던 아빠의 모습만 지금도 눈앞에 선하게 떠오른다.

아빠는 하나가 파운드케이크를 내밀자, 누런 덧니를 훤히 드러내며 "뭐야, 센스가 꽝인 남자네"라며 웃었다.

아빠로서는 딱히 이상할 것도 없는 말버릇이었다. 원래 입이 거칠었고, 고향인 고베와 관련된 일이면 뭐든 군소리를 하지 않고 넘어가는 법이 없었다. 그런데도 왜 조심성 없이 그 케이크를 건네고 말았을까. 예상대로 아빠는 포장 상자를 미심쩍은 눈으로 바라보며 말을 이었다.

"고베에서 산다는 말이 진짠가? 훨씬 맛있는 게 널렸는데."

이제 와 생각해보면, 그것은 본점이 고베에 있는 건 분명하지만 도쿄에서도 얼마든지 살 수 있는 체인점 케이크였다. 노부오치고는 감각이 좀 떨어지긴 했다. "그러게 말이야"라며 같이 웃으면 좋았을 것이다. "그래도 내 남자친구니까 나쁘게 말하진 마"라고 은근히 받아치고, 그러고도 기분이 안 풀리면 "그 사람도 아빠한테 감각이니 어쩌니 하는 말은 듣고 싶지 않을걸"이라고 쏘아붙였으면 될 일이다.

그런데 왜 그런지 그때는 참을 수가 없었다.

머리로 피가 솟고 뺨이 확 달아올랐다.

"왜 그런 말을 해?"

"어라, 왜 화를 내나?"

놀란 눈을 휘둥그레 뜨는 아빠를 보자 화가 더 치밀었다. 아빠 옷에 그려진 기묘한 원숭이 캐릭터까지 눈에 거슬리고 짜증이 났다.

"그런 옷을 입고, 남의 감각이 어쩌네 저쩌네 말하고 싶어?"

"옷은 관계없잖아. 감각이 없으면 없는 대로."

"시끄러워!"

하나가 고함을 내뱉자, 아빠 맞은편에 앉아 있던 엄마가 깜짝 놀라 눈을 휘둥그레 떴다.

"하나, 너 아빠한테 무슨 말버릇이야?"

"엄마는 입 다물어."

엄마가 나무라자, 물러설 수가 없었다. 말이 너무 심했구나 싶었지만, 되돌릴 기회를 못 잡고 망설이는 사이, 아빠가 농담조로 말했다.

"하나가 원래 이렇게 화를 잘 내는 아이였나?"

웃는 모습을 보니 더 짜증이 치밀었다. 실망했다는 듯 말해서 상처도 받았다. 어떤 감정이 더 컸는지는 알 수 없다. 과거의 일들이 머릿속을 획획 스쳐 지났다. 스스로도 왜 화를 내고 있는지 알 수가 없었다. 중학생 때 집에 놀러온 친구 앞에서 방귀를 뀌었던 아빠. 몰래 쓴 연애편지를 보고 놀렸던 아빠. 좋아하는 록밴드 라이브에서 순서를 기다려 어렵게 사인 받은 수건을 모르고 써버린 아빠. 그러나 분명 그때그때 싸우고 결론 냈던 일들인데.

"아 진짜, 믿을 수가 없네. 어떻게 이렇게 무신경한 사람이 내 아빠가 됐지?"

"하나!"

엄마가 표정을 싹 바꾸며 자리에서 일어섰다.

"아빠한테 사과해."

"내가 왜 사과를 해. 잘못한 건 아빤데."

"하나, 아빠는……"

"여보, 됐어."

무슨 말인가를 하려는 엄마를 아빠가 말렸다. 광고 전단지와 귤이 나뒹구는 거실에 기묘한 침묵이 드리워졌다. 입을 다문 엄마가 하나를 날카롭게 노려봤다.

"이제 됐어. 나, 갈래."

하나는 쿵쿵 요란한 소리를 내며 자리에서 일어섰다.

이럴 줄 알았으면 안 오는 건데.

모처럼 휴일에 비싼 신칸센까지 타가며 내려왔다는 생각이 들자, 또다시 화가 치밀었다. 엄마는 아빠와 하나를 번갈아보며 눈치를 보고 있었다.

뭘 저렇게 주뼛거리는 거야.

엄마한테까지 화가 나서 도저히 기분이 나아지질 않았다.

"앞으로 아빠가 집에 있는 날은 오지 않을 거야."

하나는 그렇게 내뱉고 가방을 집어 들고선 곧장 현관으로 향했다.

"하나!"

그러곤 등 뒤에서 쫓아오는 엄마 목소리를 떨쳐내듯 집에서 뛰쳐나왔다.

아빠가 죽은 건 그로부터 닷새 후였다.

그 전화가 걸려왔을 때, 하나는 노부오와 둘이 코미디 영화를 보고
있었다.

블랙조크에 큰 소리로 웃어젖히고 있는데 침대 가장자리에서 울리
기 시작한 휴대전화 신호음이 시끄럽게 느껴졌고, 화면에 '집'이라는
글자가 뜬 걸 보자 또다시 짜증이 치밀었다.

이제 와서 뭐야. 이젠 사과해도 늦었어.

하나는 속으로 이렇게 중얼거리고, 휴대전화를 곁눈질하며 신호음
이 끊기길 기다렸다.

"어? 안 받아?"

노부오가 이상한 듯이 묻기에, 아주 잠깐 닷새 전 얘기를 할까 말까
망설였다. 결국 말하지 않은 것은 싸움의 원인이 노부오의 선물이었
기 때문이기도 하고, 다른 무엇보다 부모와 다툰 얘기를 해서 어린애
처럼 보이는 게 싫어서였다.

그런데도 노부오 앞에서 전화를 받을 용기는 나지 않아 머뭇거리고
있는데, 전화가 끊겼다.

"아, 끊겼네."

일부러 소리 내어 말하며, 핑계를 대듯 "나중에 걸지 뭐" 했다. 그
런데 휴대전화를 침대 가장자리에 내려놓고, 못 보고 지나쳐버린 구

간을 되돌리려고 리모컨을 집어든 순간, 휴대전화가 또다시 울리기 시작했다.

"급한 일 있는 거 아냐?"

노부오의 말에 이번에는 어쩔 수 없이 전화를 받았다.

"여보세요?"

"하나."

전화를 건 것은 아빠가 아니라 엄마였다. 엄마는 울먹거리고 있었다. 하나의 머릿속에서 짜증이 폭발했다.

"왜 그래?"

"하나…… 용서해. 엄마가 잘못했어. 엄마가……"

엄마는 떨리는 목소리로 어린애처럼 흐느끼고 있었다. 연신 사과뿐이라 대체 무슨 일인지 알 수가 없었다. 하나는 초조한 마음에 전화기를 고쳐 잡았다.

"뭔데, 무슨 일인데?"

"왜 그래?"

노부오도 걱정스러운 듯이 작은 목소리로 물었다. 휴대전화를 얼굴에서 살짝 떼고 "몰라"라고 대답했을 때, 엄마가 내뿜듯 말했다.

"아빠가 돌아가셨어."

무슨 말인지 이해가 가지 않았다. 뒤통수를 있는 힘껏 후려 맞은 느낌이었다.

"뭐? 무슨 소리야, 그게 무슨……"

"그렇게 어려운 수술은 아니라고……"

"수술?"

얼굴이 굳어지는 게 느껴졌다.

무슨 소리야, 그런 말은 들은 적이 없는데.

"머릿속에 작은 혹 같은 게 생겨서 떼어내기로 했었어. 성공률도 높은 수술이라 설마 이런 일이 벌어질 줄은……"

"엄마는 알고 있었어?"

하나의 목소리가 갈라졌다. 대답이 없는 게 대답이었다.

아빠의 안색을 살피며 말을 머뭇거리던 엄마의 모습이 떠올랐다. 머리가 어지러웠다.

"알고 있었으면서 왜 말을 안 했어!"

하나의 목에서 거의 비명에 가까운 소리가 튀어나왔다. 심장이 쿵쾅거려서 전화기를 한 손으로 잡고 있을 수가 없었다.

"알려줬으면, 내가 그런 짓은……"

그 이상은 말이 나오지 않았다.

나는 아빠한테 무슨 말을 해버린 걸까.

앞으로 아빠가 집에 있는 날은 오지 않을 거야. 그것이 아빠에게 한 마지막 말이 되어버렸다.

믿기지가 않았다.

전화기를 두 손으로 끌어안은 채 하나는 바닥에 주저앉았다.

"미안해, 하나. 아빠가 여기저기 떠들어대면 기분만 우울해지니 아이들한테는 절대 알리지 말래서……"

엄마가 흐느끼는 소리가 전화기 밖으로 흘러나왔다.

어떻게 해야 할지 알 수가 없었다. 어떻게 하면 내가 뱉어버린 말을 주워 담을 수 있을까. 어떻게 하면, 본심이 아니었다고 아빠에게 전할 수 있을까.

아빠에게 악의가 없었다는 걸 안다. 정말로 노부오를 부정할 마음은 아니었다는 것도.

그런데도 왜 그런 말을 해버렸을까.

"정말로 그런 생각을 했던 건 아닌데……"

"하나, 아빠는 다 알아."

엄마의 말은 아무런 위로도 되지 않았다.

"엄마가 말해봐야 소용없어!"

하나가 울부짖으며 되풀이했다.

"왜 말을 안 했어? 엄마가 알려주기만 했어도 좀더 제대로……"

아빠와 나누는 마지막 대화일지도 모른다는 걸 알았다면, 분명 다른 말을 했을 것이다. 환하게 웃는 얼굴을 보여줬을 것이다. 아빠 딸로 태어나서 정말 다행이라고, 아빠를 너무너무 좋아한다고.

그러나 이미 늦었다.

*

"내가 엄마의 행복을 가로막았을지도 몰라요."

교코가 이를 악물 듯이 말하며 고개를 숙였다. 유메코가 도톤보리와 얼굴을 마주본 후, 입을 열었다.

"꼭 그렇게 생각할 필요는 없잖아요. 어머님도 교코 씨가 자기 때문에 계속 괴로워하는 걸 알면 슬퍼하실 거예요."

유메코가 타이르듯 얘기했지만 교코의 표정은 풀어지지 않았다.

그 눈에서 눈물이 흘러내렸다.

"엄마도 분명히 그렇게 말했을 거예요. 엄마는…… 어릴 때 어머니날에 내가 효도를 하겠다는 의욕에 넘쳐서 심부름 쿠폰을 만들고 있었더니 그런 건 필요 없다고 했어요. 건강하게 태어나준 것만으로도 이미 효도는 다 했다고."

"그렇고말고."

"하지만 그렇지 않아요."

교코가 눈물에 젖은 얼굴을 유메코에게 돌렸다.

"제가…… 제 자신을 용서할 수가 없어요."

하나의 가슴이 에어왔다.

똑같다.

내가 나를 용서할 수 없다. 어떻게 용서해야 할지 알 수가 없었다.

정말로 용서받길 원하는 사람과 이제 두 번 다시 아무런 이야기도 나눌 수 없기 때문이다.

"유메코 씨, 참말로 다른 메모는 없어유?"

도톤보리가 초조한 목소리로 물었다. 유메코는 미안한 표정으로 고개를 저었다. 도톤보리가 사진과 촬영 노트를 손에 들고 아마리를 돌아보았다.

"아마리 씨, 이 사진에서 뭐 좀 짚이는 거 없어유?"

그는 아마리에게 다가가 강요하듯 사진과 노트를 내밀었다.

"뭐든 상관없어유, 사용된 필름이라거나."

"그런 건 알아서 뭐 하게?"

아마리가 미간을 찡그리며 무뚝뚝하게 받아쳤다.

"그건 그렇지만……"

"몰라."

아마리는 서슴없이 대답하고, 사진과 노트를 도톤보리에게 되밀었다.

"그래유. 하긴, 그렇겠지. 제아무리 아마리 씨라도 네거필름도 없는데 알 턱이 없지……"

도톤보리가 한숨을 내쉬고는, 어깨를 늘어뜨리며 혼잣말을 했다.

"그것 말고 달리 마음에 걸리는 점은 없을까……"

"5 × 7."

아마리가 불쑥 촬영 노트를 손으로 가리켰다. 그 손끝으로 시선을 돌리자, '영정사진용 5 × 7'이라고 적혀 있었다.

"어? 무슨 뜻이여?"

"너무 작아."

되묻는 도톤보리에게 아마리가 짧게 대답했다. 잠시 후, 유메코가 "아아" 하는 소리를 흘렸다.

"듣고 보니 정말 그러네."

"뭘 좀 알아냈나요?"

교코가 몸을 내밀었다. 유메코가 고개를 저었다.

"뭘 알아냈다고 할 정도는 아니에요. 다만, 영정사진으로 제단에 올리려면 보통은 B5나 B4 정도 사이즈를 쓰는데, 일반 스냅사진 크기인 5×7은 너무 작은 것 같아서……"

"그런가요?"

"네, 불단용으로 3.5×5나 5×7인치 사이즈를 주문하는 손님도 적진 않지만, 그런 경우에도 큰 사진을 같이 주문하는 게 거의 대부분이라, 5×7인치만 요청한 건 좀 이상한 일일지도 몰라요."

"무슨 의미가 있을까?"

도톤보리가 그렇게 중얼거린 순간이었다.

"글자가 이상해."

아마리가 나지막이 말을 이었다.

"뭐?"

유메코가 눈썹을 치켜올리며 물었다. 아마리는 카메라에서 시선을 들지 않고, 다시 한 번 말했다.

"글자가 이상하다고."

"그게 무슨 소리야?"

"그 글자가 '논다'는 의미인가?"

아마리는 아무래도 상관없다는 듯 촬영 노트를 턱짓으로 가리켰다.

글자가 이상하다고? 하나가 촬영 노트를 들여다봤다.

세오 기와코 瀬尾季和子·유헤이 游平

'유游'자에 시선이 멎었다.

"아, 그러고 보니, 이건 분명 '논다遊ぶ' 할 때의 그 글자가 아니네요."

"어?"

유메코가 노트로 달려들었다. 은테 안경을 고쳐 쓰고 뚫어져라 응시하더니, 얼굴을 휙 쳐들며 노트북을 끌어당겼다. 유메코는 재빨리 뭔가를 입력하고 고개를 쭉 내밀었다. 곧이어 그녀가 깊은 숨을 들이마셨다.

"설마."

"왜유?"

의아한 듯 소리를 높이는 도톤보리 옆에서 교코도 노트북 화면을 들여다봤다. 유메코가 긴 한숨을 내쉬고 손으로 이마를 눌렀다.

"내가 정말 왜 이러지? 깜박 놓쳤네."

"아, 글쎄 왜 그러냐고요!"

목소리가 높아진 도톤보리는 아랑곳 않고, 유메코는 교코에게 돌아앉았다.

"조금 전, 어머님은 1990년에 결혼했고, 교코 씨는 그로부터 이 년 후에 태어났다고 하셨죠?"

"네? 아, 네에."

갑작스러운 질문에 교코가 당혹감을 감추지 못하며 고개를 끄덕였다.

"실례지만, 생년월일을 좀 알 수 있을까요?"

"1992년 10월 8일인데요."

유메코는 천장을 올려다보며 눈을 감았다.

"역시."

"아 글쎄, 뭐가 역시냐고!"

유메코는 한 박자 뜸을 들인 후, 도톤보리뿐만 아니라 모두를 향해 말했다.

"우리가 착각했던 거야."

유메코는 테이블 위에 사진과 촬영 노트를 나란히 늘어놓고, 교코를 똑바로 쳐다보았다.

"우린 어머님이 임신해 있는 이 사진을 보고, 아무런 의심 없이 교코 씨가 배 속에 있었을 무렵의 사진이라고 생각했어요. 그런데 바로 거기서부터 잘못된 거예요."

"잘못됐다고? 무슨 뜻이여?"

"이 사진 속의 아기는 교코 씨가 아니야."

유메코가 도톤보리 쪽으로 촬영 노트를 들어 보였다.

"여기에는 촬영 날짜가 안 적혀 있지? 그래서 우리는 별다른 의심 없이 교코 씨가 태어난 1992년에 찍은 사진이라고 생각했어. 하지만 그렇다고 하면, 이 촬영 메모는 이상해."

"이상해? 어디가?"

도톤보리가 촬영 노트를 들여다보며 고개를 갸웃거렸다. 하나와 교코는 동시에 유메코를 바라보았다. 유메코의 손가락이 미끄러지듯 메모 위를 스쳐 지났다.

"이거, 여기 적힌 이 전화번호."

"아!"

하나가 엉겁결에 소리를 지르자, 유메코가 고개를 끄덕였다.

"이 전화번호는 아홉 자리잖아? 그런데 이 지역 전화번호가 열 자리로 바뀐 건 1991년 1월이야. 그렇다면 촬영 날짜는 그 이전이었다는 뜻이지."

교코가 숨을 삼켰다.

"그럼……"

유메코가 턱을 안으로 당겼다.

"교코 씨가 태어난 건 1992년 10월. 거의 이 년 가까운 차이가 있는 한, 이 아기가 교코 씨일 리는 없죠."

"그렇다면 이 아기는 교코 씨의 오빠나 언니였다는 건가요?"

하나의 말에 교코가 소리를 높였다.

"하지만 저한테 언니나 오빠가 있다는 말은……"

"그럼, 숨겨둔 자식이란 건가?"

도톤보리가 그렇게 말한 순간, 유메코가 교코를 바라보며 조용히 말했다.

"그게 아니라, 이미 세상을 떠났을 것 같은 생각이 드네요."

"세상을 떠나요?"

교코가 당혹스러운 듯이 되물었다.

"그걸 어떻게 알죠?"

유메코는 뜸 들이지 않고 곧바로 대답했다.

"이름이에요."

"이름?"

또다시 되묻는 교코에게 유메코가 고개를 끄덕여 보였다.

"저도 방금 아마리의 말을 듣기 전까지는 몰랐어요. 유헤이游平
를 유헤이遊平라고 생각하고 있었죠. 그런데 이 글자가 삼수변의 '놀
유游'라고 한다면 이상해져요."

유메코는 그쯤에서 한 번 말을 끊었다.

"삼수변의 '유游' 자는 인명용 한자가 아니기 때문이죠."

"네?"

"다시 말해, 이 글자로 출생신고를 하면 받아주질 않아요. 그러니
이 남자의 이름일 리가 없죠."

"뭔 소리여?"

"그러니까 이건 아기야."

유메코가 도톤보리를 바라보며 말했다.

"이건 이 아기를 위한 영정사진이었던 거야."

숨을 삼키는 소리가 겹쳐졌다. 하나는 휘둥그레 뜬 눈을 사진으로
돌렸다. 불룩한 여자의 배, 그 배를 소중히 받치며 바짝 붙어 서 있는
두 남녀.

빨려 들어가듯 시선이 촬영 메모 쪽으로 움직였다.

세오 기와코 瀬尾季和子·유헤이 游平

"사산신고서에는 이름을 쓰는 난이 없어요. 그러니 삼수변의 '유游' 자를 쓴 이름도 존재할 수 있죠. 아니, 오히려 그렇지 않으면 존재할 수 없죠."

"아기가……"

교코가 입술을 거의 움직이지 않고 중얼거렸다. 유메코가 고개를 끄덕이고, 다시 노트를 가리켰다.

"이 메모에 적힌 '살 수 없다'는 사진 속 남자의 임종이 가까웠다는 의미가 아니고, 배 속의 아기가 계속 살 수 없다는 뜻이지 않았을까요? 어머님이나 이 남자의 영정사진이 아니라 배 속의 아기를 위해서 찍은 영정사진이었다 그렇게 가정하면, 여러 가지가 설명이 돼요. 왜 이름에 유游 자를 썼는지, 어머님이 왜 이 사진 속의 남자를 아버지라고 했는지."

유메코는 교코를 똑바로 응시하며 말을 이었다.

"어머님은 거짓말을 하지 않았어요. 이 남자는 정말로 교코 씨의 아버지인 가즈히로 씨였겠죠. 어머니가 재즈 클럽에서 〈What game shall we play today〉를 신청했던 상대도 아버지였어요. 어머님은 가즈히로 씨가 연주하는 곡이 좋아서 맨 처음 생긴, 그러나 태어나지 못한 아기에게 '유헤이游平'라는 이름을 붙였고, 그다음 가진 아기에게는 '교코今日子'라는 이름을 붙인 게 아닐까요? 양쪽 다 이 곡명에서 이름을 딴 거죠."

"그럼, 아기는 왜……"

교코의 시선이 허공을 헤맸다.

"자세한 상황이야 알 수 없죠."

살며시 고개를 저은 유메코가 잠시 머뭇거리듯 허공을 바라보더니 말을 이었다.

"어쩌면, 어머님이 이 사진을 보면서 중얼거렸다는 그 말뜻이, 있는 그대로 전달되지 않았던 건 아닐까요?"

"네?"

"'능력*이 없었다'가 아니라 '노**가 없었다', 어쩌면 어머님은 그렇게 말했던 건 아닐까요?"

교코가 눈을 휘둥그레 떴다.

"맞아요. '노가 없어서 불쌍했다'고……"

유메코가 고개를 끄덕인다기보다 납득이 간다는 몸짓으로 눈을 내리떴다.

"그럼 그 말은 글자 그대로 '뇌'가 없었다는 의미였을지도 몰라요."

"뇌가, 없었다?"

"무뇌증이죠."

유메코가 짧게 대답한 후, 노트북 화면에 검색 결과를 띄웠다.

"배 속 태아의 뇌가 잘 형성되지 않는 병이에요. 이 병에 걸린 아기는 배 속에서는 살 수 있지만, 밖으로 나오면 대부분 살기 어렵다고 하네요."

---

* 능력能의 발음이 노.
** 뇌腦의 발음도 노.

"그러네."

도톤보리가 목소리 톤을 높였다.

"그래서 5×7 사이즈 사진만 뺀 거 아녀? 제단을 준비할 수 없었으니께 불단용만 뽑았을지 모르지."

유메코의 설명과 도톤보리의 말이 하나의 머릿속에서 다시 울려 퍼졌다.

이 사진이 갓난아기의 영정사진이라면, 교코의 어머니가 했던 말은 의미가 달라진다.

'건강하게 태어나준 것만으로도 이미 효도는 다 했어.'

그 말은 진심이었을 것이다. 그녀는 아기가 건강하게 태어나주는 게 당연한 일이 아니라는 걸 뼈저리게 알고 있었을 것이다.

교코의 사진과 탯줄, 그리고 유헤이의 '생전사진'. 그녀가 보물처럼 소중히 여겼다는 세 가지 유품이 모두 다 자식들의 것이었다.

"알아내는 데 시간이 너무 걸려서 미안해요."

유메코가 교코에게 말했다.

"부모가 아직 만나지 못한 아이를 위해 가족사진 형태로 영정사진을 찍는다. 아무래도 자꾸만 처음에 가정했던 그런 틀 안에서만 생각하는 바람에."

아뇨, 교코의 목소리는 희미한 물기를 머금고 있었다.

하나가 무심코 교코를 돌아보았지만 그녀의 눈에서는 더 이상 눈물이 흐르지 않았다.

그쯤에서 도톤보리가 "아 참, 그럼"이라며 목소리를 높였다.

"이 사진이 아기의 영정사진이면, 이 아버지는 아직 살아 있을지도 모르잖어?"

"아."

교코가 눈을 휘둥그레 떴다. 도톤보리가 빙그레 웃었다.

"잘됐구먼. 살아 있으면 언젠가는 만날 수 있을지도 모르지."

순간, 하나는 고개를 숙였다. 자기가 지금 어떤 표정을 짓고 있는지 알 수 없었다. 다만, 누구에게도 보이고 싶지 않았다.

"잠깐만."

유메코가 별안간 나지막이 말했다.

"만약 그렇다면, 이 사진의 사용 허락은 아버님에게 얻어야 한다는 뜻인가……?"

"뭐, 아까 들은 얘기로는 겁나게 자유로운 아버지 같으니, 아무래도 내일까지 찾아내긴 힘들겠지."

도톤보리가 쐐기를 박듯 말하고 유메코의 어깨를 가볍게 두드렸다.

"어떠, 거절하쥬. 유메코 씨도 그 양반 마음에 안 든다고 했잖여."

힘없이 고개를 떨어뜨린 유메코가 나지막이 신음을 흘렸다.

두 번째 영정사진

하나는 손목에 감아 거머쥔 염주로 시선을 떨어뜨린 채 분향대 쪽으로 발걸음을 옮겼다.

영정사진을 올려다볼 마음은 없었다. 굳이 올려다보지 않아도 장례식장에 들어서자마자 시야로 날아든 노부오의 얼굴은 눈 속 깊이 새겨져버렸다.

보고 싶지 않아. 마음은 그런데도 누군가에게 조종이라도 당하듯 하나는 천천히 얼굴을 들었다. 이윽고 초점이 맞지 않는 시야 끝으로 검은 틀이 날아들었다. 노부오가 그 한가운데서 그 자리에 어울리지 않을 정도로 환한 웃음을 짓고 있었다.

스냅사진의 일부를 확대했는지, 노부오의 영정사진은 전체적으로 초점이 맞지 않는 데다 옆에 선 사람의 어깨까지 살짝 보였다. 민소매 밖으로 드러난 어깨는 가냘파서 여자의 어깨임을 한눈에 알 수 있었다. 아내일까. 영정사진이니 최소한 배경이라도 합성하면 좋았을 텐데. 목에 뭐가 걸린 것처럼 숨쉬기가 힘들어져서 작게 기침을 하자, 바로 앞에 서 있던 코코아 오모테산도 본점의 옛 동료가 흠칫 놀라 뒤를 돌아보았다. 그 젖은 두 눈동자가 무표정한 하나의 얼굴을 보고 조금 휘둥그레졌다. 그러나 그녀의 눈은 곧바로 원래 크기로 돌아갔고, 곧이어 책망하듯 가늘어졌다.

하나는 그 시선에 담긴 감정을 알 것만 같았다. 스스로도 그렇게 느꼈기 때문이었다.

나는 왜 울지 않을까.

하나는 가만히 자문했다. 대답 대신 떠오른 것은 위화감이었다.

네가 왜 우니?

노부오가 코코아 오모테산도 본점의 고객이긴 했지만, 그녀와의 접점은 거의 없었을 것이다. 울 자격이 없을 텐데, 하고 꺼림칙하게 여기다 그런 생각을 했다는 것에 스스로 놀랐다.

자격.

그 단어에 발길이 멈춰졌다. 아아, 그렇구나, 하는 생각이 들었다. 그래서 나는 울 수 없는 것이다.

옛 애인, 게다가 불륜 상대라는 입장으로는 장례식에서 눈물을 흘릴 자격은 분명 없을 테니까.

몰랐더라면 좋았을 텐데.

하나는 어금니를 꽉 물었다.

어차피 이렇게 빨리 죽어버릴 거였으면, 약혼자인 채로 남게 해주지 싶었다. 진실 따윈, 이미 다른 사람과 결혼했다는 진실 따윈 알고 싶지 않았다. 그랬으면 적어도 슬퍼할 자유 정도는 누렸을 텐데.

갑자기 시야가 넓어졌다. 상주 자리에서 가녀린 여자가 손수건으로 입을 가리고 있었다. 저 사람이 노부오의 아내. 그렇게 스스로에게 들려주듯 생각한 순간, 누군가에게 짓밟힌 것처럼 가슴이 뻐근하게 아파왔다.

하나는 빈 분향대 앞으로 빨려들 듯 나아갔다. 뻣뻣해진 팔을 뻗어 가루 향을 집고는, 어색하게 이마 쪽으로 가져왔다. 계피처럼 달콤하면서도 쌉싸래한 자극이 코를 찔렀다. 손끝을 비며 향로에 떨어뜨리고 두 손을 얼굴 앞으로 모았다. 하나는 눈을 감고 제단을 향해 머리를 숙였다.

"일주일 전에 노부오한테서 한잔하자고 연락이 왔었어. 일이 안 끝나서 결국 다음 기회로 미뤘는데, 왜 그때 무리해서라도 나가지 않았을까 정말 후회스러워."

"바보야, 노부오는 정말 바보야. 저렇게 예쁜 아내를 두고 죽다니."

울먹이는 목소리가 들려서 돌아보니 도톤보리와 유메코가 서 있었다. 하나는 미간을 찡그렸다. 둘 다 노부오와 아는 사이였나? 게다가 그 옆에는 아마리까지 서 있었다. 아마리가 손으로 얼굴을 감싸고 어깨를 들썩이고 있었다.

어, 아마리 씨가 우는 거야?

그렇게 생각한 순간, 눈이 번쩍 떠졌다.

맨 먼저 시야에 들어온 것은 진녹색 천이었다. 장례식장 광경이 한순간에 사라진 것과 그 대신 나타난 것이 자기 아파트의 천장이 아니라는 사실에 하나는 혼란스러웠다. 그제야 자기가 사진관 휴게실에서 깜빡 잠이 들었다는 걸 알아차렸다.

꿈이었구나.

안도와 함께 미지근한 숨결이 입 밖으로 새어나왔다.

그러니 이상할 수밖에. 영정사진에 다른 사람 어깨가 나올 리 없다. 아마리 사진관 사람들이 노부오와 아는 사이일 리 없다. 아마리가 울 리 없다.

다른 무엇보다 노부오는 죽지 않았다.

"미안해, 나 때문에 깼어?"

목소리가 들리는 방향으로 고개를 돌리자, 유메코가 문으로 들어오는 참이었다.

"아, 죄송해요. 깜박 잠이 들어버렸어요."

하나가 서둘러 상체를 일으켰다. 가슴에 올려뒀던 책이 미끄러져 바닥에 부딪치며 둔탁한 소리를 냈다.

『장례식의 기본 — 절차에서 예절까지』

유메코의 시선이 책 표지로 향했고, 안경 안쪽의 눈이 가늘어졌다.

"어머, 훌륭하네. 공부했어?"

"공부라고 할 것까지는 없고…… 상식이 너무 없다 싶어서요."

"그런 게 공부지, 뭐."

유메코가 쓸쓸하게 웃더니, 테이블 위에 작은 보냉백을 내려놓았다. 그 속에서 꺼낸 노란색 바탕의 보자기에는 빼곡히 그려진 검은 고양이들이 다양한 포즈로 춤을 추고 있었다. 하나는 소파에서 일어나

뻣뻣하게 뭉친 허리를 굽히고 책을 주워 들었다.

이런 책을 읽어서 그런 꿈을 꿨나?

게다가, 하나가 입꼬리를 살짝 실룩거렸다.

그런 꿈을 꾸다니, 아직 미련이 남았다는 증거일까?

"하나짱이 자고 있을 줄은 생각지도 못해서 순간 아마리인 줄 알았어. 수면 부족인가?"

"……네."

"아직 점심시간 남았으니까 더 자도 돼."

유메코는 모호한 하나의 말투에서 무언가를 느꼈는지, 돈을 부른다는 노란색 장지갑을 들고 표표히 휴게실 밖으로 나갔다. 유메코의 모습이 완전히 사라질 때까지 기다렸다가, 하나는 한숨을 내쉬었다.

유메코는 이럴 때 조심성 없이 깊이 파고들지 않는다. 아마리 사진관에서 일하기 시작한 지 몇 달이 지났고, 호칭도 '구로코 씨'에서 '하나짱'으로 바뀌었지만, 아직 개인적인 얘기를 나누는 관계로는 발전하지 않았다. 아니, 물론 이쪽에서 요청하면 진지하게 들어주겠지. 그러나 하나 쪽에서 그럴 마음이 들지 않았다.

이런 얘기는 너무 한심하잖아.

하나는 무겁게 느껴지는 다리를 끌며 휴게실을 나왔다. 스튜디오 옆을 지나 카운터로 가면서, 건조한 콘택트렌즈가 바짝 들러붙은 눈을 위로 향했다. 그런데 긴장을 푼 순간, 사흘 전 노부오에게 온 문자 내용이 뇌리에 떠오르고 말았다.

연락해서 미안해. 꼭 한 번 제대로 이야기를 나누고 싶어서 연락했어.

만날 수 있을까?

나한테 이런 말을 할 자격은 없겠지만, 하나를 좋아해.

이제 와서 뭔 소리야, 그런 생각이 들지 않는다는 사실이 충격적이었다. 사 년 동안이나 기혼자인 걸 숨긴 주제에 뭔 소리야. 만나서 할 얘기도 없고, 무슨 소릴 해도 이젠 못 믿어. 그럼, 만나봐야 시간 낭비지. 마치 대본을 읽듯, 그런 말들을 머릿속에 단단히 떠올렸다.

그러나 억누르려 애써도 자꾸만 그리운 마음이 솟아올랐다.

왜 연락을 해. 왜 가만 놔두질 않아. 왜 좋아한단 말을 하냐고.

노부오에게 쏟아낸다면, 보나마나 구슬려져버릴 나약한 말들. 하나는 인정하지 않을 수 없었다. 자기가 그의 달콤한 대답을 원하고 있다는 것을.

그래서 하나는 답장을 보낼 수가 없었다. 답장을 보낸다는 건 그와의 관계를 원래대로 되돌리는 의미란 것만은 알고 있었기 때문이다. 연락을 하면 만나게 된다. 만나게 되면 예전으로 되돌아가고, 지금까지보다 더 돌이킬 수 없는 구렁으로 빠지게 된다. 나는 그것을 끊어낼 수 없다.

하나는 휘청거리며 카운터 안으로 들어갔다. '다이오 운수'라고 적힌 선반에서 소포 두 개를 집어 올려, 가게 안을 슬쩍 쳐다보고 아마리가 없는 걸 확인한 후, 카운터에 올려놓고 뒤집었다. 그런 다음 찢어지지 않게 조심하면서 마스킹 테이프를 벗기고, 각각의 봉투에서 손님에게 보낼 촬영 데이터 시디를 꺼냈다.

심장이 쿵쾅쿵쾅 뛰었다.

하나는 카운터 옆에 붙어 있는 정사각형 모양의 포스트잇을 초점이 맞지 않는 눈으로 읽어 내려갔다.

배송지 주의!

오에 야스마사 님 촬영 데이터 시디

4월 11일 촬영분 레이카 님에게 → 분쿄 구 고이시카와

4월 18일 촬영분 미요코 님에게 → 신주쿠 구 신주쿠

'배송지 주의'라고 붉은 사인펜으로 쓴 글자에는 다시 한 번 동그라미가 쳐져 있었고, 지명에는 밑줄까지 그어져 있었다.

두 여자와 각기 다른 날짜에 찍은 두 장의 영정사진. 양쪽 다 '가족사진'으로 찍었을 텐데, 받는 사람과 주소가 다르다.

하나는 진상을 훤히 알 것 같았다.

불륜이겠지.

이 사람은 자신의 죽음을 앞두고, 아내와 애인과 각기 다른 영정사진을 찍으려고 한 걸까. 그래서—

하나는 강조해서 적어놓은 지명 위에 손톱을 세웠다.

두 여자의 이름이 눈에 들어오자, 곧이어 봇물이 터지듯 복잡한 감정들이 흘러나왔다. 하나는 그 탁류 속에서 자신의 목 언저리를 힘껏 꼬집었다.

고객의 요구에 반하는 짓을 해서는 안 된다고 스스로를 타일렀다. 하지만 손을 멈출 수가 없었다. 하나의 팔은 천천히, 마치 하나의 것이 아닌 것처럼 움직이며 두 장의 시디를 바꾸었다.

얇은 막으로 덮인 것처럼 흐릿해진 시야에는 현실감이 없었다. 조금 전까지 꿨던 꿈과 경계를 구분할 수 없었다.

딸랑, 하는 작은 종소리가 귓가를 때렸다.

하나는 튕겨 오르듯 얼굴을 들었고 카운터 위에 소포를 떨어뜨렸다.

"안녕하세요. 이쪽 택배는 가져가도 되나요?"

햇볕에 그은 청년이 쾌활하게 말하며 소포를 집어 들더니 하나가 대답하기도 전에 바코드 리더기를 갖다 댔다. 삑, 삑 하는 짧은 전자음이 잇달아 울렸고, 하나는 막 벌리던 입술을 다물었다.

"오늘은 이거 두 개예요?"

얼른, 얼른 원래대로 돌려놔야 해.

하나는 울고 싶은 심정으로 조바심을 내며 메마른 목에 힘을 주었다. 지금이라면 되돌릴 수 있다. 지금 막지 않으면, 더는 돌이킬 수 없게 되어버린다. 그런데도 목소리가 나오지 않았다.

하나는 구원을 청하듯, 아마리가 있을 다다미방 쪽을 돌아보았다.

"또 있어요?"

의아해하는 목소리를 듣고 얼굴을 되돌리자, 청년이 고개를 살짝 갸웃거렸다.

"아, 아뇨."

반사적으로 그런 대답이 나오고 말았다. 청년은 곧바로 바코드 리더기를 허리띠에 걸었다.

"그럼, 혹시 추가할 게 생기면 전화 주세요."

익숙한 말투로 그렇게 말하고 밖으로 나가는 청년의 등으로 하나가 허둥지둥 팔을 뻗었다. 그러나 그것은 끝내 멈추지 못했던 자기 행동을 정당화하기 위한 몸짓일 뿐임을 하나는 알고 있었다. 정말로 멈출 생각이 있었다면, 좀더 일찍 멈췄을 것이다.

문 밖에서 오토바이 엔진 소리가 들려왔다.

꿈속에서 봤을 뿐인 노부오의 영정사진이 뇌리에 떠올랐다. 옆에 서 있던 흰 어깨. 눈을 질끈 감아도 그 모습이 사라지지 않았다.

*

지금으로부터 이 주 전, 아마리 사진관을 찾아온 오에 야스마사가 데려온 사람은 한눈에 보기에도 모델인가 착각할 만큼 늘씬하고 멋진 여자였다.

늘씬한 큰 키에 자그마한 얼굴. 커다란 선글라스를 쓰고 코 밑은 마스크로 가렸지만, 그것마저도 연예인이 변장한 모습 같았다.

"둘 중 하나는 벗어야지, 안 그러면 수상한 사람처럼 보여."

오에의 쓴웃음에 선글라스가 벗겨지자 시원스러운 눈매가 드러났다. 남자를 매료시키는 마성이 묻어나는 고양이 같은 눈은 존재감이 강렬했다. 얼굴 아랫부분은 여전히 보이지 않았지만, 오뚝한 콧날은 알아볼 수 있었다. 소화하기 힘든 블루그린 색 아이섀도를 했는데도 이질감이 느껴지지 않는 건 어딘지 일본인 같지 않은 이목구비 때문일까. 탄력 있는 피부와, 가슴 아래서부터 패턴이 바뀌는 자잘한 꽃무늬 원피스를 입은 청초한 모습은 이십 대 전후 같은 인상을 풍겼다. 애시브라운 색으로 염색한 풍성하게 구불거리는 머리칼이 잘 어울리지만 조금 차가운 분위기인걸, 하고 하나가 생각한 순간, 그런 인상을 날려버리듯 미인이 부드러운 미소를 지었다.

"레이카입니다."

왠지 자랑스러워하는 듯한, 그러면서도 부끄러워하는 듯한 오에의 말투에 사진관 분위기도 부드럽게 풀어졌다.

"예쁜 아가씨네요."

유메코가 바로 칭찬하자, 오에와 레이카가 얼굴을 마주보았다. 오에가 의미심장한 미소를 머금더니 듣기 싫지만은 않은 기색으로 "아닙니다, 아니에요" 하며 고개를 저었다.

"혹시 모델이신가요?"

"전혀 아닙니다."

하나는 입에 발린 소리를 한 게 아니라 진심으로 물었지만, 오에는 실눈을 뜨며 레이카를 돌아보았다.

"마스크 벗으면 평범한 얼굴이에요. 벗어볼래?"

"아이 참, 꽃가루 알레르기라니까."

레이카의 목소리는 심하게 잠긴 콧소리였다. 모양 좋은 눈썹이 좌우대칭으로 찡그려졌다.

"목소리가 또 이상하네."

오에도 얼굴을 찡그리자, 두 사람이 어딘지 모르게 닮아 보이기도 했다. 오에 역시 찬찬히 살펴보면 이목구비가 또렷한 얼굴이었다. 살짝 처진 눈꼬리는 레이카와는 정반대였지만, 온화한 분위기를 포함해서 꽃미남 축에 들었다.

몹시 수척해 보이는 것만 빼면.

줄무늬 폴로셔츠를 입은 오에의 어깨는 가냘팠고 소매 밖으로 나온 팔은 앙상했다. 하나는 자기가 오에의 손목을 응시하고 있다는 걸 알아채고, 서둘러 얼굴로 시선을 돌렸다. 하나의 시선을 어떻게 해석했는지, 오에가 처진 눈꼬리를 더 내렸다.

"못 걷는 건 아니지만, 체력이 좀 떨어져서요."

오에는 명랑하게 말한 후, 앉아 있던 휠체어 팔걸이를 두드렸다.

"그래도 난 운이 좋아. 죽기 전에 이렇게 레이카와 사진을 찍으러 왔으니."

그 말이 진심인지 허세인지 하나는 알 수 없었다. 다만, 그렇게 자신 있게 말할 수 있는 것 자체가 대단하다고 생각했다.

예약할 때 전화로 미리 들은 얘기에 따르면, 오에는 말기암 선고를 받았다고 했다. 이미 몇 군데나 전이돼서 수술해봐야 완치를 기대할 수 없는 모양이었다. 육 개월 선고를 받았는데, 이제 막 그 육 개월을 넘긴 참이었다.

"피곤하진 않으세요?"

"오늘은 몸 상태가 꽤 좋은 편이에요."

오에가 기쁜 듯이 고개를 끄덕이며 말했다.

"오랜만의 외출이라 들떠서 그런 건지도 모르죠."

남 이야기를 하듯 그렇게 분석하더니, 오에가 휠체어 바퀴에 손을 얹고 유메코를 올려다봤다.

"사진관을 휠체어로 돌아다녀도 되나요?"

"아 네, 물론이죠."

유메코가 안내하듯이 카운터 옆을 가리켰다.

"먼저 상담부터 시작할까 해요. 이쪽으로 오시죠."

오에가 바퀴를 밀려는 순간, 레이카가 뒤에서 휠체어 손잡이를 잡았다. 오에는 당연하다는 듯이 바퀴에서 손을 뗐고, 레이카가 익숙한 동작으로 휠체어를 밀었다.

하나는 가만히 그 아름다운 옆얼굴을 바라보았다.

지금 어떤 심정일까.

가족의 여명이 얼마 남지 않은 걸 알면서도 같이 살아가는 심정은 어떤 걸까. 하루하루 여위고 약해지는 모습을 계속 지켜봐야 한다는 것. 그 고통은 상상조차 할 수 없었다. 그러나 동시에 레이카는 남은 시간을 모두 아버지와 함께 보내는 데 쓸 수 있다.

그렇게 생각한 순간, 가슴이 에이는 듯 아파왔다. 하나는 고통을 떨쳐내듯 의식적으로 숨을 몰아쉬었다.

응접실로 들어서자, 옆쪽 다다미방에서 아마리가 어슬렁어슬렁 모습을 드러냈다. 여태 낮잠을 잔 모양이었다. 커다란 개를 떠올리게 하는 분위기가 평소보다 훨씬 강하게 풍겼다.

"어서 오세요."

아마리가 단 하나 주어진 대사를 억양 없이 내뱉는 서툰 배우처럼 중얼거리더니, 누구보다 빨리 소파에 자리를 잡고 앉았다.

유메코는 매섭게 흘겨보면서도 손님 앞이라 나무라지는 않고, 오에를 향해 미소를 지어 보였다.

"소개가 늦었습니다. 이쪽은 저희 카메라맨인 아마리입니다."

"안녕하세요, 오에입니다. 오늘 잘 부탁드립니다."

오에는 분명 띠 동갑 이상으로 어려 보이는 아마리에게도 고개를 깊이 숙였다. 그 인사를 받는 아마리는 띠 동갑 이상으로 연상인 듯이 의젓하게 고개를 끄덕였다. 유메코가 아마리와 오에 사이를 가로막듯 재빨리 틈새로 파고들며 볼펜과 클립보드를 건넸다.

"자 그럼, 저희 절차 중 하나인데, 이 상담 카드를 작성해주시겠어요?"

오에가 휠체어에 앉은 채로 그것들을 받아 들자, 레이카가 재빨리 오에 앞쪽으로 팔을 뻗었다.

"내가 쓸까?"

"그래, 부탁한다."

짧게 대답한 오에가 팔을 들어 어깨 너머로 클립보드를 건네주었다. 휠체어 뒤에 서 있던 레이카가 소파를 돌아 오에 옆에 앉았다. 다리가 소파보다 긴지, 가지런히 모아 옆으로 비스듬히 뻗은 다음 예쁜 무릎 위에 보드를 올려놓았다. 레이카는 등을 아주 조금 말고 꼼꼼하게 내용들을 써 내려갔다.

무심코 카드를 들여다본 하나가 그만 할 말을 잃었다.

51세.

아빠가 돌아가신 나이와 같았다. 하나는 자기도 모르게 동요하고 말았다.

이름	오에 야스마사
생년월일	1963년 1월 15일(나이 51세)
주소	도쿄 도 분쿄 구 고이시카와 8 - 23 - ×
전화번호	090 - 9182 - 55××
직업	아사오 인쇄주식회사 영업
가족관계	
취미	테니스, 독서

레이카의 글씨는 가녀린 외모와 달리 획이 분명하고 필치가 강했다. 의외의 필체였다. 그러고 보니 하나는 요즘 아가씨다운 귀여운 필체를 예상하고 있었던 것이다. 그런데 잠시 바라보고 있으니, 그 필체야말로 레이카에게 잘 어울린다는 생각이 들었다. 죽음이 임박한 아버지의 휠체어를 밀면서도 미소를 지을 수 있는 강한 심지가 그 글씨에 고스란히 드러나 있는 것 같았다.

하나는 상담 카드의 중간까지 훑어보다 시선을 멈췄다.

가족관계는 작성하지 않았네.

어떤 사정 때문인지는 알 수 없었다. 다만, 어떻게 쓸지 망설이고 있는 게 아니라 일부러 그곳을 빈 칸으로 남겨뒀다는 것은, 볼펜을 이미 테이블 위에 내려놓은 것만으로도 알 수 있었다.

유메코도 분명 그걸 알아챘을 테지만, 역시나 왜 빈 칸이냐고 묻지 않았다. 고객이 상담 카드를 비워두는 것은 대부분 말하고 싶지 않아서였기 때문이다. 배우자와 이혼했다, 같이 사는 부모와 틀어졌다, 자식이나 손자를 앞세웠다. 가능성은 얼마든지 생각해볼 수 있지만, 본인들이 말하기를 꺼려하는 한 묻지 않는 것이 사진관 방침이었다.

"고이시카와에 사시네요."

유메코가 맨 먼저 언급한 것은 주소였다. 평소라면 가장 무난한 취미 얘기부터 꺼냈을 텐데, 오에의 경우는 일단 뒤로 돌리는 게 낫다고 판단했겠지. 어디로 보나, 지금의 오에는 테니스를 칠 수 있는 상태가 아니었다.

아마리 사진관은 영정사진 전문이라고 내세운 만큼, 고령의 고객이 많고 몸이 불편한 사람이 적지 않았다. 취미도 본격 스포츠보다는 걷기 정도의 가벼운 운동이나, 독서나 장기 같은 문화 계통 오락을 드는 사람이 많았다. 대부분의 경우, 그것은 나이에 따른 변화다. 서서히 현재의 자신이 즐길 수 있는 범위에 맞춰 취미를 바꿔간다. 아쉬움과 당혹감이 따르겠지만, 동시에 대체할 취미를 찾을 만큼의 시간 여유도 있다.

그러나 오에에게는 그럴 시간이 없었겠지. 암 선고를 받았을 때는 이미 손쓸 도리가 없었다고 하니, 다른 취미를 모색할 여유 따윈 없었을 것이다.

"맞아요. 여기까지 택시로 기본요금 거리이긴 한데, 이렇게 좋은 사진관이 있을 줄은 몰랐습니다."

"말이 나온 김에, 저희 사진관은 어떻게?"

"이 녀석이 홈페이지를 찾아줬어요."

오에가 레이카를 턱으로 가리키며 친밀한 태도로 말했다.

"종활이라고 하나요? 난 잘은 모르지만, 주간지에 특집으로 실렸던 모양이에요. 거기에 나온 곳은 다른 사진관이었다고 합니다만."

"이거 말씀이시죠?"

유메코가 곧바로 잡지꽂이에서 꺼내 들자, "아, 맞아요, 그거예요" 하고 오에가 목소리 톤을 높였다.

"이런 잡지를 읽다니, 왠지 아저씨 같다며 웃었죠."

"진짜 아저씨가 그런 말을 하면 안 되지."

레이카가 낮고 날카롭게 받아쳤지만, 하나는 그 목소리에 애정이 깃들어 있다는 것을 알 수 있었다. 친밀감을 느끼게 해주는 그 무뚝뚝함은 오에가 레이카를 '이 녀석'이라고 부르는 울림과 왠지 비슷했다.

"인터넷으로 검색했더니 이곳 홈페이지가……"

빠르게 얘기를 꺼냈지만, 레이카는 말이 채 끝나기도 전에 재채기를 했다. 에취! 에취! 외모와 어울리지 않는 우렁찬 소리가 연거푸 이어졌다. 그리고 다시 한 차례 재채기를 할 것 같은 표정을 짓더니, 불발로 끝났는지 숨을 내쉬었다. 레이카는 작은 핸드백에서 레이스가 달린 하얀색 손수건을 꺼내 마스크 틈새를 막았다. 그러곤 아무래도 써야겠다며 다시 선글라스를 썼다. 아까는 변장한 연예인처럼 보이더니, 이번에는 오에 말대로 수상한 사람처럼 보이는 게 희한했다. 하나는 웬지 모르게 레이카에게 호감을 느꼈다.

상담 결과 알게 된 오에의 희망은 '가급적 건강했을 적 모습으로 찍히고 싶다'는 것이었고, 그건 그다지 이상할 게 없었다. 오히려 아마리 사진관을 찾는 손님들 대부분이 비슷한 희망사항을 얘기한다.

그냥 두리뭉실하게 '아름답게, 멋지게' 해달라는 요청보다는 작업방향이 훨씬 선명해진다. 파운데이션과 컨실러와 블러셔를 이용해 눈밑 다크서클이나 야윈 뺨의 음영을 부드럽게 둥글리고, 입술에 약간의 색을 더하는 것만으로도 인상이 상당히 달라졌다. 윤곽 자체를 바꿀 수는 없지만, 야무지고 강건한 인상까지는 이끌어낼 수 있었다.

문제는 머리였다.

오에가 참고하라며 휴대전화로 보여준 몇 년 전 사진과 비교하면, 나이 탓이 아니라 아마 항암치료의 부작용일 테지만, 오에의 머리카락은 거의 다 빠져 있었고, 쓰고 있는 손뜨개 모자는 그것이 병, 특히 암 때문임을 강조해 드러내고 있었다.

"이것만은 어쩔 수가 없겠죠."

느릿한 말투로 그렇게 말했지만, 말처럼 깨끗이 체념하지 못했다는 건 억울해 보이는 그 표정으로도 금세 알 수 있었다. 관절이 불거진 손가락으로 두피에 찰싹 달라붙은 머리칼을 움켜쥐고, 오에가 거울 너머로 조심스레 하나를 올려다봤다.

"그냥 모자를 쓴 채로 찍으면 안 될까요?"

하나는 의식적으로 눈가와 입가를 부드럽게 풀며 미소를 지었다.

"전혀 문제없어요. 모자를 쓰고 찍는 분도 많이 계시니까."

"그래요?"

오에의 목소리가 어느새 누그러졌다. 역시나 그것 때문에 긴장하고 있었던 것이다.

"레이카, 모자 써도 된단다."

"그러게, 잘됐다."

레이카도 들뜬 허스키 보이스로 대답했다. 하나가 오에의 머리에 손을 얹고 두상과 모발 특성을 확인하며 덧붙였다.

"예를 들면, 그 방법 말고 가발을 쓰는 분도 많아요."

"아, 그래요?"

하나가 헤어메이크업 룸 선반에 진열된 가발을 가리키자, 오에가 굉장하다며 감탄사를 흘렸다. 그리고 귀에 닿을락 말락 한 길이의 머리에 비스듬하게 가르마를 타서 넘긴 전통적인 가발로 팔을 뻗었다. 과거 사진 속 오에의 머리 모양과 가장 비슷한 스타일이었다. 그런데 오에는 손이 닿기 직전 팔의 궤도를 바꾸며 옆에 있던 아프로헤어 가발을 집어 들었다. 그것은 고객용이 아니라, 촬영할 때 도톤보리가 사람들을 웃기기 위해 준비해둔 소도구였다. 덧붙이자면 그걸 구입해온 사람도 도톤보리였는데, 경비 신청을 했지만 유메코가 인정해주지 않았다며 한탄했었다.

"레이카, 이건 어떠냐?"

오에가 장난스럽게 아프로헤어 가발을 썼다.

"어머, 의외로 잘 어울리네."

레이카도 웃음이 깃든 목소리로 말하고, 핸드백에서 휴대전화를 꺼냈다. 그러나 찰칵 하는 건조한 전자음 소리와 함께 분위기가 어색하게 가라앉고 말았다. 오에가 자기 머리에서 가발을 벗겨 레이카에게 내밀었다.

"너도 써봐."

"싫어, 머리 엉망 돼."

서로 장난을 치는 두 사람을 웃는 얼굴로 지켜보며, 하나는 그런 장난이라도 쳐야 하는 오에의 심경을 헤아릴 수 있었다. 분명 가발을 써야 하는 상황 자체에 자괴감이 들 것이다. 장난삼아 쓰는 것처럼 표현했지만, 결국 머리를 감추기 위해 쓰는 게 가발이다. 요즘은 패션으로 쓰는 사람도 늘었지만 여전히 많은 사람들이 싫어한다. 너무 경계할 거 없다고 설득할 수는 있겠지만, 그래도 여전히 마음에 걸릴 것이다.

그렇다면 어떻게 해야 할까.

모자를 쓴 채로 촬영하는 것도 해결책 중 하나가 되겠지만, 지금껏 일상적으로 모자를 즐겨 쓰지 않았던 오에가 모자를 쓴 모습은 아무래도 항암치료의 부작용을 떠오르게 할 것이다. 가족들이 영정사진을 보며 고인이 말기암 선고를 받은 후의 모습을 떠올리게 된다면, 고객의 요청에 부응했다고 말할 수 없을 것이다.

"아니면."

하나가 카운터를 힐끗 보고 유메코가 없는 걸 확인한 후, 오에에게 돌아섰다.

"흔치 않은 방법이긴 한데, 다른 사진과 오늘 찍는 사진을 합성하는 방법도 있어요."

목소리를 낮춘 건 유메코가 싫어하리란 걸 알기 때문이었다. 자칫, 그럼 차라리 옛날 사진을 영정으로 쓰면 되겠다는 쪽으로 얘기가 흘러갈 수도 있었다. 옛날 사진이 헤어스타일뿐만 아니라 윤곽이며 얼굴색이며 체형이 지금보다 훨씬 건강하고 젊을 테니까.

그러나 한편으로 그렇게 돼도 어쩔 수 없다는 생각도 들었다. 최종적으로는 본인의 희망에 따르는 게 최선이다.

그런데 오에가 단호하게 대답했다.

"옛날 사진은 쓰지 말아주세요."

그때까지와 달리 망설임 없는 말투에 하나는 눈을 살짝 크게 떴다. 부랴부랴 "죄송합니다. 이상한 제안을 해서"라며 고개를 숙이자, 오에도 "저야말로 죄송합니다"라며 몸을 움츠렸다.

"이런 사진처럼 해달라고 부탁하면, '그럼, 이 사진을 쓰면 되지'라고 누구나 생각하겠죠."

"아닙니다."

하나가 고개를 옆으로 흔들었지만, 오에는 짧게 고개를 끄덕였다.

"분명 외모만 놓고 보면, 이 무렵 사진을 쓰는 게 더 나을 겁니다."

그는 거울 앞에 놓인 휴대전화를 손가락으로 쓰다듬었다.

"실제로 이 사진을 찍었을 무렵엔 건강하기 이를 데 없었어요. 지금 생각하면, 어딘가가 곪아가고 있었을지도 모르지만, 그래도 아픈 데는 하나도 없었고, 일도 테니스도 거뜬히 해냈어요. 나를 알았던 사람이 건강했던 나를 떠올린다면, 분명 이 무렵이겠죠."

오에는 배 앞으로 깍지를 끼고, 시선을 아래로 떨어뜨렸다.

"그렇지만, 아니 그래서 더더욱 이 무렵 사진은 쓰고 싶지 않아요."

하나는 뭐라고 대답해야 할지 알 수 없었다. 그저 오에의 말에 귀를 기울이고 있을 수밖에 없었다.

"병에 걸리기 전까지 나는 내 생각을 의심해본 적이 없어요. 내 삶의 방식이 가장 옳다고 믿었고, 행복하다고 믿었고, 아니, 굳게 믿으려고 했던 건지도 모르죠."

오에는 말을 끊고, 거울 너머로가 아니라 고개를 돌려 하나를 돌아보았다.

"내가 죽은 후, 그때의 나를 떠올리게 하고 싶진 않아요. 가장 소중한 게 뭔지도 몰랐던 때보다는 머리칼이 빠졌어도 지금의 모습을 남기고 싶습니다."

"가장 소중한 것."

하나가 그 말을 따라한 이유는 되묻기 위해서가 아니었지만, 오에는 대답을 해주었다.

"레이카예요."

오에의 말투에 부끄러워하는 기색은 없었다.

"난 레이카가 행복하다면 그걸로 만족해요."

"왜 이래, 갑자기."

오히려 부끄러운 듯이 말린 사람은 레이카였다.

"꼭 무슨 드라마 대사 같잖아."

레이카는 곱슬머리를 바삐 귀에 걸었다. 언뜻언뜻 보이는 귓불이

붉어져 있었다. 오에는 레이카를 올려다보며 눈을 가늘게 떴다.

"말이 나온 김에 말해두마. 레이카, 영정사진 따윈 언제든 버려도 돼."

"버려도 된다니…… 이제 막 찍을 참에 무슨 소리야."

"분향을 안 해도 돼. 성묘도 안 와도 되고. 어려운 일이 생기면 전부 내 탓으로 돌려도 돼."

딸이라기보다 마치 연인에게 고백이라도 하는 듯한 오에의 열띤 말투에 레이카는 할 말을 잃은 것 같았다. 하나는 소리를 내지 않으려고 조심히 침을 삼켰다. 자리를 피해줘야 할 것 같았지만, 어떻게 나가야 흐름을 끊지 않을 수 있을지 판단이 서지 않았다.

"넌 너 하고 싶은 대로 하면 돼."

머뭇거리는 사이 오에는 단호하게 말하고 하나를 바라보았다.

"죄송합니다. 그러니 합성은 안 하는 쪽으로 부탁드립니다."

머리카락과 눈썹을 피부 색깔과 어울리게 헤어 매니큐어로 밝게 정리하고, 길게 자란 옆머리와 뒷머리를 짧게 잘랐다. 귀밑머리는 약간 길게 남겨 얼굴 크기를 작아 보이게 하고, 정수리 머리는 왁스로 볼륨감 있게 세웠다.

결국 하나가 선택한 것은 그런 방법이었다.

가발이나 합성처럼 극적인 효과는 기대할 수 없지만, 숱이 적은 머리를 감추는 게 아니라 최대한 살려주는 스타일로 만들어 지금의 매력을 최대한 이끌어내기로 했다.

"괜찮나? 나잇값 못하는 거 아닌가?"

불안해하는 오에에게 "아주 잘 어울려요"라며 하나가 미소를 건넸다. 그냥 하는 말이 아니라, 정말 몰라볼 만큼 젊어졌다. 그런데도 익숙하지 않은 탓인지, 오에는 처량하게 눈썹을 늘어뜨린 채 레이카를 올려다봤다.

"레이카, 어떠냐?"

"좋아. 정말 멋있어."

레이카가 들뜬 목소리로 말하며 휴대전화 카메라를 갖다 대자, 그제야 오에는 빰을 풀며 쑥스러운 듯이 관자놀이를 긁적였다.

하나가 몇십 개의 칭찬을 늘어놓은들 오에를 이렇게까지 안심시킬 수는 없을 것이다.

하나는 오에의 가운을 벗기며 부드럽게 미소를 지었다.

멋진 부녀다.

순간, 내장이 아래로 쏠리는 느낌이 들었다. 하나는 잠시 동작을 멈췄다.

그 후, 휴식을 취해가며 촬영을 하는 동안에도 레이카는 오에에게서 거의 시선을 떼지 않았다. 선글라스 너머로 보이는 눈빛은 온화했고 다만 조용히 지켜보고 있었지만, 오에의 몸에 무슨 이상이라도 생기면 곧바로 대응하려는 각오가 서려 있음을 분명히 느낄 수 있었다.

레이카의 그런 시선을 아는지 모르는지, 오에는 줄곧 들뜬 상태였고 말수가 많았다.

"내가 일했던 아사오 인쇄는 본래 작은 회사였어요. 근처 가게들을 돌며 전단지나 간판 일을 받아오는 동네 인쇄소였죠. 이대로는 회사가 절대 커질 수 없다고 사장을 설득한 사람이 나였어요."

아사오 인쇄는 현재 도쿄증권거래소 1부 상장기업이 되었다. 그러나 오에의 말투에 거들먹거리는 느낌은 없었다. 하나가 바로 "대단해요, 선견지명이 있으셨네요"라고 말했지만, 오에는 딱히 기뻐하는 것 같지 않았다.

"그리 대단한 건 아니에요. 난 내가 하고 싶은 일을 하기 위해 회사를 이용했을 뿐입니다."

"하고 싶은 일?"

오에가 그렇게 묻는 레이카를 향해 고개를 끄덕였다.

"사실은 출판사에 취직하고 싶었어. 대학에서 프랑스문학을 전공했고, 장래 꿈은 번역서 편집자가 되는 거였지. 하지만 결국 합격한 곳이 아사오 인쇄와 식품회사뿐이었어. 규모로 치면 식품회사가 컸고 대부분 그쪽을 추천했지만, 난 아사오를 선택했어요. 인쇄라는 이름이 붙었으니 책과 관련된 일이겠거니 안이하게 생각했던 거죠."

오에는 중간부터 말씨를 정중하게 바꾸며 카메라 렌즈를 향해 눈을 돌렸다.

"그런데 막상 입사해보니 아사오에는 제대로 된 인쇄 기계가 없었어요. 기업에 대한 조사도 제대로 안 하고 입사시험을 치르고 들어간 내 잘못인데, 처음에는 회사를 원망했어요. 얼마 후 거품경제가 시작됐거든요. 대학 동기들은 몇 억짜리 일을 한다느니 택시도 맘껏 타고 다닌다느니 하는데, 난 기껏 주변 상점가를 걸어서 돌아다니며 하찮은 일거리나 따오는 신세라니 견딜 수가 없더군요. 그래서 사장을 꼬셨죠."

오에는 '꼬셨다'는 표현과는 어울리지 않게 온화한 미소를 머금었다. 하나가 "와아" 하고 맞장구를 치자, 레이카와 목소리가 포개졌다. 하나와 레이카는 얼굴을 마주보며 미소를 주고받았다.

"다행히 거품경제 시기라 은행에서 비교적 간단하게 대출을 받을 수 있었죠. 이야기가 술술 풀리는가 싶더니, 어느새 회사에는 수많은 기계와 빚이 쌓였어요."

오에는 거칠어진 손끝으로 시선을 떨어뜨리며 씁쓸하게 미소를 지었다.

"그때부터는 필사적이었어요. 어쨌든 말을 꺼낸 사람은 나니까. 빚을 갚을 만큼 일을 따오지 못하면 말이 안 된다고 생각했어요. 정신없이 출판사로 영업을 하러 다녔고, 아무리 터무니없는 일이라도 해주겠다고 큰소리치며 따오고…… 입고 데이터를 받은 지 이틀 만에 초교를 내놓으라고 해도 그대로 해냈어요."

하나는 그게 어느 정도 힘든 일인지 알 수 없었지만, 오에는 그 당시 어려움이 새삼 떠오르는지 뺨에 붉은 기운이 감돌았다.

"테니스도 그래요. 원래는 그 무렵에 거래를 시작한 출판사 사장님의 취미였죠. 랠리를 주고받으며 그 회사에서 나오는 문고를 좋아한다, 뭐 그런 말을 꺼내기도 하고요. 골프도 같이 쳤지만, 결국 취미로 길게 이어진 건 테니스였어요."

"그럼, 사회인이 된 후에 테니스를 시작했어?"

"그랬지, 그런데도 잘하지?"

"어쩐지, 폼이 좀 이상하다 했다."

레이카는 순순히 칭찬해주고 싶진 않은지 얄미운 소리를 하며 받아 쳤지만, 오에는 기쁜 듯이 소리를 내며 웃었다. 그러고는 "그런데"라 고 말을 이으며 다시 화제를 일 얘기로 되돌렸다.

"그러다 보니 들어오는 일이 늘어나서 터무니없는 일만 받을 순 없 게 됐죠. 아무리 늘렸다고 해도 기계 숫자는 한정되어 있으니까. 최대 한 기계를 놀리는 시간이 생기지 않게 일정을 조정해야 했어요. 그런 데 며칠까지 원고 데이터를 준비하겠다고 해서 그날 찾아가면, 아무 래도 힘들겠다고 하는 경우가 자주 발생했죠."

오에가 주위로 시선을 돌리며 말했다.

"그래서 의사 말대로 스트레스가 많이 쌓이긴 했는데 그건 자업자 득이에요. 내가 무리하게 일을 늘렸기 때문이고, 내가 일을 너무 좋아 했기 때문이니까."

오에는 이제 레이카를 보고 있지 않았다. 그렇지만 하나는 오에가 여태 한 얘기가 모두 레이카에게 들려주는 얘기라는 걸 알 수 있었다.

오에는 촬영을 마친 후에는 아무래도 피곤했는지 축 처지긴 했지 만, 아마리가 정리한 촬영 데이터를 보여주자, "훌륭해, 이렇게 멋지 게 찍어주는군요"라며 생기가 되살아났고, 영정으로 쓸 사진을 고르 기 시작했다. 컴퓨터 화면으로 확인하면서 마음에 드는 사진이 나올 때마다 오른쪽 마우스를 클릭해 표시해나가는 방법이었다.

아마리 사진관에서는 일단 마음에 드는 사진에 표시를 하고, 그다음에는 표시된 사진만 보면서 몇 장으로 좁혀가는 방법을 쓰고 있었다. 본인은 특히 마음에 드는 사진을 고르는 과정일 테지만, 실제로는 소거법으로 잘 안 나온 사진을 제외시켜가는 작업이라, 불쑥 마음에 드는 사진을 고르게 할 때보다 최종적으로 고른 사진이 더 많아지기 때문이었다. 좀처럼 범위를 좁히지 못할 때는 "선택하신 데이터가 열 장이 넘으면, 전체 데이터 시디를 주문하는 게 훨씬 이득이에요"라고 제안하면, 대부분의 고객은 전체 데이터 시디를 구입하겠다는 결단을 내렸다.

"잠깐만, 내 사진은 그렇게 많이 필요 없잖아."

레이카가 참견을 한 것은 오에가 두 번째 표시를 시작한 시점이었다. 하나가 화면을 들여다보자, 아니나 다를까 오에가 표시한 것들은 거의 다 레이카만 찍힌 사진이었다.

"이렇게 잘 나온 사진 별로 없잖아."

오에가 화면에서 눈을 떼지 않고 마우스를 클릭해갔다. 실제로 레이카의 사진은 하나같이 광고주나 방송 제작자에게 보내는 모델 사진 같았다. 아마리의 솜씨도 영향을 미쳤겠지만, 모델이 그만큼 훌륭했겠지. 선글라스와 마스크를 벗은 레이카는 상상을 초월하는 미인이었다. 오에가 사진을 쉽게 제외시키지 못하는 것도 무리는 아니었다.

마침내 손이 멈췄을 때, 오에와 레이카 둘이서 찍은 사진이 두 장, 레이카의 독사진이 열여덟 장 남았다.

"간신히 스무 장까지는 좁혔는데……"

오에가 이마에 밴 땀을 훔치며 이렇게 말했지만, 어느새 오에 혼자 찍은 사진은 남아 있지 않았다.

"마음에 드는 사진이 없었나요?"

걱정스러운 마음에 하나가 묻자, 오에가 얼굴 앞에서 손사래를 쳤다.

"아니, 그런 게 아니에요. 그냥 우선순위를 매기다 보니 아무래도 내 독사진은 뒤로 밀려버려서."

"무슨 소리야. 오늘 누구 사진 찍으러 온 건데."

"허어, 그래. 그렇지."

레이카가 핀잔을 주자, 오에가 쑥스럽게 웃었다. 차츰 익숙해진 그들의 대화에 하나와 유메코가 얼굴을 마주보며 웃었다. 그들의 웃음 소리에 두 사람도 따라 웃었다.

결국 오에는 전체 데이터 시디를 주문했고, 영정으로 쓸 사진은 나중에 다시 전화로 주문하기로 했다.

"오늘은 정말 즐거웠어요. 또 오고 싶군요."

"또 오겠다니, 대체 몇 장을 찍을 셈이야."

두 사람은 돌아가는 순간까지도 그런 대화를 주고받으며 하나와 직원들을 웃게 했다.

*

그러나 얘기는 거기서 끝나지 않았다.

또 오고 싶다는 말이 인사치레인 줄만 알았는데, 예상을 뒤엎고 정말로 그다음 주에 오에가 다시 한 번 촬영 요청을 해온 것이었다.

이번에는 고이시카와 자택에서 아내와 함께 사진을 찍고 싶다고 했다. 그런데 하나와 직원들이 당황한 이유는 오에가 또다시 촬영 요청을 했다는 사실 때문이 아니라. 전화로 "지난주에 저희가 그곳에 갔었다는 얘기는 하지 말아주세요. 레이카 얘기도 안 하시면 좋겠습니다"라고 했기 때문이었다.

무슨 사정이 있든 간에, 아마리 사진관으로서는 그 요청에 따르겠다고 할 수밖에 없었다. 그래서 사진관 사람들은 불과 일주일 전에 한시간 반가량을 함께 보낸 상대를 처음 만나는 척해야 했다.

"제 아내 미요코입니다."

출장 촬영을 나간 하나와 아마리를 맞아준 사람은 트위드 재킷 차림의, 주부라기보다 학교 선생님처럼 보이는 여자였다. 그녀는 살짝 굳은 표정으로 "먼 길 오시게 해서 죄송합니다"라며 현관 앞에 슬리퍼를 내주었다.

"안녕하세요?"

지팡이를 짚은 채로 인사하는 오에는 지난번 폴로셔츠 차림과는 다르게 양복을 입고 있었다. 미요코가 반걸음쯤 앞에 서 있는 오에에게 살짝 시선을 보내며 말했다.

"보시다시피 남편은 외출하기 힘들어서요."

하나는 "아, 네"라며 고개를 끄덕였지만 속마음이 뒤숭숭했다. 외출하기 힘들기는커녕 불과 지난주에 아마리 사진관까지 와서 촬영을 하고 간 오에가 아닌가. 왠지 모르게 마음이 불편했다.

그런데 아마리는 대담한 건지, 지난주 일 따윈 까맣게 잊은 건지, 전혀 신경 쓰는 기색 없이, 유메코가 시키는 대로 샌들에서 갈아 신은 가죽구두를 벗었다. 무심코 보니, 발가락 쪽에 구멍이 나 있었다.

아 진짜, 이건 너무 무신경하잖아.

하나는 알아채지도 못한 것 같은 아마리의 몫까지 얼굴이 후끈거리는 것을 느끼며, 슬리퍼를 꿰신고 아마리의 뒤를 따라갔다.

오에의 자택은 구석구석 정성껏 손질이 되어 있었다. 현관 옆에 장식된 드라이플라워 부케도, 복도 벽에 걸린 풍경화도, 거실에 깔린 커다란 카펫도 제각각 방향성은 다른데도 하나같이 '우아함'을 주제로 연결되어 이질감 없이 공존하고 있었다.

하나는 거실 소파로 안내를 받자마자 명함을 건네고 가방에서 상담 카드를 꺼냈다.

"전화로도 간단히 설명드렸습니다만, 저희 사진관에서는 우선 이 카드를 작성하신 연후에 삼십 분 정도 상담을 하는 것을 원칙으로 삼고 있습니다."

하나가 그렇게 말한 까닭은 만에 하나 말실수를 하더라도 "전화로 이미 들었다"는 식으로 얼버무릴 수 있게 하기 위해서였다. 오에 역시 하나의 의도를 파악했는지, "상담이라면, 무슨 얘기를 어떻게 해야 할지"라며 관자놀이를 긁적여 보였다.

"아니 뭐, 그렇게 심각하게 받아들이실 건 없어요. 촬영과 관련해서 원하시는 것들을 여쭤보는 정도니까."

"그럼, 짧게 해주실 수 있을까요?"

오에와 하나 사이의 대화에 자르듯이 끼어든 사람은 미요코였다.

246

그녀가 오에의 손에서 가로채듯 카드를 빼내더니 볼펜심을 눌렀다.

"그쪽 사진관의 방침은 홈페이지에서 확인했습니다만, 남편은 지금…… 치료중이라."

미요코는 어디까지 솔직하게 설명해야 할지 망설이는 듯 머뭇거리다 덧붙였다.

"장시간 얘기하거나 촬영하는 건 좀."

"아 네, 그러시군요. 삼십 분이라는 건 어디까지나 저희 사진관의 기준일 뿐이니까 얼마든지 짧게 할 수 있어요. 오늘 상담은 최소한으로 하겠습니다."

하나는 의도적으로 얌전한 표정을 지어 보이며 고개를 끄덕였지만, 내심 안심이 되기도 했다. 길게 얘기하면 할수록 실수가 나올 수밖에 없다. 게다가 오늘은 유메코도 도톤보리도 옆에 없다. 실수를 덮어줄 만한 사람이 없는 것이다. 하나는 오에의 얼굴과 머리를 살피는 척하고는 고개를 살짝 갸웃거리며 물었다.

"헤어메이크업과 관련해서는 어떤 희망사항이 있으세요?"

오에는 "글쎄요"라며 고민하듯 뜸을 들이더니, "가급적 건강하고 젊게 보이게 해주시면 좋겠습니다"라고 말했다. 글쎄요는 무슨, 불과 일주일 전에 똑같은 문답을 주고받았으니 대단한 연기력이다. 하나는 감정이 드러나지 않게 알겠다고 대답하며 무의미하게 메모를 받아 적었다. 건강하게. 그런 다음 미요코에게 시선을 돌렸다.

"미요코 씨는 어떠세요? 희망사항이 있나요?"

"아뇨, 전 이대로 괜찮아요."

미요코가 단호하게 고개를 저었다.

"그러니 될 수 있으면 빨리 끝내주세요."

하나는 그 완고한 말투가 당혹스러웠다. 화라도 난 걸까. 아니면, 오에가 거짓말하는 걸 눈치 챘나?

다른 무엇보다 오에가 왜 처음 만나는 척하자고 했는지 알 수가 없었다. 딸과 아내와 각각 따로 사진을 찍을 정도면, 일정을 조율해 셋이 가족사진을 찍으면 될 것을, 왜 그러지 않았을까.

"어이, 여보. 무슨 말을 그렇게……"

오에가 아내를 나무라고, 하나를 돌아보았다.

"죄송합니다. 나쁜 뜻은 없는데 좀 서툰 사람이라."

하나는 "별말씀을요" 하고 서둘러 말했다.

"그럼, 헤어메이크업은 십 분 정도로 끝내겠습니다. 그동안 촬영 준비도 진행될 테니 촬영 역시 십오 분 정도면 끝날 거예요."

"그렇게 빨리 할 수 있어요?"

미요코가 맥이 빠진 듯이 눈을 깜박거렸다.

"네, 도중에 혹시 피곤하시면 휴식 시간을 가질 수도 있으니 언제든 말씀해주세요."

하나가 고개를 끄덕이자, 미요코는 그때까지 굳어 있던 표정을 순식간에 풀었다. 웃는 표정까지는 아니었지만, 얼굴에서 험악한 기운이 사라진 것만으로도 인상이 한결 부드러워졌다. 미요코는 "생각보다 빠르네"라고 혼잣말처럼 중얼거리고 숨을 후 내쉬었다.

"아니, 실은 이 사람이 난데없이 영정사진을 찍고 싶다고 해서 솔직히 좀 당황했어요. 영정사진이라니…… 왠지 불길한 생각도 들고, 체력도 소모되잖아요? 그런데 어느새 미용실까지 다녀온 것 같고."

미요코가 나무라는 시선을 오에에게 던졌다.

"아 글쎄, 그건 잘못했다고 했잖아."

오에가 힘없이 대답하는 모습으로 보아 이미 몇 차례나 야단을 맞은 모양이었다. 관자놀이를 긁적이는 오에를 본 체 만 체하는 미요코의 모습에서 하나가 문득 부모님을 떠올렸다.

어린 시절에 하나가 길을 잃으면, "대체 어디 갔었어? 왜 엄마를 바짝 따라다니질 않아" 하고 거친 목소리로 야단을 쳤던 아빠. 아빠가 왜 화를 내는지 몰라서 훌쩍거리면, 엄마가 "괜찮아, 속상해할 거 없어. 아빠는 그냥 걱정이 돼서 그래"라며 머리를 쓰다듬어주었다.

미요코도 오에의 건강이 걱정되는 것이리라. 그런데 순순히 걱정된다고 말할 순 없으니 안절부절못하고 화를 내는 것일지도 모른다.

오에는 분명 아내의 그런 성격을 충분히 이해하고 있을 것이다. 그리고 미요코 역시 남편이 이해하고 있다는 것을 알고 있다. 그래서 오에도 아내에게 무뚝뚝하다가 아니라 서투르다는 표현을 썼고, 미요코 역시 뚱한 표정을 지으면서도 부정하지 않았겠지.

미요코가 어색한 분위기를 떨치려는 듯 갑자기 벌떡 일어섰다.

"그럼, 헤어메이크업을 하는 동안, 카드는 제가 작성할게요."

미요코는 카드를 손에 들고 총총히 자리를 떴다.

오에는 병이 드는지도 모르고 일에 매진하는 동안 가족을 돌보지 못한 것을 후회하는 듯했다. 그러나 적어도 지금 그는 가족에게 이토록 사랑받고 있다.

갑자기 콧속이 시큰해지는 것을 느끼며, 하나는 허둥지둥 발걸음을 돌렸다. 그리고 세면대 앞에 마련된 공간으로 이동해 헤어메이크업을 시작했다. 작업 자체는 어렵지 않았다. 일주일 전에도 똑같은 헤어메이크업을 했고, 다행히 그 일주일 동안은 머리숱이나 윤곽에 큰 변화가 없었을 테니 당연한 일이었다. 하나는 혹시라도 쓸데없는 말을 할까봐 손을 움직이는 데만 집중했다. 그러나 작업을 끝내고 거울을 정면으로 들여다본 순간, 오에에게 딱 한 마디를 했다.

"오에 씨는 가족에게 사랑받아서 행복하시겠어요."

오에가 아주 조금 눈을 크게 떴다가 다시 살포시 눈꼬리를 내렸다.

"정말이지 나에겐 과분한 가족이에요."

거실로 돌아가 보니 미요코가 아마리와 함께 소파를 창가로 옮기고 있었다.

"이런! 제가 할게요!"

하나가 부랴부랴 뛰어갔지만 아마리가 "끝났어"라고 일축했다.

"죄송해요…… 고맙습니다."

하나가 미요코에게 고개를 숙이자, 미요코가 "아녜요" 짧게 대답하고 식탁으로 갔다. 그녀가 식탁에서 상담 카드를 집어 들어 하나에게 건넸다.

"다 작성했어요."

"아, 고맙습니다."

하나는 황급히 카드를 받아 들고 그대로 가방에 넣으려다 카드로 시선을 주었다. 오늘이 첫 대면인 것으로 입을 맞춰두지 않았는가. 촬영중에 건넬 말을 생각해두기 위해서라도 한 번은 훑어보는 게 자연스러울 것이다. 이름, 나이, 직업. 하나는 어디까지 알아두어야 할 정보인지 가늠하다 나지막이 숨을 삼켰다.

가족관계   아내, 아들

어, 소리가 나올 뻔하는 걸 간신히 삼켰다. 무심코 오에에게 눈길을 돌리자, 오에는 하나의 손으로 시선을 주었다. 그러더니 어색하게 고개를 돌렸다.

하나는 간이 스튜디오로 변한 거실을 바라보았다. 등받이가 높은 연두색 소파, 같은 색 계열로 통일된 커튼과 카펫. 그렇게 비디오카메라를 돌리듯 시선을 옮기다가, 커다란 텔레비전이 한가운데에 보이는 장식장 위에 놓인 A6 사이즈 액자에서 눈길이 멎었다.

사진 속에 나란히 서 있는 사람은 지금보다 열 살은 젊어 보이는 오에와 미요코, 그리고 야구 모자를 쓴 남자아이였다.

*

오에에게는 딸이 없다.

그것이 무엇을 의미하는지, 하나는 알 수 없었다.

다만 한 가지 드는 생각은 오에가 레이카와 사진관에 왔던 사실을 비밀로 하고 싶어하는 것과 무관하지 않으리라는 것이었다.

오에와 레이카는 부녀지간만큼 나이차가 있었지만, 그러고 보니 오에는 단 한 번도 레이카를 딸이라고 하지 않았고, 레이카도 오에를 '아빠'라고 부르지 않았다. 그리고 레이카는 상담 카드의 가족관계란을 비워놓았다.

혹시 오에가 독신이라고 생각했기 때문이라면.

하나의 뇌리에 떠오른 것은 레이카를 향해 "난 레이카가 행복하다면 그걸로 만족해요"라고 하던 오에의 얼굴이었다. 그때, 딸이라기보다 마치 연인에게 고백하는 말투라는 생각이 들었던 기억까지 선명하게 떠올랐다.

그런데 만약 그렇다면, 두 사람 다 왜 바로잡으려 하지 않았을까. 우리가 오해하고 있다는 건 분명히 알았을 것이다. 오에는 그렇다 치더라도 레이카까지 우리의 오해를 부정하지 않은 이유는 뭘까.

하나는 천천히 눈을 뜨고, 카운터 옆에 붙은 핑크색 포스트잇을 만졌다. 메모지는 아무 저항도 없이 하나의 손끝으로 옮겨져 왔다.

배송지 주의!
오에 야스마사 님 촬영 데이터 시디
4월 11일 촬영분 레이카 님에게 → 분쿄 구 고이시카와
4월 18일 촬영분 미요코 님에게 → 신주쿠 구 신주쿠

고이시카와 자택에서 촬영이 끝나고 오에에게서 받는 사람 주소를 따로 지정한 메모를 건네받았을 때, 하나가 맨 처음 떠올린 생각은 그가 아내에게도 애인에게도 서로의 존재를 감추려 한다는 것이었다.

그러나 메모를 확인하고는 곧바로 그게 아님을 깨달았다. 레이카와 찍은 사진의 배송지가 고이시카와 자택으로 되어 있었기 때문이다.

오에는 숨기려는 게 아니라 고백하려는 게 아닐까?

자기가 불륜을 저질렀다는 사실을 아내에게, 독신이 아니라 결혼한 사람이었다는 사실을 레이카에게.

그럴 가능성을 알아챈 순간, 하나는 오에가 했던 말을 떠올렸다.

"병에 걸리기 전까지 나는 내 생각을 의심해본 적이 없어요. 내 삶의 방식이 가장 옳다고 믿었고, 행복하다고 믿었고, 아니, 굳게 믿으려고 했던 건지도 모르죠."

오에는 자신의 죽음이 가까워진 것을 알고, 더 이상 거짓을 품고 살 수 없었을지도 모른다. 진실을 밝히고, 배신을 사과하고 싶었을지도.

하나는 입술을 세게 깨물었다.

결국 자기만족이 아니고 뭐야.

오에는 분명 편안해질 것이다. 모든 걸 솔직하게 털어놓고 사과해버리면, 더 이상은 고민할 필요도 양심의 가책을 느낄 필요도 없다. 오에는 후련한 마음으로 죽음을 맞이할 수 있다.

그러나 고백을 들은 쪽은 어떨까.

남편이 불륜을 저질렀다는 사실을 알게 된 아내는, 애인에게 아내가 있었다는 사실을 알게 된 여자는, 그 직후에 찾아올 남자의 죽음을 어떻게 받아들여야 할까.

문득 꿈속에서 품었던 감정이 되살아났다. 차라리 몰랐다면, 그랬다면 적어도 슬퍼할 자유 정도는 누렸을 텐데.

오에의 배신을 알게 된 미요코와 레이카는 앞으로도 살아가야 한다. 속았다는 것을 알면서, 가장 가까운 사람이라고 믿었던 이의 거짓말을 알아채지 못했다는 사실을 맞닥뜨리면서.

오에는 저 혼자 편해지기 위해, 그의 몸의 작은 변화도 절대 놓치지 않기 위해 줄곧 지켜봐온 레이카에게서, 남편의 체력적 부담이 걱정돼 "난 이대로 괜찮다"며 헤어메이크업까지 거절하는 미요코에게서 오에의 죽음을 자연스럽게 슬퍼할 권리를 빼앗으려 하고 있었다.

그것을 용서할 수 없었다.

그래서 하나는 두 개의 시디를 바꿔 넣었다. 레이카에게는 레이카의 사진이, 미요코에게는 미요코의 사진이 전달될 수 있도록. 그것이 죽음을 앞둔 오에의 마지막 바람을 물거품으로 만들어버리는 짓이라는 걸 알면서도.

구깃구깃 메마른 소리와 함께 꽉 움켜쥐었던 주먹을 펴자, 구겨진 메모지가 바동거리듯 미세하게 움직였다. 하나는 다시 한 번 주먹을 쥐고 얼굴을 들었다. 그러고 무심코 응접실로 시선을 돌린 순간, 몸이 굳어버렸다.

아마리가 이쪽을 보고 있었다.

들켰다.

검은 두 눈이 하나의 얼굴에서 손으로 옮겨갔다. 찌를 듯한 시선은 하나의 손에서 멈추더니 다시 하나의 눈으로 돌아왔다. 그 움직임을 좇듯이 발끝에서부터 서서히 떨림이 올라왔다.

언제부터 저기 있었을까. 어디까지 봤을까. 다다미방에 있는 줄 알았는데.

"저어, 이건……"

이건 뭐라고 해야 하나. 난 대체 뭘 하려고 했었다고 말해야 하나.

그녀들을 위해서라는 말이 떠올랐다 사라졌다. 그런 변명이 통할 리 없었다.

그녀들이 진실을 알고 싶어할지 알 수 없을뿐더러 부탁을 받은 적조차 없다. 내 멋대로 결정하고 고객의 요청을 무시한 채—

소파에 앉아 있던 아마리가 말없이 일어섰다. 압박감마저 느껴지는 큰 키가 조용히 하나에게로 다가왔다.

하나는 꼼짝할 수 없었다. 손바닥에서 포스트잇이 스르륵 떨어졌다. 하나 앞에서 걸음을 멈춘 아마리가 천천히 허리를 굽혔다. 그는 구깃구깃한 종이를 주워 올리더니 펼치려고도 하지 않고 내려다봤다.

"이거였어?"

아마리가 툭, 아무렇지 않은 목소리로 중얼거리더니, 손목을 꺾어 그것을 쓰레기통으로 던졌다. 그러곤 입이 찢어져라 하품을 하고 소파로 돌아갔다.

"어, 아마리 씨."

아마리는 소파에 풀썩 내려앉더니 등받이에 머리를 대고 하나를 쳐다보았다.

"왜?"

대화를 나누기엔 영 부적절한 요상한 자세에 하나는 당황했다.

"아니…… 그게, 제가 오에 씨의 촬영 데이터를 바꿔버렸어요."

왠지 설명을 하지 않으면 얘기가 진행되지 않을 것 같아 그렇게 말했는데, 아마리는 코웃음을 칠 뿐 아무런 대꾸를 하지 않았다. 하나의 등줄기로 식은땀이 흘러내렸다.

"아, 그런데 레이카 씨의 사진을 미요코 씨에게 가게 만든 게 아니고, 오히려 오에 씨가 반대로 보내려고 한 걸 원래대로 되돌렸다고 할까요……"

"무슨 말인지 모르겠군."

"죄송해요, 그러시겠죠……"

하나는 이마에 밴 땀을 손등으로 훔친 후 "그러니까 제 말은"이라며 다시 얘기를 시작했다.

"오에 씨는 처음엔 레이카 씨와 사진을 찍으러 왔고, 그다음 주엔 미요코 씨와 사진을 찍었잖아요. 그래서 우린 틀림없이 레이카 씨가 따님이고, 미요코 씨가 부인이라고 생각했는데, 오에 씨에게는 딸이 없다는 걸 알았고, 그렇다면 레이카 씨는 딸이 아니니까……"

"무슨 말을 하고 싶은 거야?"

아마리의 미간에 주름이 잡혔다. 하나 스스로도 자기가 무슨 말을 하고 싶은 건지 혼란스러워졌다.

"아니, 그러니까 오에 씨는 결국 아내와 애인이랑 따로따로 영정사진을 찍었다는 의미가 되잖아요."

아마리의 미간 주름이 더 깊어졌다.

"그런데 오에 씨가 지정해준 배송 주소를 보면, 레이카 씨랑 찍은 사진은 자택으로, 부인이랑 찍은 사진은 다른 곳으로 보내게 되어 있었어요."

"레이카가 누군데?"

"지지난주에 왔던, 선글라스에 마스크 썼던 미인 말이에요."

"하아."

아마리가 또다시 늘어져라 하품을 했다. 어떻게 이 타이밍에 하품을 할 수 있는지 도무지 이해가 안 됐다. 다만 아마리가 하품을 할 때마다 긴장됐던 온몸의 근육이 조금씩 풀어지는 느낌이 들었다.

"그런데 그건 바람을 피웠다고 고백하는 꼴이잖아요. 자기는 이제 곧 죽을 거라고 자기만 편해지려 하다니. 난 용서가 안 돼요."

"그래서?"

"그래서 원래대로 되돌려버렸어요."

하나가 말을 마치자 침묵이 찾아들었다. 아마리가 눈을 감았다. 하나는 꿀꺽 생침을 삼켰다.

아마리는 어떻게 나올까? 유메코에게 알릴까? 나는 실격이라고 말할까? 다이오 운수에 연락해서 배달을 중지시킬까? 오에에게 사정을 설명할까? 그러나 아무리 기다려도 아마리는 눈을 뜰 기미가 보이지 않았다.

"아마리 씨?"

아마리가 그제야 무거운 눈꺼풀을 들어올렸다.

"응."

"응이라뇨…… 저기, 제가 오에 씨의 촬영 데이터를 바꿔버렸다니까요."

말을 하고 보니 조금 전에도 했던 말이었다. 아마리가 "어어" 하고 고개를 끄덕였다.

"그랬군."

"아니, 그랬군이 아니라……"

"뭐야, 아직도 할 얘기가 남았어?"

아마리가 나른한 듯 등받이에서 머리를 들어올리더니 그제야 겨우 하나를 똑바로 쳐다보았다. 하나는 너무 날카로운 그 시선에서 도망치듯 얼굴을 숙였다.

"아뇨, 어…… 남은 게 아니라, 아마리 씨가 왜 그런 짓을 했냐고 물을 줄 알았는데."

"내가 왜 그런 걸 묻지?"

진심으로 의아해하는 목소리였다. 하나의 눈이 휘둥그레졌다.

그러나 곧바로 이해가 됐다. 아마리는 그런 일에는 흥미조차 없는 것이다.

단지 내가 얘기하고 싶었을 뿐이다.

"아니, 그러니까……"

하나의 목소리가 떨렸다.

결혼 얘기가 물거품이 됐을 때도, 노부오와 헤어졌을 때도 아무에게도 얘기하지 않았다.

하나는 그 자리에 풀썩 주저앉았다.

이젠 더 이상 견딜 수 없었다.

크리스마스, 노부오의 생일, 송년 재야의 밤. 그런 기념일들을 대부분 같이 보내지 못해도 이상하게 여기지 않았던 것은 노부오가 "난 기념일 같은 건 흥미 없어"라고 말했기 때문이다.

"기념일에 연연하는 사람은 역시 뭔가 불안해서겠지. 상대의 애정을 믿지 못한다고 할까, 이벤트를 같이 하는 것으로만 둘의 관계를 확인한다고 할까, 왠지 좀 불쌍하단 말이야."

노부오가 그렇게 말하면, 하나는 "그러게"라며 공범처럼 미소를 짓고 고개를 끄덕였다.

"내 친구들 중에도 있어. 남자친구한테 뭘 받았다, 어딜 데려가줬다, 얼마짜리 코스 요리를 먹었다. 그런 얘기만 늘어놓는 애."

"아, 알지. 옆에서 보고 있으면 좀 안쓰럽잖아."

"좀 그렇지."

"난 말이야, 기념일 같은 거 일일이 연연해하지 않는 감각을 공유할수 있는 것도 실은 꽤 중요하다고 생각해."

둘이서 그런 얘기를 나누고, 우린 좀 삐딱한 커플 같아, 라며 숨죽여 웃었다. 그때마다 우리는 특별한, 서로에게 둘도 없이 소중한 존재라는 생각을 했다.

하나와 노부오는 기념일은 연연하지 않는 대신, 평상시에 선물을 자주 주고받았다.

안감에 체크무늬가 들어간 데님 재킷, 가정용 다코야키 기계, 대나무로 만든 스피커, 얇아도 확실하게 따뜻한 가죽장갑, 일 분에 복근운동이 일만 번 된다는 운동기계, 좋아하는 연예인의 세 장짜리 디브이디 세트. 하나가 뭔가를 선물할 때마다 노부오는 매번 과장되게 기뻐했다.

"이거, 내가 마침 갖고 싶었던 거야. 역시 하나는 대단해. 내 취향을 정확하게 찌른단 말이야."

"지난번에 노부오가 갖고 싶다고 말했던 거야."

하나가 씁쓸하게 웃으며 말하면, 노부오는 아주 진지하게 고개를 저었다.

"아니, 그러니까 그렇게 지나가듯 한 얘기를 기억해줘서 기쁘다는 거야. 게다가 생각해봐, 내가 좋아하는 연예인은 많잖아. 그렇지만 디브이디로도 보고 싶은 건 파스타즈뿐이거든. 하나는 그런 점을 알아준다는 거지."

"그야 나도 좋아하니까."

"그래, 바로 그거야!"

노부오는 테이블을 두드리고 침을 튀겨가며 열변을 토했다.

"그 점이 바로 하나가 대단하다는 거라고. 솔직히 지금까지 파스타즈의 개그를 이해하는 여자는 한 명도 없었어."

하나와 노부오 사이에서 옛날 애인 얘기는 금기가 아니었다. 당연한 게 아냐, 옛날 여친은 안 그랬거든. 하나처럼 잘 맞는 여자는 만나본 적이 없어. 노부오는 정말 대단해. 이럴 때 전 애인은 이렇게 해주지 않았거든. 서로의 특별함을 강조하기 위해 끌어들인 조연에 질투할 필요는 없었기 때문이다.

그런데도 하나와 노부오는 서로의 너그러움을 칭찬했다.

"옛날 여친 얘기를 해도 화내지 않는 사람은 드물어, 드물고말고. 보통은 화내잖아? 하나는 그 점이 좋아."

"남자 쪽이 더 연연하는 사람이 많지 않나? 전 남친 얘기 하지 말라고. 그러고 보니 내 친구도 얼마 전 남자친구랑 그 문제로 싸웠대."

"뭐, 보통은 그럴지도 모르지. 우린 정말 보통이 아니라니까. 하나를 만나서 정말 다행이야."

"그건 그래."

실제로 같이 있을 때 노부오만큼 편한 사람도 없었다. 책이나 영화 취향, 식습관, 낭비와 절약 포인트. 어휘 감각과 중요시 여기는 예의도 같아서 함께 생활하는 데 더 이상 어울릴 사람은 없을 것 같았다.

노부오가 주는 선물도 하나의 취향을 정확하게 파악한 것들이었다.

하나의 이미지에 맞춰서 샀다는 향수, 노부오가 고른 만화, 챙을 자유자재로 바꿀 수 있는 니트 모자, 목욕탕에서 쓸 수 있는 자그마한 플라네타륨, 팔다리가 이상하게 길쭉한 안고 자는 녹색 곰 베개.

모두 다 하나가 갖고 싶었던 것, 혹은 있었으면 좋겠다고 생각하면서도 자기 지갑을 열어 사지 않았던 물건이었다. 그래서 하나 커플은 선물을 주고받을 때마다 서로에게 "자기가 나야!"라며 웃었다.

그런데 정말로 그랬을까, 하나는 이제 와서 생각한다. 노부오는 정말 진심으로 그 선물들을 받고 기뻐했을까. 나는 정말로 기념일 따윈 아무래도 상관없었을까.

생각해보면 정말로 기념일 같은 데 관심이 없었던 것뿐이라면, 기념일이든 아니든 상관없이 만날 날을 정했을 것이다. 그러나 실제로는 대부분의 기념일을 노부오와 제대로 보낸 적이 없었다. 그 이유를 지금은 안다.

노부오는 그런 시간을 아내와 함께 보냈을 뿐이다.

"정말 바보 같죠."

하나는 뺨을 타고 흐르는 눈물을 훔치고 코를 훌쩍였다. 아마리는 무표정인 채로 고개를 갸웃거렸다. 그 모습이 정말로 커다란 개 같아서 하나는 그만 피식 웃고 말았다.

아마리는 손수건을 건네주는 행동 같은 건 하지 않는다. 그저 말없이 그 자리에 있다. 그게 마음이 편했다. 나는 누군가에게 말을 하고 싶었던 거라고 하나는 생각했다. 누군가가 자기 얘길 들어주길 줄곧 바랐던 거라고.

노부오를 좋아했던 것, 오래도록 함께 있고 싶었다는 것, 결혼한다면 노부오 말고는 없다고 믿었던 것. 그리고 그렇게 소중했던 사람에게 속고 말았으니, 이젠 누구를 믿어야 할지 모르겠다는 것을.

"아마리 씨, 그거 알아요? 만약에 노부오의 부인이 날 고소하면, 나는 노부오가 기혼자인 걸 몰랐다는 사실을 증명해야 해요."

하나는 노부오가 기혼자라는 걸 알고 난 후, 몇 번이나 찾아봤던 몇몇 사이트를 떠올렸다.

애인이 기혼자였다, 라고만 입력해도 예상 밖으로 수많은 사이트가 떴다. 질문 사이트, 익명 게시판, 법률사무소의 공식 홈페이지. 그중에서도 하나가 반복해서 읽은 것은 결혼을 약속했던 애인이 기혼자였다는 걸 알고 헤어진 여자들이 질문을 올리는 사이트 페이지였다.

"이십 대 후반의 소중한 삼 년을 빼앗겼다. 정신적으로 몹시 상처를 입었고, 회사까지 그만둬버렸다. 위자료를 받으려면 어떻게 해야 하는가"라는 질문을 던진 여자에게 돌아온 답변은 하나같이 가혹했다.

결혼 약속까지 했다면서 상대가 기혼자라는 것도 몰랐다면, 상대를 그 정도밖에 보지 못했다는 거 아닌가요?

자업자득.

몰랐다고 해도 당신이 한 짓은 범죄예요. 위자료를 지불해야 할 사람은 당신이에요.

하나는 위자료를 청구할 생각이 없었다. 그렇지만 위자료 청구를 당한다는 건 너무나 불합리하다고 생각했다. 나는 단지 속았을 뿐인데, 못 알아챘느냐는 비난을 왜 받아야 한단 말인가. 좋아한 사람의 거짓말을 꿰뚫어보지 못한 게 그렇게 큰 잘못인가?

"처음에는 말도 안 된다고 생각했어요. 잘못한 건 그쪽이니까 뭔가 책임을 져야 할 사람이 있다면 그건 노부오고, 난 그냥 울면서 노부오를 탓하면 된다고요."

그런데 그렇게 생각하는 한편으로, 정말 그럴까 하는 의심이 고개를 들었다. 나는 정말로 눈치 채지 못했을까. 사실은 어렴풋이 눈치를 챘으면서도 애써 모르는 척한 게 아닐까.

눈치를 채면 그것으로 끝이다. 아빠와 싸운 일이 정말로 무의미해져버릴 테니까.

하나는 초점이 맞지 않는 눈을 아마리에게 돌렸다. 그리고 토해내듯 얘기를 쏟아놓았다. 아빠에게 퍼부어버린 심한 말들, 그리고 그것이 아빠와 보낸 마지막 시간이 되어버렸다는 것을.

배에 힘을 주었는데도 목소리가 자꾸만 떨렸다.

"아마리 씨, 전 엄마한테 우표 얘기를 하지 않고 할머니의 유언장을 돌려줬어요."

장례식에서 주저앉아 우는 엄마를 보고, 상처받은 엄마가 가여우면서도 동시에 가슴속 깊은 곳에서 희미한 불꽃이 이는 걸 느꼈다.

"괴로움을 안고 살아가야 하는 사람은 나만이 아니야, 그렇게 생각하고 싶었으니까."

목에 무언가가 걸린 것처럼 말문이 막혔다.

"그래서 저, 할머니가 엄마를 위해 퀴즈를 냈을 뿐이라는 사실을 알게 된 것도, 하시카와 씨 가족이 오해에서 해방된 것도, 교코 씨가 돌아가신 엄마의 마음을 알게 되었고 언젠가는 아빠를 만날 날이 올지 모른다는 것도…… 아, 정말 잘됐다고 생각하면서도…… 그 감정만 가질 순 없었어요."

난 이제 아빠를 만날 수 없다.

화해할 수 있는 날은 평생 찾아오지 않을 것이다.

부러웠다. 질투가 났다.

소중한 사람들에게서 대답을 듣고, 자기 자신을 용서할 수 있는 사람들이.

아마리가 갑자기 벌떡 일어섰다.

눈앞에 그림자가 획 들어섰다. 얼굴을 들자, 아마리의 긴 팔이 하나를 향해 뻗어 있었다. 하나는 불쑥 내민 아마리의 주먹 아래로, 이끌리듯 양손을 뻗었다. 아마리의 손이 부드럽게 풀리며 그 안에서 뭔가가 떨어져 내렸다.

"어?"

하나는 손바닥으로 굴러떨어진, 사탕수수 그림이 그려진 작은 사탕 비닐을 보며 눈을 깜박거렸다. '달고 맛있는 흑설탕 사탕.'

아마리를 올려다본 순간, 막 펼쳐진 아마리의 손이 하나의 머리 위로 곧장 뻗어왔다. 쓰다듬는다고 말하기엔 조금 더 센 힘이 이마에 느껴졌다.

쿵, 하고 심장이 크게 뛰었다. 그건 알겠는데, 이유는 알 수 없었다. 찌를 듯한 아마리의 시선이 하나를 똑바로 향하고 있었다.

"한 가지로만 모든 게 결정이 나겠어?"

아마리가 나지막한 목소리로 말했다. 그러곤 천천히 진열창을 돌아보며, 하나의 할머니 사진을 가리켰다. 빨간 깅엄체크 셔츠에 마작 패를 들고 대담하게 웃는 할머니. 엄마를 생각하는 마음이 담긴 할머니다운 사진.

"넌 저게 왜 '할머니답다'고 느꼈지?"

뇌리에 할머니 얼굴이 떠올랐다.

퀴즈를 풀면 "제법이네, 우리 하나" 하고 기쁜 듯이 실눈을 뜨던 할머니. 하나가 "나, 심심해" 하고 투정을 부려도 마작을 하는 손길을 멈추지 않고 "할머니도 심심혀" 하고 웃던 할머니. 사회인이 된 후에도 "네가 손녀인 건 변함이 없으니께"라고 무뚝뚝하게 말하며 퀴즈를 계속 내주시던 할머니.

뜨거운 눈물이 볼을 적시며 뭔가를 녹여 내렸다.

그래, 하늘을 올려다보며 하나는 생각했다. 내가 할머니를 기억할 때마다 떠오르는 모습은 저 영정사진의 얼굴만은 아니야.

"음, 이런 사람이었네. 그렇게 고인을 회상하는 실마리가 되는 게 바로 영정사진인 거죠."

유메코의 말이 그제야 가슴에 와닿았다. 아아, 그래서 그런 말을 한 거구나.

아마리가 찍는 사진에는 이야기가 있다고 느꼈었다. 스튜디오에서 한정된 세트와 도구들로 찍는데도 모두 다 다른 장소처럼 보인다고.

그것은 남겨진 사람이 영정사진 속에서 보는 모습이, 단지 한 장의 사진만은 아니기 때문이겠지.

"저도…… 언젠가는 용서할 수 있을까요?"

정신을 차려보니 목소리가 젖어 있었다. 엄마를, 노부오를, 나 자신을 용서할 수 있을까.

아빠를 두 번 다시 만날 수 없어도, 아빠의 대답을 두 번 다시 들을 수 없어도.

"용서하고 싶으면, 이미 용서한 거나 마찬가지야."

아마리는 그 말을 하고, 하나의 머리에서 손을 거뒀다. 그러곤 아무 일도 없었다는 듯 다다미방으로 걸어갔다.

하나는 손에 쥔 휴대전화를 찬찬히 내려다봤다. 전원 버튼을 누르자, 노부오의 문자가 떠올랐다.

연락해서 미안해. 꼭 한 번 제대로 이야기를 나누고 싶어서 연락했어.
만날 수 있을까?
나한테 이런 말을 할 자격은 없겠지만, 하나를 좋아해.

여태껏 답장을 보내지 못했다. 지우지도 못했다. 아무것도 하지 못하면서, 아무것도 하지 못했기에 잊을 수도 없었다.

그렇지만 이젠 됐다.

화면 위에 손가락을 얹자 미끈한 감촉이 전해져 왔다. 삭제하시겠습니까? 화면 중앙에 펼쳐진 글자를 바라보며 엄지로 가볍게 터치했다. 진동으로 설정해두었기 때문에 소리도 없었고, 드르륵 하는 미세한 감촉뿐이었다.

하나는 조금 전까지 아마리가 앉아 있던 소파에 앉았다. 등받이에 머리를 기대고 눈을 감았다. 싱거웠다. 이깟 일에 얽매여 있었나 싶어 온몸에서 힘이 빠져나가는 것 같았다.

아무라도 좋으니 누구든 들어주길 바랐다.

그렇지만 그 얘기를 들어준 사람이 아마리라 다행이다.

하나는 천천히 눈을 뜨고 소파에서 일어섰다. 그러곤 카운터로 달려가 전화기를 집어 들고 다이오 운수의 전화번호를 눌렀다. 그러나 발신 버튼을 누르기 직전 손을 멈췄다. 삭제 버튼을 길게 누르고, 상담 카드를 넣어둔 파일을 꺼냈다. 순서대로 넘기자, 오에 이름이 금방 나타났다.

하나는 전화기를 귀에 갖다 댔다. 신호음이 두 번 울렸을 때, 오에가 전화를 받았다.

"지난번에는 고마웠어요"라고 인사를 건네는 오에의 목소리는 아픈 사람이라는 생각이 들지 않을 정도로 또랑또랑했다. 하나는 전화기를 쥔 손에 힘을 주었다. 목에서 꿀꺽 소리가 났다.

"죄송합니다. 촬영 데이터 발송 건으로 전화드렸어요. 실은 제가 지정해주신 배송지를 반대로 해서 보내고 말았습니다."

오에의 말문이 막힌 것을 수화기 너머로도 알 수 있었다. 하나는 입술을 힘껏 다물었다. 화를 내겠지. 거꾸로 보내버렸으니 당연하다. 책임자를 바꾸라고 하면 하나는 모든 것을 유메코에게 털어놓고 전화를 바꿀 수밖에 없다. 그러면 잘릴 가능성도 충분했다. 그래도 말해야만 한다는 것을 알고 있다.

"제가 그랬어요. 일부러."

하나의 목소리가 갈라지며 높아졌다.

"진실을 아는 게 꼭 행복인 것 같진 않아요. 레이카 씨에게도 부인에게도 슬픔에 잠길 자유 정도는 남겨두길 바랐어요."

오에는 아무런 대답도 하지 않았다. 공기가 가라앉는 듯한 그 침묵을 하나는 눈을 질끈 감고 받아들였다.

"지금이라면 운송업자한테 전화해 멈출 수 있어요. 원하시는 대로 다시 바꿔서 보낼 수도 있어요. 다만, 그러기 전에 꼭 한 마디만 드리고 싶었습니다."

"당신은……"

오에가 말을 꺼내다 멈췄다. 그다음 말은 이어지지 않았다. 잠시 후 오에는 뭔가를 감내하듯 말했다.

"알겠습니다."

"어떻게 하시겠어요?"

"그대로 둬도 됩니다. 이렇게 될 운명이었다는 뜻이겠죠."

오에는 잠시 말을 멈추었다가 조용히 덧붙였다.

"다만, 한 가지 부탁이 있습니다."

*

오에가 결국 레이카와 미요코에게 진실을 말했는지 안 했는지 하나는 알 길이 없었다.

그러나 뜻밖의 상황에서 진상을 알게 되었다.

장마가 걷힌 일요일, 아마리 사진관 앞에 영구차가 멈춰 섰다.

장엄한 검은색 차량에서 상복 차림의 인기척이 느껴져 하나는 숨을 삼켰다. 차에서 내린 사람은 미요코였고, 그녀의 손에는 오에의 영정 사진이 들려 있었다.

"갑자기 이런 모습으로 찾아와 죄송합니다."

"별말씀을요."

단정하게 틀어 올린 머리를 깊숙이 숙이는 미요코에게 유메코가 황급히 고개를 저었다. 미요코는 숙인 고개를 들려고 하지 않았다. 그녀는 영정사진을 품에 안은 채 젖은 목소리로 말을 이었다.

"남편이 세상을 떠났어요."

하나는 그 말의 의미를 바로 이해하지 못했다. 나중에야, 오에가 죽었다는 말인 것을 깨달았다.

오에는 말기암 환자였다. 영정사진을 찍으러 왔을 때 이미 의사에게 선고받은 여명을 넘겼다고 했으니 언제 그런 날이 와도 이상할 게 없었다. 그래도 불과 얼마 전에 만나 머리를 만져준 사람이 이미 이 세상에 없다는 사실을 받아들이기란 쉬운 일이 아니었다.

미요코가 어색하게 얼굴을 들었다.

"죄송해요, 가게 앞에서 이렇게……"

그녀는 눈물에 젖은 얼굴을 가려린 손으로 덮더니 어깨를 들썩였다. 뒷좌석에서 한 남자가 황급히 내렸다.

"엄마."

하나는 무심코 남자의 얼굴을 바라보았다. 그때 오에의 집 액자에서 본 아들이겠지. 남자는 연예인처럼 이목구비가 또렷하고 잘생긴 얼굴을 하고 있었다. 작은 얼굴, 긴 눈매, 산뜻하게 짧은 애시브라운색 머리카락. 몸에 안 맞게 조금 큰 상복을 입었는데도 스타일이 좋다는 걸 알 수 있었다.

아들이 미요코의 등에 손을 얹고 "엄마" 하고 다시 한 번 불렀다.

그런데도 미요코는 그 자리에서 움직이려 하지 않았다. 아들이 내민 손수건을 움켜쥐고, 죄송하다는 말만 되풀이했다.

"엄마, 여기서 이러면 폐가 되잖아요."

"저희는 괜찮습니다. 편하게 생각하세요."

미요코는 유메코의 말에 얼굴을 들었다. 그리고 그대로 아마리 사진관 진열창을 바라보았다.

하나가 숨을 크게 들이마셨다.

거기에는 오에와 레이카가 같이 찍은 사진이 놓여 있었다.

"다만, 한 가지 부탁이 있습니다. 잠깐이라도 좋습니다. 레이카와 내 사진을 진열창 안에 놓아주실 수 있나요?"

오에의 요청에 유메코도 도톤보리도 곧바로 찬성했다. 어머, 그거 좋겠네. 레이카 씨 사진이면 돋보일 테니까. 그럼, 이렇게 예쁜 아가씨는 좀처럼 없다니께.

그렇지만 설마 오에의 부인이, 게다가 장례식 당일에 보게 될 줄은.

미요코와 나란히 선 아들도 어머니의 시선에 이끌려 진열창을 바라보았다.

"아."

아들의 입에서 소리가 새어나왔다. 그러더니 당황한 듯 미요코를 돌아보았다.

"어떻게……"

아들은 그녀의 존재를 알고 있었을까.

"아쓰시, 너."

미요코가 아들을 돌아보았다. 아쓰시라고 불린 아들이 거북한 듯 시선을 피하자, 침묵이 찾아들었다. 사정을 모르는 유메코와 도톤보리가 의아한 표정으로 미요코와 아쓰시를 번갈아 보고 있을 때, 미요코가 나지막이 중얼거렸다.

"예쁘구나."

아쓰시가 튕겨 오르듯이 미요코를 돌아보았다.

한 박자 늦게 도톤보리가 "그렇쥬, 이쁘쥬"라며 만족스럽게 고개를 끄덕였다.

"이 사진을 촬영하는 날, 하필 내가 쉬는 날이었는디, 다음 날 와서 이렇게 예쁜 아가씨가 다녀갔다는 말을 듣고, 왜 날 안 불렀냐고 난리를 쳤다니께유."

미요코가 눈을 크게 뜨고, 숨을 후 내쉬었다. 그러곤 굳어 있는 아쓰시를 돌아보더니 머리 쪽으로 살며시 손을 뻗었다.

"미안해…… 머리가 저렇게 예뻤는데."

아쓰시가 어색한 듯이 짧은 머리카락 끝을 잡아당겼다.

눈에 익은 그 애시브라운 색을 다시 본 순간, 하나는 깨달았다.

"뭐가 어떻게 된 거여?"

도톤보리는 여전히 이해가 안 가는지 이상하다는 듯 미간을 찡그렸다. 미요코가 눈을 가늘게 뜨며 도톤보리를 올려다봤다.

"잘됐네요. 레이카를 만나보고 싶었죠?"

"네? 그런데요."

"너도 예쁘다는 소릴 들었으니 좋겠구나, 레이카."

도톤보리는 입을 벌린 채 아무 말도 하지 못했다. 하나는 삼켰던 숨을 가늘게 내쉬었다.

아쓰시가 레이카인 것이다.

자그마한 얼굴, 긴 눈매, 오뚝한 콧날, 긴 팔다리. 그러고 보니 아쓰시와 레이카는 분명 공통점이 많았다.

"원래는 남편이 반대했어요."

미요코가 진열창의 영정사진을 보며 말을 꺼냈다.

"여장남자는 절대 용납할 수 없다고, 왜 굳이 그런 불행한 길을 선택하려 하냐고…… 그럴 거면 집에서 나가라는 말까지 했죠. 전 아쓰시가 원하는 대로 하게 놔두라며 말렸지만, 그럼 당신도 나가라고……"

그 온화해 보이던 오에게에서 상상도 할 수 없는 말이었다.

"그런데 암인 걸 알게 되자, 혼자 아쓰시가 일하는 신주쿠 가게에 다녀온 거예요."

오에가 처음 영정사진을 찍으러 왔을 때 했던 말이 되살아났다.

"병에 걸리기 전까지 나는 내 생각을 의심해본 적이 없어요. 내 삶의 방식이 가장 옳다고 믿었고, 행복하다고 믿었고, 아니, 굳게 믿으려고 했던 건지도 모르죠."

"난 레이카가 행복하다면 그걸로 만족해요."

그렇게, 절실할 정도로 진지하게 말했던 오에.

"가게에 다녀온 남편은 그렇게 생기 넘치는 아쓰시는 처음 봤다면서 우리도 그만 받아들여주자고 했어요. 믿을 수가 없었어요. 그도 그럴 것이 처음에 반대했던 건 그 사람이잖아요? 그 사람 때문에 저까지 아쓰시와 의절했는데."

하나가 두 손으로 입을 막았다.

그게 진짜 이유였던 것이다.

"내가 죽은 후, 그때의 나를 떠올리게 하고 싶진 않아요. 가장 소중한 게 뭔지도 몰랐던 때보다는 머리칼이 빠졌어도 지금의 모습을 남기고 싶습니다."

그래서 오에는 당시의 모습을 영정사진으로 남기는 걸 그렇게나 싫어했구나.

"그래서 나도 고집을 부렸어요. 가게에 같이 가자고 해도 절대 싫다고 했어요. 남편이 아쓰시와, 레이카와 식사 자리를 마련해두면 입구에서 돌아섰어요. 그 사람은 내가 레이카를 용서하지 않았다고 생각했을지 모르지만, 전 남편을 용서할 수 없었어요."

미요코가 품에 안은 영정사진의 액자를 손가락으로 어루만졌다.

"남편은 여기서 레이카와 사진을 찍은 후, 그걸 나에게 보여주려 했어요. 눈앞에 들이민 건 아니고, 사진 정도는 봐주면 어떠냐고 떠봤을 뿐이지만."

"네."

"그런데도 전 보지 않겠다고 했어요."

미요코는 그렇게 말하며 진열창으로, 두 번째 영정사진으로 시선을 돌렸다.

"그래서 우리 사진도 같은 사진관에 부탁한 거겠죠. 여기서 사진을 보내면, 우리 사진인 줄 알고 결국 열어보게 될 거라 예상하고…… 감쪽같이 속이려고 했던 거예요."

"그런……"

"그런데 남편은 결국 그렇게 하진 않았더군요. 나에게는 나와 찍은 사진을, 레이카에게는 레이카와 찍은 사진을 보냈어요."

하나는 움직일 수 없었다. 미요코가 힘없이 미소를 지었다.

"그 대신 남편은 이쪽 사진관에 가보고 싶다고 했어요. 구로코 씨에게 제대로 인사를 하고 싶다고."

"저한테요?"

미요코가 하나를 보며 고개를 끄덕였다.

"그 사람은, 당신이…… 구로코 씨가 뭔가 오해를 하는 것 같으니 진실을 밝혀달라고 했어요."

하나의 눈이 커졌다. 미요코가 레이카를 돌아보며 살짝 웃었다.

"실은 그 사람이 다 고백했어요. 나와 레이카를 화해시키려고 일부러 같은 사진관에서 각각 다른 영정사진을 찍었다고…… 그런데 구로코 씨가 가로막는 바람에 감쪽같이 속이려던 계획이 어그러졌다고."

"아니, 그건……"

"여기서 찍어준 레이카 사진이 너무 잘 나와서, 그렇게 행복해 보이는 얼굴은 본 적이 없을 정도니까, 그 사진을 보면 레이카를 받아들일 수밖에 없을 거라는 확신이 들었다더군요."

레이카가 눈을 깜박이며 미요코를 바라보았다. 미요코는 가슴에 품었던 영정사진의 방향을 돌려, 오에의 얼굴을 들여다봤다.

"그런데 저는 그럼 더욱더 그 사진관에는 안 가겠다고 했어요."

"왜 그런……"

미요코의 두 눈에 또다시 눈물이 고였다.

"그렇잖아요, 내가 그러겠다고 하면 그 사람이 안심해버릴 거잖아요? 안심하면 더 이상 버텨야 한다는 생각을 안 할 거잖아요? 난 그 사람이 조금이라도 오래 살길 바랐어요."

미요코의 눈에서 눈물이 흘러 넘쳤다. 미요코는 이제 눈물을 닦으려고도 하지 않고 레이카를 바라보았다.

"내가 마지막 바람을 들어주지 않더라고, 그 사람이 분명 레이카에게 말했을 겁니다. 그래서 레이카는 적어도 장례식에서만큼은 저와 싸우지 않으려고 머리를 잘랐을 거예요. 내가 자르게 만든 거나 다름없어요."

미요코가 오에의 영정사진을 한 손에 고쳐 들고, 다른 한 손을 뻗어 레이카의 머리를 어루만졌다. 레이카가 간지러운 듯 목을 움츠렸다.

"괜찮아, 난 쇼트커트도 잘 어울려."

"그러게, 참말 그러네. 꼭 무슨 모델 같아."

도톤보리가 칭찬을 건네자, 레이카가 기쁜 듯이 수줍어했다. 미요코는 레이카 옆에 나란히 서서 다시 한 번 고개를 숙였다.

"정말로 신세를 많이 졌습니다. 덕분에 아주 멋진 영정사진을 찍었어요."

"아뇨…… 어쩌다 보니 정말 이상한 오해를 해버려서 제가……"

"그래도 그 정도로 완벽하게 여자로 보였다니 기뻐요."

레이카가 품위 있게 웃으며 미끄러지듯 뒷좌석으로 올라탔다. 완벽한 남자의 모습을 하고 그런 얘기를 하는 걸 보니 느낌이 이상했다.

하지만 역시 레이카는 눈이 번쩍 뜨일 정도로 매력이 넘쳐흘렀다.

하나는 스가모 지장거리 상점가와는 어울리지 않는 지나치게 장엄한 영구차가 역과는 반대 방향으로 달려가는 모습을 차분한 마음으로 바라보았다.

그런 다음 진열창에 놓인 오에와 레이카의 사진을 다시 한 번 바라보았다.

"난 레이카가 행복하다면 그걸로 만족해요."

"왜 이래, 갑자기."

오에의 말에 부끄러운 듯 귀가 붉게 달아올랐던 레이카가 떠올랐다. 그리고 전하고 싶었던 말을 서로에게 전하고 마지막 시간을 맞을 수 있었던 두 사람에게 느꼈던 쓸쓸한 감정.

부러웠다. 용서받고, 용서할 수 있는 사람들이.

하나는 대화에 끼지 않고 하늘을 향해 카메라를 돌린 아마리를 힐끗 돌아보았다. 그 무표정한 옆얼굴을 바라보며 아마리가 했던 말을 마음속으로 읊조리듯 떠올렸다.

"용서하고 싶으면, 이미 용서한 거나 마찬가지야."

문득 귓가에 아빠의 목소리가 들렸다.

"괜찮아."

실눈을 뜬 아빠의 얼굴이 떠올라 숨을 쉴 수가 없었다.

"그냥 눈을 감아봐."

초등학교 운동회 전날 침대에서 들었던 말이었다. 빨리 자야 하는데 잠이 오지 않았다. 베개를 안고 부모님 침실로 가 울상을 짓는 하나에게 아빠가 말했다.

"눈을 감고 누우면, 자는 거나 마찬가지야."

그거라면 할 수 있다. 그렇게 생각한 순간, 단숨에 마음이 편해졌던 기억까지 선명하게 떠올랐다.

그날의 후회가 사라질 리는 없다. 아빠와 보낸 마지막 시간을 바로 잡을 수도 없다. 그래도.

하나는 하늘을 올려다보며, 흘러넘칠 것 같은 눈물을 참아냈다.

이번에야말로 나는 그녀들의 웃는 얼굴을 진심으로 기뻐할 수 있다.

"이대로 점심 휴식 시간을 가집시다."

유메코가 어깨와 목에서 뚝뚝 소리를 내며 사진관으로 들어간다.

하나는 허리에 두른 짧은 앞치마에서 휴대전화를 꺼내 통화기록 화면을 띄웠다. 그리고 집 전화번호를 내려다보며 길게 숨을 내쉬었다.

여름이 느껴지는 공기를 한껏 들이마신 후, 하나는 천천히 통화 버튼을 눌렀다.

옮긴이 이영미

일본문학 전문 번역가. 아주대학교 국어국문학과를 졸업하고 일본 와세다대학교 대학원 문학연구과 석사 과정을 수료했다. 2009년 요시다 슈이치의 『악인』과 『캐러멜 팝콘』 번역으로 일본국제교류기금에서 주관하는 보라나비 저작·번역상의 첫 번역상을 수상했다. 그 외의 옮긴 책으로 요시다 슈이치의 『도시여행자』 『파크라이프』 『사요나라 사요나라』 『동경만경』 『나가사키』, 오쿠다 히데오의 『공중그네』 『면장선거』 『팝스타 존의 수상한 휴가』, 히가시노 게이고의 『옛날에 내가 죽은 집』, 미야베 미유키의 『화차』, 아베 고보의 『불타버린 지도』, 이마미치 도모노부의 『단테 신곡 강의』 등이 있다.

아마리 종활 사진관

초판 발행   2017년 11월 10일

지은이   아시자와 요
옮긴이   이영미
펴낸이   김정순
편집   김이선
디자인   김수진
마케팅   김보미 임정진 전선경

펴낸곳   (주)북하우스 퍼블리셔스
브랜드   엘리
출판등록   1997년 9월 23일 제406-2003-055호
주소   04043 서울시 마포구 양화로 12길 16-9 (서교동 북앤빌딩)
전자우편   ellelit@naver.com
블로그   blog.naver.com/ellelit
전화번호   02 3144 3123
팩스   02 3144 3121

ISBN 978-89-5605-829-0 03830

이 도서의 국립중앙도서관 출판도서목록(CIP)은 서지정보유통지원시스템 홈페이지 (http://seoji.nl.go.kr)와 국가자료공동목록시스템(http://www.nl.go.kr/kolisnet)에서 이용하실 수 있습니다.(CIP제어번호: CIP2017025691)